IMMER IHR GEFÄHRTE

EINE ROMANZE ABGELEHNTER GEFÄHRTEN

KLAUEN UND ZÄHNE

BUCH 2

SARAH SPADE

Übersetzt von

ARNELA KADIRIC

1

GROSSER, BÖSER WOLF

Oh, toll. Ich werde gestalkt.

Ich bin gerade mal zwei Blocks von Charlie's, der Bar, in der ich arbeite, entfernt, als mein innerer Wolf aus dem Schlummer erwacht und sofort hellwach ist. Sie schnappt nicht zu oder knurrt eine Warnung, sondern kläfft scharf, um mich auf das leise Raubtier aufmerksam zu machen, das irgendwo hinter mir herumschleicht.

Armes Mädchen. Sie ist sehr müde. Ich habe gespürt, dass er da draußen ist, sobald ich auf die Straße getreten bin.

Aber er ist gut. Das muss ich ihm lassen. Ein Mensch hätte seine Anwesenheit nicht bemerkt, ein Vampir wäre zu arrogant gewesen, um zu ahnen, dass er beobachtet wird und die meisten Shifter hätten die wenigen Spuren, die er hinterlassen hat, nicht bemerkt.

Aber ich gehöre nicht zu den meisten Shiftern, oder?

An der nächsten Kreuzung wage ich einen Blick über meine Schulter, während ich darauf warte, dass die Ampel rot wird. Normalerweise würde ich einfach weitergehen - auch wenn die Menschen in Muncie denken, dass ich genau wie sie bin, bin ich es nicht und es gibt kein einziges Auto, das schnell genug ist, um einen Shifter zu schlagen -, aber ich nehme mir die paar Sekunden Zeit, um herauszufinden, wo er sich versteckt hat.

Ich atme tief ein, aber es gibt keinen offensichtlichen Geruch über dem Asphalt, dem Öl, dem Müll und dem abgestandenen Bier, das an meinem Charlie-T-Shirt klebt.

Hmm. Das macht es ein bisschen schwieriger.

Mein Verfolger nutzt die Feuchtigkeit Mitte August gegen mich aus. Indem er von unten kommt, treibt die Sommerbrise seinen Geruch von mir weg und verschafft ihm einen Vorteil.

Andererseits bin ich ein Alphawolf und meine Nase ist nicht das einzige Werkzeug, das ich habe.

Der kurze Blick über meine Schulter sagt mir auch nicht viel. Es ist spät draußen. Charlie's schließt nicht wirklich - es ist eine Superkneipe mit einer Mehrheit von Vampiren, denen sowohl die Stadt als auch die Nacht gehört - aber meine Schicht endet normalerweise gegen elf oder zwölf, je nachdem, wann sie angefangen hat.

Heute Nacht bin ich eine Stunde länger geblieben, um Hailey mit dem Mitternachtstrubel zu helfen. Ich bin ein paar Minuten nach eins gegangen, also ist es keine Überraschung, dass die Straßen ruhig sind. Es ist leer. Charlie's ist das einzige Geschäft, das auf dieser Strecke geöffnet hat und obwohl meine Wölfin keine Vampire wahrnehmen kann - sie nimmt nur lebende Dinge wahr und Vampire werden als tot registriert, von ihrer eisigen Haut bis zu ihrem eisigen, blutigen Geruch - kann mein Shifterblick mehr als vier Blocks weit sehen.

Hinter mir zähle ich drei Vampire, die sich auf den Weg in die Stadt machen. Der Schutz, den ich früher vor den Vampiren hatte, die die Fang City beherrschen, ist heute nicht mehr vorhanden, aber keiner der fiesen Übernatürlichen interessiert sich für mich.

Seitdem bekannt ist, dass ich ein Shifter bin - und zwar nicht nur ein Shifter, sondern die Gefährtin des Alphas des Mountainside Packs -, verhalten sich die meisten Vampire, mit denen ich noch nicht befreundet war, so, als gäbe es mich nicht.

Ich verstehe schon. Das tue ich. Das Letzte, was der Kader gebrauchen kann, ist, dass einer seiner Leute einen neuen Klauen- und Reißzahnkrieg zwischen Shiftern und Vampiren auslöst. Im Moment herrscht zwischen unseren Leuten ein wackeliger Waffenstillstand. Wenn ich gezwungen bin, mich gegen einen abtrünnigen Vampir zu verteidigen, werde ich das tun, aber ich möchte lieber nicht für einen weiteren Superkampf verantwortlich sein, wenn ich es vermeiden kann.

Der allmächtige Kader, angeführt von Obervampir Roman Zakharov, sieht das genauso. Obwohl ich den verzauberten Reißzahn, der mich abschirmt, meinem Vampir-Mitbewohner zurückgegeben habe, halten mich die meisten Vampire in Muncie auf die eine oder andere Weise für tabu.

Und da Roman meinem Beinahe-Gefährten die Erlaubnis gegeben hat, mir innerhalb der Grenzen von Muncie den Hof zu machen, bekommt auch Ryker eine Erlaubnis.

Nicht, dass er eine bräuchte. Ryker hat bereits bewiesen, dass er einen Vampir angreifen würde, wenn er provoziert wird. Sicher, dieser Vampir war Aleksander Filan, mein oben erwähnter Mitbewohner, aber trotzdem. Ryker ist selbst ein mächtiger Alphawolf und wird kämpfen, wenn er herausgefordert wird, denn schließlich sind wir Shifter. Das ist es, was wir tun.

Gut, dass Ryker auch nicht daran interessiert ist, einen neuen Krieg zu beginnen.

Oh, nein. Sein einziges Ziel ist es - und das schon seit fast zwei Monaten, seit er mich im Juni hier gefunden hat - mich davon zu überzeugen, Ja zu sagen und seine Gefährtin zu werden. Dass ich für immer zu ihm gehöre und mich dem Mountainside Pack anschließe, das das bergige Gebiet außerhalb von Muncie beansprucht.

Ich habe es noch nicht getan und das nicht nur, weil ich ebenso stur wie impulsiv bin.

Nach dem letzten Jahr, in dem ich geglaubt habe, dass Ryker mich zurückgewiesen hat, weil er ein anderes Weibchen zu seiner Gefährtin erwählt hat, brauche ich einfach ein bisschen mehr Zeit, um zu akzeptieren, dass er mich um meiner selbst will und nicht, weil ich erst das zweite Alphaweibchen bin, von dem unser Volk gehört hat. Da die erste unsere verehrte Göttin Luna war, bedeutet es definitiv etwas, dass ich eine weitere bin.

Wenn ich nur herausfinden könnte, was das bedeutet. Denn, ja. Ich bin mir da noch nicht so sicher.

Laut der Rudelüberlieferung haben weibliche Alphas alle möglichen Tricks im Ärmel. Angeblich wird jedes Männchen, mit dem sie sich paart, zum Alpha, egal ob es ein Beta, Delta oder Omega ist, wenn es sich das erste Mal mit ihr paart, wenn sie sich mit ihm paart, wird er zu einem eigenen Gott. Und dann ist da noch die Tatsache, dass ein einziges Heulen aus ihrer Kehle jeden Rudelgenossen kontrollieren kann, egal welchen Rang er hat.

Und der letzte Punkt? Ja, genau. Ich kann persönlich bestätigen, dass es wahr ist. Obwohl ich meinen Rudelstatus nie gegen einen anderen Wolf einsetzen wollte, habe ich genau das während des vorletzten Vollmonds getan und es hat funktioniert. Deshalb frage ich mich, was es mit den anderen Gerüchten auf sich hat.

Wundern? Versuche es mit Besessenheit.

Seit Ryker Wolfson wieder in mein Leben getreten ist, ist Besessenheit zu einem meiner wichtigsten Charakterzüge geworden.

Wie jetzt.

Ich schüttle den Kopf und als ich sehe, dass die Ampel von Rot auf Grün umgeschaltet hat, stecke ich meine Hände in die Taschen meiner Jeans und schlendere zielstrebig vorwärts, als ob ich mich um nichts in der Welt kümmern würde - oder als ob ich keine Ahnung hätte, dass ich verfolgt werde.

Als ich Charlie's vorhin verließ, hatte ich es nicht eilig, nach Hause zu kommen. Warum auch? Ich habe doch niemanden, zu dem ich nach Hause gehen kann.

Vor sechs Wochen hat Aleks mir gesagt, dass er etwas Freiraum braucht. Auch wenn ich Ryker noch nicht offiziell gepaart habe, sind wir auf jeden Fall zusammen, lernen uns kennen und arbeiten auf die Luna-Zeremonie hin, die uns endlich zu ewigen Gefährten machen wird.

Aleks ... hatte die Nachricht nicht besonders gut aufgenommen.

Monatelang hatte er deutlich gemacht, dass er in mich verliebt war und dass er warten wollte, bis ich seine Gefühle erwiderte.

Und dann tauchte Ryker in Muncie auf und das war das Ende.

Also, ja. Vor sechs Wochen verließ Aleks die Wohnung, die wir uns teilten - ganz platonisch - und er ist immer noch nicht zurückgekommen. Nicht in die Wohnung und da bin ich mir ziemlich sicher, auch nicht nach Muncie.

Abgesehen von einer einzigen wöchentlichen Nachricht, in der er mir mitteilt, dass er immer noch vorhat, bald zurückzukommen, weigert er sich, meine Anrufe oder SMS zu beantworten, sodass ich nicht wirklich weiß, wo er ist oder was er tut. Es ist, als wäre er wie vom Erdboden verschluckt, nur weil er wollte, dass ich mich für ihn und nicht für Ryker entscheide und das konnte ich nicht tun.

Als er ging, sagte er mir, ich könne in der Wohnung bleiben, während er sich einen klaren Kopf machen würde. Die sture Hälfte von mir - na ja, eher drei Viertel von mir - wollte ausziehen, als klar wurde, dass Aleks länger weg sein würde, als ich zuerst dachte, aber auch das konnte ich nicht tun. Er hat mir letztes Jahr eine Bleibe gegeben, als ich nirgendwo anders hin konnte. Er vertraut mir an, dass ich auf seine Wohnung aufpasse und genau das werde ich auch tun.

Die Wohnung ist zwanzig Blocks von Charlies Haus entfernt. Für einen Shifter ist das nichts und ich gehe lieber zu Fuß, als mit dem Auto zu fahren, denn so kann ich die überschüssige Energie meines Wolfes abbauen, bevor ich mich zum Schlafen hinlege.

Aber wenn jemand mit mir Schritt für Schritt geht? Der sich in den Schatten versteckt und mich verfolgt, als wäre ich eine unwissende Beute? Die zwanzig Häuserblocks könnten ihm die Chance geben, die Pirsch in einen Angriff zu verwandeln. Ich bin ein Alpha. Für ein Raubtier wie mich ist es inakzeptabel, zur Beute degradiert zu werden.

Gut, dass ich einen Ersatzplan habe.

Anstatt geradeaus zu gehen, biege ich in die nächste Querstraße ein. Wenn ich eine weitere Straße hinunterlaufe und dann etwa fünf Blocks weitergehe, wird die Innenstadt von Muncie ein wenig vorstädtischer. Da drüben stehen Bäume. Grasflecken unterbrechen den durchgehenden Asphalt. Stadthäuser mit niedlichen kleinen Veranden und Rasenflächen anstelle von hoch aufragenden Gebäuden und einem Laden nach dem anderen.

Ich wohne zwar nicht dort, aber ich habe in letzter Zeit einige Zeit dort verbracht. Im Moment ist das die perfekte Gelegenheit, um meinen Stalker zu besiegen.

Er wird erwarten, dass ich auf meine Wohnung zusteuere. Sobald ich die Querstraße nehme, wird er herausfinden, dass ich meinen Plan geändert habe, aber das ist das Beste an diesem Teil von Muncie zu dieser nächtlichen Stunde. Wenn ich jemandem begegne, dann sind das entweder Vampire oder Menschen, die unser übernatürliches Geheimnis kennen. Ausnahmsweise muss ich nicht vorgeben, etwas zu sein, was ich nicht bin und als ich in die Straße einbiege, gebe ich richtig Gas.

Ich würde schneller sein, wenn ich meine Haut gegen ein Fell tauschen würde, aber dann wäre ich nackt, wenn ich mich zurückverwandeln müsste.

Nein. Besser, ich bleibe erst einmal vollständig angezogen.

Die Leute unterschätzen immer, wie schnell ich bin. Das liegt wohl daran, dass ich so zierlich und süß aussehe, das ist auch so, wenn ich zum Wolf werde. Hübsche, kleine blonde Mädchen sollen nicht bösartig und blutrünstig sein. Und schon gar nicht sollen sie sprinten können, als wären sie Usain Bolt.

Als ich wieder die Hauptstraße erreiche, werde ich gerade so langsam, dass ich als Mensch durchgehen kann. Der Geschwindigkeitsschub hat mir einen gewissen Abstand zwischen meinem Verfolger und mir verschafft, sodass ich jetzt im Vorteil bin. Ich kann mir entweder einen Platz suchen, an dem ich stehen bleibe und ihn zur Rede stelle, oder ich kann weiter zu dem Stadthaus gehen, das nur ein paar Blocks entfernt ist. Wie auch immer, es ist meine Entscheidung.

Nun, unsere Entscheidung.

Daher frage ich meine Wölfin. Sie kläfft wieder und erinnert mich daran, dass ich es viel mehr genießen werde, wenn ich zum Stadthaus aufbreche, damit das Raubtier in meinem Rücken etwas hat, das es wirklich jagen kann.

Meine Lippen verziehen sich zu einem klitzekleinen Grinsen. Mein Wolf hat absolut Recht. Als ich spüre, dass er näher kommt, wird mir klar, dass ich es viel mehr genießen werde, wenn ich mich von ihm fangen lasse.

Aber ich darf es ihm nicht zu leicht machen. Wo bliebe denn da der Spaß?

Ich stürme vorwärts, mein langes blondes Haar weht hinter mir her, in der Dunkelheit gibt die helle Farbe ihm ein Ziel. Ich bewege mich schnell und denke langsam, dass ich es vielleicht doch bis zum Stadthaus schaffe, ohne erwischt zu werden. Ich kann ihn immer noch nicht riechen und wenn ich mich nicht irre, scheint er weiter weg zu sein, als er sollte.

Hm. Ich will nicht lügen. Das ist enttäuschend.

Ich gehe trotzdem weiter. Da der Mann, der in dem Stadthaus wohnt, frühestens morgen Abend wieder zurück sein wird, bin ich sicher, dass er nichts dagegen hat, wenn ich bei ihm übernachte. Es ist näher als die Wohnung, ich habe einen Ersatzschlüssel in meiner Tasche, den ich für Notfälle aufbewahre und obwohl ich noch nie ohne ihn dort war, gibt es für alles ein erstes Mal, oder?

Das Stadthaus ist das dritte in einer Reihe von sechs. Ich gehe gerade am zweiten vorbei, als mein Wolf mir plötzlich befiehlt, mich umzudrehen. Ein vertrauter Geruch steigt mir in die Nase und ein Schauer läuft mir über den Rücken, als sich plötzlich zwei unmenschlich starke Arme um meine Mitte und meine Brüste schlingen und meine Arme an der Seite einklemmen. Bevor ich überhaupt weiß, wie mir geschieht, hat er mich vom Boden hochgehoben, ohne auch nur ein „Hab dich!"

Verdammt, Luna. Ich hätte wissen müssen, dass so ein Elitejäger vielleicht den längeren Weg nimmt und sich die Querstraße hinaufschleicht, nachdem er mich in dem Glauben gelassen hat, dass er die Verfolgung aufgegeben hat.

Auch das hätte ich besser wissen müssen. Er hat immer wieder bewiesen, dass er niemals aufgeben wird, wenn es um mich geht.

Weil er nichts anderes von mir erwartet, wehre ich mich, aber ich glaube, wir wissen beide, dass ich nicht mit dem Herzen dabei bin, wenn es so wäre, würde er mich sofort fallen lassen. Er hält mich immer noch fest und neigt seinen Kopf gerade so weit, dass er mir einen warmen, einladenden Kuss mit offenem Mund auf den Nacken geben kann, dann geht er noch schneller und trägt mich den Rest des Weges zum Stadthaus.

Er muss zu Hause angehalten haben, bevor er zu Charlie's ging, denn er verschwendet keine Zeit mit einem Schlüssel. Er dreht den Knauf, die Tür springt auf und er schiebt mich mühelos hinein.

Zwischen seinem Moschusduft - Kiefer und Gewürz und purem, unverfälschtem Mann - und der besitzergreifenden Art, mit der er mich anfasst, als hätte er jedes Recht dazu, werde ich schon feucht. Sein Mund auf meiner Haut macht meine Erregung nur noch größer. Und obwohl ich es ihm gegenüber nie zugeben würde, hat er etwas an sich, das mich verdammt wild macht.

In seinen Armen bin ich vollkommenes Wachs. Vergiss es, so zu tun, als ob ich seine Hände nicht an mir haben will. In diesem Moment will ich sie überall haben. Ich weiß nicht einmal, ob ich darauf warten kann, dass er mich in den zweiten Stock bringt, wo er schläft, wenn er mal eine Nacht von seinen Pflichten als Alpha des Mountainside Packs frei hat.

Drei Schritte in den vorderen Raum und ich bin mir ziemlich sicher, dass Ryker genau das Gleiche denkt wie ich.

Er löst seinen Griff um mich und stellt mich auf meine Füße. Er hält mich immer noch mit dem Gesicht von ihm weg und starrt auf die weiße Wand. Ich habe ein paar Sekunden Zeit, um nach hinten zu greifen, bevor ich wieder gefangen bin, denn sein Körper schmiegt sich an meinen, als ob er nicht näher kommen könnte.

Meine Hände finden ein Paar stramme Arschbacken. Nackte Arschbacken. Oh, Luna. Er ist schon nackt. Die Beule, die sich in meinen Rücken gräbt? Ein Beweis dafür, dass er so unersättlich ist wie eh und je und dass unsere fünftägige Trennung für ihn genauso hart war wie für mich.

Ich drücke seinen Hintern, dann bewege ich meine Hände wieder vor mich. Ich hebe sie an, bis meine Unterarme gegen die Wand gepresst sind. Ich wölbe meinen Rücken und drücke meinen Hintern gegen den harten Körper, der mich einschließt.

Sein heißer Atem streichelt meinen Nacken, während er mir mit einer Hand die Haare über die Schulter streicht. Er geht genau zu dem Punkt, an dem sie sich treffen und küsst sanft meine Haut, bevor er seinen Mund wieder öffnet und knabbert.

Ich möchte ihm sagen, dass er mich nur gefangen hat, weil ich es wollte. Wenn das eine echte Verfolgungsjagd wäre, hätte ich meine Krallen an seiner Kehle, weil er es gewagt hat, mich wie ein Raubtier zu verfolgen. Dass ich weiß, dass seine Nacktheit bedeutet, dass er mich in seinem Fell verfolgt hat. Dass er ein unnötiges Risiko eingegangen ist, indem er sich innerhalb von Muncie bewegt hat, nur um die Verfolgung zu einer größeren Herausforderung zu machen - und dass er ein Betrüger war.

Ich hätte nie gedacht, dass er zum Wolf wird, um eines unserer Lieblingsspiele zu spielen und das gab ihm einen weiteren Vorteil.

Eine Sache ist sicher? Das werde ich mir für das nächste Mal auf jeden Fall merken.

Wenigstens hatte ich Recht. In dem Moment, als ich aus dem Charlie's kam, war mir klar, dass Ryker Wolfson einen Tag früher als geplant nach Muncie zurückgekehrt war - und dass, wenn ich ihn so gut kennengelernt hatte, wie ich glaubte, das Erste, was mein Alpha tun wollte, nun ja, ich sein würde. Vom nackten Körper bis zu seinen heißen Küssen, es sieht so aus, als wären wir auf der gleichen Seite.

Luna, ich habe ihn vermisst.

Ich möchte ihm all das und noch mehr sagen, aber alles, was ich herausbekomme, ist ein kleines, begieriges Stöhnen, als er seine Hände senkt und meine kaum vorhandenen Kurven formt, bevor seine Finger meine Jeans aufknöpfen.

„Es tut mir leid, Süße", sagt er mit der kieseligen Stimme, die er immer benutzt, wenn sein Wolf das Sagen hat. Er mag in seiner Haut stecken, aber täusche dich nicht. Ich habe es gerade mit einem reinen

Alphawolf zu tun. „Ich kann es nicht länger abwarten, wieder in dich zu kommen."

„Du brauchst dich nicht zu entschuldigen", hauche ich aus und meine Stimme wird vor Vorfreude ganz leise. Darauf habe ich gewartet, seit ich ihn zum ersten Mal durch unsere Verbindung gespürt habe. Ich reibe meinen Hintern an seiner Erektion. „Tu es einfach."

Ryker stöhnt bei der Reibung, die meine Jeans an seinem nackten Schwanz verursacht. Ein paar Sekunden lang genießt er das Gefühl, bevor sich sein Körper um mich herum versteift.

Ich weiß, was das bedeutet. Wenn er nicht langsamer wird, spritzt er mir auf den Rücken, bevor wir überhaupt zu den guten Sachen kommen.

Ich habe gelernt, diese Dinge an ihm zu verstehen, nicht schlecht für jemanden, der vor knapp zwei Monaten noch Jungfrau war. Seit wir beschlossen haben, es miteinander zu treiben, haben wir uns nicht nur kennengelernt, sondern auch unzählige Nächte damit verbracht, den Körper des anderen zu erkunden.

Ich meine, Partner sollten doch kompatibel sein, wenn es um die Paarung geht, oder? Das dachte ich und es brauchte nicht viel, um Ryker zu überzeugen, sobald der Vollmond wieder abnahm.

Aber es ist fünf Tage her, dass ich ihn gesehen habe. Ich schätze, das reicht aus, um ihn wirklich nervös zu machen. Anders als wenn er sich während des Vollmonds absichtlich verschließt, fand diese Trennung während der Phase ihres Zyklus statt, in der Luna zunimmt. Wir hätten uns die ganze Zeit über paaren können, wenn er nicht andere Verpflichtungen gehabt hätte, aber jetzt ist er zurück und ich bin mir ziemlich sicher, dass er mich in den letzten Tagen vermisst hat.

Ich drücke meine Stirn an die Wand und verstecke mein Grinsen.

Ich kann es kaum erwarten.

2

ICH HABE DICH VERMISST

Mit beiden Händen reißt er meine Jeans bis auf den Boden herunter.

Ich bin beeindruckt, dass Ryker, so sehr er auch von seinem Paarungsbedürfnis beherrscht wird, sich tatsächlich daran erinnert. Nachdem er das letzte Mal meine Jeans zerrissen hat, weil er es so eilig hatte, an meine Muschi zu kommen, habe ich ihm gesagt, dass er entweder besser auf sie aufpassen soll oder dass ich einfach wieder auf Sommerkleider umsteigen werde, damit er leichter an mich herankommt.

Also, Ryker mag mich in Jeans. Nun, nein. Er mag mich in Sommerkleidern. Er liebt mich in Jeans. Er liebt Alpha Gem mehr als das Omega, das ich einst vorgab zu sein und er hat versprochen, keine Jeans mehr zu ruinieren.

Aber meine Unterwäsche? Ja, die Geduld, auf die er sich bei seiner Jagd verlassen hat, ist endgültig am Ende. Mit einer schnellen, ruckartigen Bewegung reißt er sie mir vom Leib. Ich weiß nicht, ob er sie zerrissen oder mit einer Klaue aufgeschlitzt hat, aber sie sind weg.

Ich grinse immer noch und halte mich fest.

Heutzutage brauche ich nur Ryker in der Nähe zu spüren und schon bin ich bereit, mich zu paaren. Ich hebe meinen Hintern und warte darauf, dass er mich an den Hüften packt und mich festhält, damit er mich besteigen kann.

Ich hätte es besser wissen müssen. So verzweifelt er auch ist, Ryker wird seine Erektion nicht einfach in mich hineinschieben. Er will, dass ich es genieße, meinen Körper mit ihm zu teilen, damit ich endlich aufhöre, stur zu sein und ihm erlaube, der einzige Mann zu sein, der mich jemals ficken wird.

Nicht, dass er das nicht schon wäre, aber ich habe ihm das noch nicht ganz bestätigt. Wenn er sich anstrengen will, um mich zu überzeugen, werde ich ihn gewähren lassen, vor allem, wenn mein großer Shifter hinter mir in die Knie geht und meine Arschbacken mit seinen Händen umklammert, während er anfängt, mich von hinten zu lecken.

Das ... wow. Das ist neu.

Ryker liebt meinen Geschmack. Da ich dasselbe für ihn empfinde, wenn ich seinen Schwanz in den Mund nehme, kann ich nichts sagen, aber er nutzt jede Gelegenheit, um mich zu vernaschen.

Aber so wie jetzt? Eindeutig neu.

Ich quieke und stelle mich auf die Zehenspitzen, als seine Leckereien zu einem saugenden Angriff auf meine Klitoris werden.

„Ryker!"

Er zieht sich lange genug zurück, um zu grunzen: „Shirt. Ausziehen. Jetzt", bevor er meinen Arsch mit seinen großen Händen packt und mich ganz seinem hungrigen Mund öffnet.

Ich benutze die Wand, um meine plötzlich zitternden Beine abzustützen. Das Vergnügen durchströmt mich bereits, aber wenn Ryker will, dass ich mein Tank-Top ausziehe, dann wird es auch ausgezogen.

Sobald er sieht, dass ich nach dem Saum greife und ihm ausnahmsweise mal gehorche, anstatt ständig gegen ihn anzukämpfen, bearbeitet er meine Muschi wieder mit seinen Lippen und seiner Zunge.

Mir fallen fast die Augen aus dem Kopf, so verdammt gut ist er. Ich brauche eine Sekunde, um mich zu beruhigen, bevor ich mir das Tank-Top über den Kopf ziehe und es irgendwo hinter mich werfe. Es ist mir egal, wohin. Das werde ich später herausfinden, wenn Ryker nicht dabei ist, mich zum Kommen zu bringen.

Gerade als ich kurz davor bin, zieht er sich zurück, sodass ich ihm noch eine Warnung entgegenknurren kann.

Ryker erhebt sich auf seine Füße. Er knabbert an meiner nackten Schulter, ein leises Lachen kitzelt meine Haut, als er sich wieder über meinen Körper beugt.

„Wir wollen zusammen kommen", erklärt er, während er seinen Schwanz an meine Öffnung drückt. „Du schmeckst so verdammt lecker, dass ich fast auf dem ganzen Boden explodiert wäre. Aber ich will dich, Gemma. Ich brauche dich."

Ich habe es aufgegeben, ihn dazu zu bringen, mich "Gem" zu nennen. Er hat nicht gescherzt, als er sagte, dass es entweder "Gemma" oder "Sweetheart" heißt, aber das ist es wert, wenn er mich einfach nur "mein" nennt.

Ich drücke mich gegen ihn und nehme ihn ganz in mich auf. Ich mache mir keine Sorgen, dass er seine Ladung in mir abschießt. Es ist selten, dass nicht-verbundene Partner Welpen zeugen. Genauso wie ich als Alphaweibchen super selten bin, ist es auch die Tatsache, dass meine Mutter von dem Partner schwanger wurde, mit dem sie sich nicht verbinden wollte. Außerdem ist er in den letzten sechs Wochen so oft in mir gekommen, dass ich denke, dass es passieren wird, wenn es passieren soll.

Und wenn es passiert? Vielleicht höre ich dann auf, mir Sorgen zu machen, dass das alles nur ein großer Traum ist und dass Ryker eines

Tages aufwacht und beschließt, eine andere Frau zu wählen - oder schlimmer noch, dass ich endlich meine Deckung so weit senke, dass ich ja sage und er sich umdreht und mir sagt, dass meine Unterwerfung alles war, was er je wollte, aber dass er nie mein Partner sein wird.

Siehst du? Ich sagte ja, ich bin besessen.

Mit zusammengebissenen Zähnen konzentriere ich mich auf seinen Schwanz, der mich ausfüllt und dehnt, während ich hartnäckig die schrecklichen, negativen Gedanken aus meinem Kopf verdränge. Er hat nichts getan, was mich auf die Idee bringen könnte, dass er mich aufgibt - uns - und es wäre lächerlich, wenn ich mir Sorgen machen würde, dass er seine Meinung ändert, während er bis zum Anschlag in mir steckt.

Ryker ist so nah an mir dran, dass er kaum noch stößt. Mit seinen Hüften als Kolben schaukelt er schnell und keucht leise, während er mit den Fingerspitzen über meinen nackten Bauch streicht und seine Handflächen langsam zu meiner Brust hochwandern.

Er schiebt meinen BH hoch und umschließt meine nackten Titten mit seinen massiven Pranken. Ich spüre, wie die Spitzen seiner Krallen herausragen und sanft in die zarte Haut stechen. Aber er wird sie nicht aufbrechen. Solange ich nicht bereit bin, ihn unter der Luna zu begatten, wird er es nicht wagen, meine Haut zu markieren. Das hebt er sich für unsere Paarungsnacht auf, aber die winzigen Nadelstiche machen mein Verlangen nur noch größer.

Konzentriere dich auf das Jetzt, sage ich mir. Mach dir keine Gedanken über die Zukunft. Mach dir keine Gedanken über das, was du nicht kontrollieren kannst. Genieße einfach Ryker, solange du ihn hast.

Und als er sich in mir aufbäumt und sein Kinn in meinen Haaren vergräbt, während er sich um mich schlingt und wir beide zusammenkommen ... tue ich genau das tue.

Schließlich schaffen wir es zu seinem Bett im zweiten Stock.

Als wir noch unten waren, habe ich mich der letzten Klamotten entledigt. Jetzt kuschle ich mich an Ryker, Haut an Haut und genieße die Wärme, die er ausstrahlt, viel effektiver als jede Bettdecke. Ich stütze meine Wange auf eine Hand, den anderen Arm lege ich um seine Taille und streiche zufrieden über die Grübchen in seinem Rücken, während er sich auf die Seite legt.

„Ich habe dich vermisst", murmelt er in meinen Nacken, als er wieder mehr als nur knurren und grunzen kann. Ryker stupst mit seiner Nase meine Kehle an, bevor er mit der flachen Zunge darüber streicht. „Ich habe dich so sehr vermisst."

Ich finde es toll, dass nicht einmal ein Hauch von Täuschung in seinen Worten liegt. Er meint es ernst, aber ich finde es noch erstaunlicher, dass er sich so wohl dabei fühlt, es mir zu sagen.

Ich lächle vor mich hin. „Ich weiß."

„Vermisst du mich, Schatz?"

Gute Frage.

Vor acht Wochen hätten wir dieses Gespräch nicht geführt, weil ich auf keinen Fall mit Ryker Wolfson im Bett liegen wollte.

Vor sechs Wochen hätte ich gespottet und ihm ins Gesicht gelogen. Was soll's, wenn er es merken würde? Damals fühlte ich mich nicht wohl.

Vor vier Wochen hätte ich mich mit Ryker zusammengerollt, ihm in die nackte Brust gestochen und gesagt: „Nenn mich nicht Schätzchen".

Aber jetzt? Nach fast einer Woche Trennung kuschle ich mich näher an ihn heran, fahre mit meiner Hand seine Brust hinauf, bis ich meine Handfläche auf die fünf deutlichen Narben drücken kann, die die Stelle markieren, an der sich sein Herz befindet, und seufze.

„Ja", gebe ich zu. „Das habe ich."

Er legt seine große Hand auf meine. Ich kann spüren, wie er vor Vergnügen grummelt und fast an Ort und Stelle vibriert. Ich weiß nicht, ob es daran liegt, dass ich ihn absichtlich auf sein Zeichen aufmerksam mache, oder daran, dass ich ihm tatsächlich gesagt habe, dass ich ihn vermisse. Wie ich Ryker kenne, ist es wahrscheinlich beides.

„Du hättest mit mir kommen können."

„Ich hatte Arbeit. Das weißt du doch."

„Mm."

Weil ich weiß, worauf er hinaus will - und dass er Recht hat - gehe ich nicht auf seinen Köder ein.

Meinen Job zu benutzen ist eine Ausrede. In vielerlei Hinsicht ist es eine Ausrede. Wenn ich gefragt hätte, hätte Charlie mir die Woche frei gegeben, um am jährlichen Alpha-Treffen teilzunehmen. Aber ich habe nicht gefragt und meine Schichten in der Bar als Ausrede dafür benutzt, dass ich Ryker nicht begleiten konnte, als er vor fünf Tagen die Ostküste verließ. Das Treffen findet jedes Jahr statt und die Familien - die Wunschpartner, die Bindungspartner, die Auserwählten und die Welpen - sind eingeladen, mit ihrem Alpha zu gehen, also hätte ich definitiv mit ihm hingehen können.

Aber selbst wenn unser Beziehungsstatus nicht im Fluss gewesen wäre, gibt es noch einen anderen Grund, warum ich dort hätte sein sollen.

Irgendwann Ende Juli, Anfang August eines jeden Jahres treffen sich alle Alphas zu einem großen Treffen, das wie ein Kongress aussieht und siehe da, da ist auch meine Einladung dabei. Es ist ein Treffen für alle Alphas in den Staaten und in den letzten zwei Monaten hat sich herausgestellt, dass ich nicht nur der einzige weibliche Alpha bin, den die amerikanischen Shifter kennen, sondern dass ich, nachdem ich meinen Anspruch auf Muncie geltend gemacht habe, technisch gesehen der Alpha der Fang City bin, die ich mein Zuhause nenne.

Das wollte ich nicht. Ehrlich gesagt, bin ich mir nicht sicher, wie ich es geschafft habe. Nach allem, was passiert ist, als Shane sein wahres Gesicht gezeigt hat - dass er mit meinem Samenspender zusammenarbeitet, dass er mich Ryker wegnehmen wollte - gibt es jetzt eine deutliche Trennung zwischen den Territorien, die auf diese Nacht zurückgeht.

Alles in der Nähe der Berge, die eine Seite von Muncie begrenzen, gehört zum Mountainside Pack. Ryker's Rudel. An der Grenze zwischen der eher ländlichen Seite und der Stadt beherrschen aber nicht nur die Vampire dieses Gebiet.

Es wird von einem Alpha-Wolfswandler beansprucht. Es wird von mir beansprucht.

Ich habe mich immer als Alpha eines Zweier-Rudels gesehen, als es nur mich und meinen Vampir-Mitbewohner gab, aber nach dem schicksalhaften Heulen im Mondlicht ist meine Reichweite wohl noch ein bisschen größer geworden.

Wunderbar, oder?

Also, ja, ich hätte zu dem Treffen gehen können, entweder als Rykers Gast oder als eigener Alpha. Aber so ist es nun mal. Alle Alphas sind zu dem Treffen eingeladen und das schließt den einen Wolf ein, dem ich auf keinen Fall begegnen möchte.

Wicked Wolf Walker.

Er ist der Alpha des Western Packs, eines der größten und mächtigsten Rudel des Landes und mein Biologischer Vater, auf den zufällig ein hohes Kopfgeld ausgesetzt ist.

Ich weiß, dass er seit mehr als fünfundzwanzig Jahren nicht mehr zum Treffen gegangen ist. Nicht mehr, seit meine Mutter ihn verlassen und Paul, meinen Adoptivvater und den Alpha des Lakeview-Rudels, gepaart hat. Papa - denn bis zu dem Tag, an dem ich Luna treffe, wird Paul Booker der einzige Vater sein, den ich für mich beanspruche - hat einmal die Oberhand über den Bösen Wolf gewonnen und ihn gewarnt, dass er beim nächsten Mal seinen Instinkten nachgeben und ihn abschlachten würde. Soweit ich weiß, ist der Kampf mit meinem Vater die einzige Herausforderung, die der Böse Wolf Walker je verloren hat. Seitdem hat er die Reihen geschlossen und sein Rudel vergrößert, während er verkündete, dass sich das Western Pack vom Rest der Shifter-Gemeinschaft in den Vereinigten Staaten abgespalten hat. Der Schwachkopf weigert sich auch, sich an irgendwelche Shifter-Gesetze zu halten und hat fast mein ganzes Leben lang kein einziges Alpha-Treffen besucht.

Aber bei meinem Glück? Wäre dies das erste Treffen gewesen, das er mit seiner Anwesenheit beehrt hätte.

Das konnte ich nicht riskieren. Und obwohl Ryker bis vor Kurzem nicht wusste, dass der Böse Wolf des Westens mein Samenspender war, verstand er, warum ich dem Treffen fernbleiben wollte, auch wenn die Sache zwischen uns so neu war, dass es schmerzhaft war, so lange von ihm getrennt zu sein, wie wir es waren.

„Er war nicht da“, sagt er plötzlich, als ob er meine Gedanken lesen könnte. Wer weiß? Vielleicht kann er es, denn er hat es richtig gemacht. Ich liege mit ihm im Bett, aber meine Gedanken sind Tausende von Kilometern entfernt im Wolfsbezirk in Kalifornien. „Aber ich habe deinen Vater gesehen. Paul. Er hat mir gedroht, mir an die Eier zu gehen, wenn ich dir noch einmal wehtue.“

Siehst du? Und das ist genau der Grund, warum ich meinen auserwählten Vater so bewundere.

„Man sagt, dass der Böse Wolf niemals blufft. Aber mein Vater? Glaube mir. Er mag ein netter Kerl sein, aber ich bin mit ihm im

Sparring aufgewachsen. Er hat mir beigebracht, wie man kämpft. Er hatte deine Eier an einer Kette und du hast gesungen wie ein Sopran, bevor du dich überhaupt verwandelt hast."

Ryker gluckst und drückt sanft meine Finger. „Hat er dir auch beigebracht, auf das Herz zu zielen?"

„Er hat mir beigebracht, etwas zu bewirken", schieße ich zurück. „Ich konnte nicht auf deinen Schwanz losgehen, weil ich Pläne für ihn hatte. Aber als ich dachte, dass du dein Herz an jemand anderen verschenkt hast, habe ich es darauf abgesehen. Du kannst froh sein, dass ich es dir nicht herausgerissen habe."

Ich war kurz davor gewesen. Wütend, beschämt und mit einem gebrochenen Herzen konfrontiert, überwältigte ich den Mann, rammte meine Krallen in seine Brust und überlegte wirklich, ob ich ihm das Ding rausreißen sollte. Aber ich tat es nicht und ich bin froh, dass mein Wolf es mir ausgeredet hat, denn ich hätte es bereut, dass ich ihn nie lieben durfte.

Ryker schiebt seinen Daumen unter meinen und umkreist meine Handfläche.

Seine Krallen sind weg, stelle ich fest, als er fast feierlich sagt: „Nein, mein Schatz. Ich bin froh, dass du mir noch eine Chance gegeben hast, nachdem ich die ganze Sache mit Trish vermasselt habe."

Obwohl ich es bequem, gemütlich und gut durchgevögelt wurde, lässt allein die Tatsache, dass Ryker diesen Namen ausspricht, etwas von meinem postkoitalen Glücksgefühl verschwinden.

Ich versuche, mein plötzliches Unbehagen mit einer Stichelei zu überspielen. „Wirklich, Ryker? Ist das deine Vorstellung von Bettgeflüster?"

Ich weiß einfach, was Ryker letztes Jahr versucht hat. So sehr ich es auch hasse, ich habe es verstanden, nachdem er sich endlich erklärt hatte. Trish Danvers hatte ihn erpresst und die Tatsache, dass sie wusste, dass ich ein weibliches Alphatier bin, dazu benutzt, ihn davon abzuhalten, sich offiziell mit mir zu paaren, als ich nach Accalia kam. Sie wollte ihn, und sie war bereit, alles zu tun, um ihn zu bekommen.

Es war nichts Persönliches. Nicht wirklich. Jedes Weibchen, das ihr in die Quere kam, war ein Ziel, und die Tatsache, dass ich Rykers zukünftige Gefährtin war - bestätigt von Luna selbst - brachte sie dazu, mich zu verachten. Als Shane ihr den Beweis lieferte, den sie brauchte, um Ryker davon zu überzeugen, sich für sie zu entscheiden, dachte sie wohl, sie hätte den Jackpot geknackt. Entschlossen, mein Geheimnis für mich zu bewahren, beschloss Ryker, so lange mitzuspielen, bis er herausgefunden hatte, wie sie an den Beweis gekommen war - und mit wem sie zusammenarbeitete, denn es war offensichtlich, dass sie es nicht allein getan hatte.

Es stellte sich heraus, dass es Rykers "treuer" Beta, Shane, war, der alles getan hatte, um Trish seinem Alpha auf den Hals zu hetzen. Nicht etwa, weil er dachte, dass sie gut zusammenpassen, sondern weil er auch wusste, dass ich ein weiblicher Alpha war und statt Ryker zu erpressen, nutzte er diese Information, um mich zu überreden, ihn zu paaren.

Er ging sogar so weit, mir den Gedanken einzupflanzen, dass Ryker sich wirklich für Trish entschieden hatte und dass er mich nur hinhalten wollte. Ich habe ihm geglaubt und als Ryker seinen Plan durchführte, unsere Paarung so lange hinauszuzögern, bis er herausgefunden hatte, was in seinem Rudel vor sich ging, habe ich ihn im Stich gelassen.

Nun, nein. Ich habe ihm gedroht, ihm das Herz herauszureißen, musste mir anhören, dass ich ihm nichts bedeute und bin wie eine Maus aus der Hütte des Alphas gerannt.

Ryker ist selbst ein geborener Alpha. Er dachte, er wüsste, was er tut. Zumindest dachte er, er könnte es mir begreiflich machen - aber dann fuhr ich mit meinem Jeep aus Accalia heraus und bis er bereit war, mich zu verfolgen, hatte ich Aleksander Filan getroffen und mein neues Leben in Muncie begonnen.

Ein Jahr lang konnte Ryker mich nicht finden und das nur dank Aleks' Hilfe. Natürlich hatte ich damals keine Ahnung, dass er überhaupt nach mir suchte oder dass Aleks' Gefühle für mich den Vampir dazu brachten, mich als seine zukünftige Gefährtin zu beanspruchen, lange bevor ich überhaupt wusste, dass er mehr in mir sah als nur den Streuner, den er mit nach Hause brachte.

Jetzt weiß ich es und jetzt weiß ich auch, dass Trish nicht gegen Ryker gearbeitet hat. Sie wollte einfach nur seine Gefährtin sein. Aus einer kranken, verdrehten Form der Zuneigung heraus versuchte sie alles, was sie konnte, um ihn dazu zu bringen, sie zu wählen.

Aber Shane? Shane hat gegen ihn gearbeitet. Schlimmer noch, er arbeitete mit meinem verrückten Samenspender zusammen, um Ryker auszuschalten und an mich heranzukommen.

Shane Loup will ein Alpha sein. Um das als geborener Beta-Wolf zu erreichen, muss er sich mit einem Alpha-Weibchen paaren. Er muss sich mit mir paaren.

Ja, genau. Viel Glück, Arschloch.

Aber genauso wie Ryker jedes Mal ausrastet, wenn jemand seinen ehemaligen Beta erwähnt - der nach Rykers Informationen derzeit der Beta des Western Packs ist -, kann ich nicht fassen, wie sehr mich Trish Danvers nervt. Auch wenn die hübsche brünette Wandlerin nicht so böse ist, dass sie in Shanes Plan verwickelt war, hat sie trotzdem versucht, mir Ryker wegzunehmen. Das ... kann ich nicht verzeihen.

Dass er sie vor eineinhalb Monaten aus dem Rudel geworfen hat, hilft zwar, aber nicht viel. Sie ist eine Schwachstelle in meiner Rüstung, eine Schwäche, die ich gerne überwinden würde, aber ich kann es nicht. Und Ryker weiß das.

Er hebt meine Hand an seine Lippen und küsst sanft meine Knöchel.

Ich liebe diese Seite meines wilden, rauen Alphas. Normalerweise ist er entweder kalt und beherrscht oder er kocht vor Wut, wenn sein Wolf zum Vorschein kommt. Nur wenn wir beide alleine sind, verletzlich und nah, kann ich den Ryker sehen, der mein Herz gestohlen hat, als ich noch ein Kind war.

„Du hast Recht. Ich hätte sie nicht ansprechen sollen."

Igitt. Und jetzt ist er auch noch so verständnisvoll? Es ist, als ob er will, dass ich mich noch mehr in ihn verliebe.

3

RYKER'S GESCHENK

Ich schüttle den Kopf. „Nein, bin ich nicht. Ich bin eine Schlampe. Tut mir leid ... wenn du darüber lachen kannst, dass ich dir das Herz herausreißen wollte, sollte ich auch mit der ganzen Trish-Sache klarkommen, jetzt wo ich die Wahrheit kenne. Vor allem, weil du mir versprochen hast, keine Geheimnisse mehr zu haben."

Ryker dreht seinen Kopf so, dass sein dunkelgoldener Blick direkt auf mich gerichtet ist. In den Tiefen seiner Augen sehe ich dasselbe Versprechen, das er mir zu Beginn unseres Werbens gegeben hat. Er wird sich daran erinnern, dass ich eine Alpha bin und er keine Entscheidungen für mich treffen kann, genauso wie ich mich daran erinnern werde, dass er ein Alpha ist und es manchmal unvermeidlich sein wird.

Genau wie bei uns.

„Keine Geheimnisse mehr. Seit wir uns gepaart haben, gehören wir zusammen, Gemma. Wir sind Partner."

Ich liebe dich.

Oh. Fast hätte ich die Worte ausgesprochen. Tatsächlich huste ich und verschlucke sie, damit ich es nicht tue.

Ich werde sie nicht zuerst aussprechen. Ich weigere mich absolut. So sehr Ryker auch beteuert, dass wir Partner sind, dass wir füreinander bestimmt sind, dass wir zusammengehören, auch wenn wir noch nicht offiziell verbunden sind, er hat mir noch nie gesagt, dass er mich liebt. Und solange er das nicht tut, kann ich ihm nicht ja sagen, auch wenn ich es wirklich will.

Während des letzten Vollmonds hätte ich es fast getan. Drei Wochen lang hat Ryker mir den Hof gemacht und so viel Zeit in Muncie verbracht, wie er sich getraut hat, jetzt, wo Accalia seine Beta vermisst. Wir hatten Verabredungen, sind zusammen durch die Stadt gelaufen und haben in unserem Fell gejoggt, was immer damit endete, dass wir im einzigen Park der Stadt gefickt haben. Ich schluckte meinen Stolz herunter und ließ ihn für mich kochen. Als ich merkte, dass Ryker zwar in vielerlei Hinsicht toll, aber ein beschissener Koch war, kochte ich für ihn.

Als der Vollmond kam, war ich bereit, Ja zu sagen. Aber bei all den Gesprächen, die wir führten, all den tiefgründigen Unterhaltungen, die wir teilten, den Hoffnungen für die Zukunft, den Erinnerungen an die Vergangenheit ... unsere Gefühle füreinander kamen nie zur Sprache. Und vielleicht geht er einfach davon aus, dass ich weiß, dass er mich liebt. Ryker ist nicht der Typ, der Worte benutzt, wenn Taten so viel lauter sprechen.

Aber verklagt mich. Ich brauche die verdammten Worte.

Letzten Monat hat Ryker also zugelassen, dass sein vertrauenswürdiger Rudelrat - den er nach Shanes schockierendem Verrat ausgewählt hatte - ihn in seinem Keller einsperrt. Er befahl ihnen klipp und klar, mich von ihm fernzuhalten und ging sogar so weit, ein paar Wölfe nach Muncie zu schicken, um mich zu bewachen, während er nicht konnte.

Ich habe keine Ahnung, was er dem Kader versprochen hat, um Dorian und Jace zu erlauben, in ihrem Pelz vor meinem Wohnhaus herumzulaufen, aber sie haben den ganzen Vollmond damit verbracht, mich zu beobachten, während ich ihn mit dem alten Standby verbracht habe: meinem Vibrator und einer halben Gallone Breyer's.

Im Moment ist die Luna in ihrer ersten Viertelphase, auf halbem Weg zwischen Neumond und Vollmond. Ich habe noch viel Zeit, bis ich mir Gedanken darüber machen muss, was passiert, wenn sie Ende August wieder draußen ist, aber in den letzten Tagen, in denen er weg war, wurde mir klar, wie sehr ich ihn wirklich vermisst habe.

Das ganze letzte Jahr über konnte ich es mir nicht erlauben. In der letzten Woche habe ich es getan. Ich habe ihn vermisst, aber ich bin nun mal stur, also schlucke ich das "Ich liebe dich" herunter, bis er bereit ist, es mir zuerst zu sagen.

Ich weiß nicht, warum ich mir die Mühe mache. Ich bin mir ziemlich sicher, dass ich beim ersten Mal mit ihm meinen Platz in die Luft gesprengt habe. Ich war so besinnungslos vor Lust und dem überwältigenden Gefühl der Freude, als wir uns unter dem zunehmenden Mond paarten, dass ich ihm öfter als nötig sagte, dass ich ihn liebe, aber er sagte nie dasselbe, weder damals noch heute.

Ich versuche, mich nicht daran zu erinnern. Selbst wenn er länger braucht, um die Worte zu sagen, ist das okay. Wir sind erst seit zwei Monaten zusammen, schätze ich. Wenn man ein Paar ist, ist alles anders, weil man einfach davon ausgeht, dass wir uns früher oder später lieben werden. Vielleicht bin ich einfach nur ungeduldig. Könnte sein. Ich weiß es wirklich nicht.

Aber eines weiß ich. Das Zusammensein mit Ryker ist das Warten wert.

„Für mich ist das in Ordnung“, sage ich ihm ganz ehrlich. „Wir sind Partner. Wir sind ein gutes Paar.“ Ich befreie meine Hand aus seinem

Griff und klopfe ihm auf die Brust. „Geh nur nicht wieder für so lange weg, okay? Ich mag es nicht, dich zu vermissen."

Sein Lächeln ist atemberaubend. Selbst mit den dunklen Bartstoppeln, die seinen scharfen Kiefer und seine markanten Gesichtszüge verdecken, ist sein Lächeln eines der attraktivsten Dinge an ihm. Wahrscheinlich, weil der schützende Alpha nicht oft entspannt genug ist, um es zu zeigen.

Aber bei mir kann er es.

„Ich bin einen Tag früher zurückgekommen", sagt er.

Das ist wahr. Ich habe ihn erst morgen Abend erwartet, deshalb war ich auch so überrascht, als ich ihn hinter mir herschleichen spürte .

„Aber du warst trotzdem fünf Tage lang weg. Weißt du, wie viel Ärger ich mir in fünf Tagen hätte einhandeln können? Wer weiß? Vielleicht hätte ich sogar vergessen, dass es dich gibt."

Ryker weiß, dass ich ihn aufziehe. Ich kann ihn nur deshalb aufziehen, weil er weiß, dass ich nicht ehrlich bin. Selbst wenn es mit mir und Ryker nicht klappt, weiß ich, dass es nie einen anderen Mann für mich geben wird. Niemals. Betrügen? Das ist nur ein weiterer Grund, warum mein Samenspender anders ist als alle anderen Wölfe, die ich je getroffen habe. Er schlief mit jedem Weibchen in seinem Rudel, nur so konnte meine Mutter vermeiden, an ihn gebunden zu werden , denn wenn er sie erst einmal ausgewählt hätte und sie die Luna-Zeremonie durchgeführt hätten, wären sie für immer gepaart gewesen. Ein Schicksal, das für einen schäbigen Sexsüchtigen wie Wicked Wolf Walker schlimmer ist als der Tod.

Wie ich war auch Ryker noch Jungfrau, als wir uns das erste Mal paarten. Denn genau wie ich weiß er seit mehr als elf Jahren, dass ich seine Gefährtin bin und er war der Idee von uns schon treu, bevor Luna verkündete, dass wir füreinander bestimmt sind. Und genau wie ich wird er warten, bis der richtige Zeitpunkt für uns gekommen ist, um es endgültig zu machen.

Bis dahin werden wir viel Spaß dabei haben, uns näher zu kommen und den körperlichen Akt zu üben, wann immer wir die Gelegenheit dazu haben.

Zwischen seinen Pflichten als Rudel-Alpha und meinem Job bei Charlie's haben wir nicht oft die Gelegenheit, so lange alleine zu sein, und ich werde das auskosten, wenn auch nur für einen Moment.

Ich kann auch spüren, dass er wieder hart ist. Sein widerspenstiger Schwanz stößt an meine Hüfte, aber Ryker scheint genauso zufrieden damit zu sein, mich einfach zu halten.

Es ist keine Überraschung, dass er sich bereits erholt hat. Ich habe gelernt, dass die Libido eines Shifters nur von unserer Ausdauer übertroffen wird. Auch wenn er heute schon zweimal gekommen ist, ist er wahrscheinlich bereit für eine weitere Runde.

Und weißt du was? Ich bin es auch.

Ich will mich gerade aufrichten und mich auf ihn spreizen, als Ryker mich plötzlich am Kinn packt. „Was ist, wenn ich dir sage, dass ich etwas mitgebracht habe?", schnarrt er mit heiserer, kehliger Stimme. „Verzeihst du mir, dass ich gegangen bin, wenn ich dir dein Geschenk gebe?"

„Ein Geschenk?" Meine Augen leuchten auf. „Für mich?"

Ich wuchs als Einzelkind auf. Als Alphatier war ich sehr anstrengend und obwohl meine Eltern immer davon sprachen, weitere Welpen zu bekommen, haben sie es nie getan.

Meine Tante Corinne, die Schwester meines Vaters, hat Zwillingsjungen: Devin und Max. Sie sind beide Deltas und das, was Geschwistern am nächsten kommt. Sie sind ein Jahr älter als ich und wuchsen in dem Glauben auf, ich sei ein Omega wie meine Mutter und ihre Mutter. Sie waren genauso überfürsorglich wie mein Vater und verhätschelten mich, weil ich das einzige Mädchen in der Familie war. Es spielte keine Rolle, dass ich Pauls Adoptivtochter war. Ich gehörte zur Familie. Und, okay, ich war auch verdammt verwöhnt.

Also ein Geschenk? Das ist ein großer Teil meiner Liebessprache. Ich kann darauf warten, dass Ryker die Worte sagt, aber allein das Wissen, dass er an mich gedacht und mir ein Geschenk mitgebracht hat? Das trifft mich mitten ins Herz.

Sex kann warten. Ich will mein Geschenk.

Ich strecke meine Hand aus. „Gib es mir und ich verspreche dir, dass ich dir verzeihen werde."

Ryker gluckst wieder und kneift mir ins Kinn, bevor er aus dem Bett klettert. Ich muss richtig gelegen haben, als ich vermutete, dass er bereits im Stadthaus war, denn er geht direkt zu seiner Kommode und holt ein kleines, braunes Schmuckkästchen aus der obersten Schublade.

Hmm. Mir kühn zu sagen, dass Sex warten kann, war vielleicht etwas voreilig, Gem. Ich bin mir nicht sicher, was meine Aufmerksamkeit mehr verdient: das Kästchen in seiner Hand oder die prächtige Erektion, die zwischen seinen dicken Schenkeln hervorlugt.

Entscheidungen, Entscheidungen ...

Dann drückt Ryker mir die Schachtel in die ausgestreckte Hand und ich beschließe, dass ich mich gleich um seinen Schwanz kümmern werde.

Ja. Geschenk zuerst.

„Danke."

Ein kurzer finsterer Blick zeichnet sich auf seinem hübschen Gesicht ab. „Du brauchst mir nicht zu danken. Meiner Gefährtin ein Geschenk zu bringen, ist das Mindeste, was ich tun kann."

Er nennt mich gerne seine Gefährtin, als ob er denkt, wenn ich es oft genug höre, wird es irgendwann einfach wahr sein.

Dieses Mal lasse ich es sein. Ich werde nicht mit ihm streiten, wenn ich sein Geschenk in der Hand, sein Sperma in meiner Muschi und seinen Duft auf meiner Haut habe.

Stattdessen öffne ich die Schachtel, ein weiteres Dankeschön auf den Lippen, nur weil ich weiß, dass es Ryker ärgern wird und es macht Spaß, ihn zu ärgern. Doch dann werfe ich einen Blick hinein und das Licht im Schlafzimmer glitzert auf der goldenen Kette, die auf dem Baumwollbett liegt und meine Worte bleiben wieder hängen.

Aber es ist nicht die Kette, die mich sprachlos gemacht hat. Es ist der vertraut aussehende Anhänger, der in der Mitte der Kette hängt, der mich über sein Geschenk staunen lässt.

Es ist kein echter Reißzahn. Nicht so wie der Reißzahn, den Aleks mir geschenkt hat und den ich bei ihm in der Wohnung zurückgelassen habe. Aber er sieht aus wie einer. Nur kürzer. Und dicker. Trotzdem ist es ein Eckzahn, ein Hundezahn.

Ryker's Eckzahn.

Oh, Luna.

Ich muss wohl nicht fragen, was das ist. Ich erkenne zwar, dass es Rykers Eckzahn ist, und dass er aus Gold gegossen ist, anstatt ein echter Zahn zu sein, aber er ist so eindeutig ein Ersatz für den verzauberten Eckzahn, den Aleks mir vor mehr als einem Jahr geschenkt hat, dass ich nicht weiß, was ich sagen soll.

Irgendwie kommt „Was hast du dir dabei gedacht?" wahrscheinlich nicht so gut rüber.

Ich gebe zu, dass ich immer noch eifersüchtig auf seine Beziehung mit Trish Danvers bin - auch wenn es sie nie wirklich gab. Aber das? Das ist nichts im Vergleich zu der Rivalität zwischen Aleks und Ryker.

Es spielt keine Rolle, dass ich beiden Männern gesagt habe, dass ich mich, wenn es sein muss, immer für Ryker entscheiden werde - und diese Halskette beweist es.

„Ähm. Danke“, sage ich ihm wieder. Diesmal versuche ich nicht einmal, ihn zu ärgern. Mir fällt einfach nichts mehr ein, was ich sagen könnte.

Sein dunkelgoldener Blick leuchtet wie geschmolzene Lava, als er auf mich herabschaut. Er steht immer noch an der Seite des Bettes, das Lampenlicht wirft einen Schatten auf ihn und ich kann die Vorfreude spüren, die in Wellen von ihm ausgeht, als er mich fragt: „Willst du es nicht anlegen?“

Da mir auch kein triftiger Grund einfällt, warum ich es nicht tun sollte, hebe ich die Halskette vorsichtig aus der Schachtel. Ich lasse die Schachtel auf das Bett fallen, löse die Kette, lege sie um meinen Hals und schließe sie. Der goldene Zahn lässt sich auf meiner Brust nieder.

Er ist so viel schwerer als Aleks' Reißzahn und ich weigere mich, darin irgendeine Symbolik zu sehen.

„Er sieht gut aus“, sage ich und streichle ihn.

Nö. Er wiegt immer noch eine verdammte Tonne.

„Ich habe ihn extra für dich anfertigen lassen, mein Schatz. Ich dachte mir, da du den Parasitenzahn aufgegeben hast, möchtest du vielleicht lieber einen von mir tragen. Du weißt schon. Ein Reißzahn von dem Männchen, das ein Recht auf dich hat.“

Fast hätte ich gesagt, dass ich keine Ahnung hatte, was es bedeutet, Aleks' Reißzahn zu tragen, bis Ryker es mir erklärt hat. Ich hatte immer geglaubt, dass es ein Zeichen des Schutzes sei, dass die anderen Vampire in Muncie wissen würden, dass ich von einem der ihren beschützt werde.

Woher sollte ich wissen, dass es bedeutet, dass Aleks mich als seine Gefährtin ansieht?

Irgendetwas sagt mir, dass das die falsche Art ist, auf sein Geschenk zu reagieren.

Anstatt Aleks zu erwähnen, sage ich einfach: „Ich weiß das zu schätzen, aber wenn irgendein Vampir in Muncie das sieht, wird es nicht die gleiche Wirkung haben wie ein Vampirzahn. Das Gold wird es verraten."

Denn Vampire markieren ihre Partner - und die, die es werden wollen - mit einem reinen Reißzahn, den sie direkt aus dem Zahnfleisch reißen. Das können sie, weil ihre Reißzähne durch ihre regenerativen Eigenschaften nachwachsen. Ich bin mir nicht sicher, ob das bei einem Shifter genauso funktioniert, aber ich schätze, Ryker wollte das nicht herausfinden.

Oder er wollte absichtlich, dass es Gold ist. Damit er nicht als Vampirzahn durchgehen kann.

Ja. Ich tippe auf die zweite Möglichkeit, vor allem, als Ryker fast beiläufig sagt: „Ich möchte immer noch, dass du ihn für mich trägst. Aber wenn du nicht glaubst, dass sie dich in der Stadt der Vampire schützt, solltest du sie vielleicht aufgeben."

„Die Halskette?"

„Nein, Gemma. Muncie."

Und ... da ist sie. Ich bin wirklich überrascht, dass er es erst nach so langer Zeit erwähnt hat.

Ich ziehe mich in eine sitzende Position. Jetzt, wo das Gespräch diese Wendung genommen hat, bin ich mir ziemlich sicher, dass mehr Sex nicht mehr in Frage kommt.

Ich frage mich, warum? Ich schätze, wenn Ryker wieder versucht, an meine persönlichen Grenzen zu stoßen, reißt mich das völlig aus der Stimmung.

Obwohl ich weiß, was er sagen wird, spiele ich meine Rolle perfekt, in gewisser Weise bin ich wohl immer noch eine Schauspielerin. „Mensch, Ryker. Wenn ich nicht mehr in Muncie leben kann, wo soll ich dann hin?"

Er weiß, dass ich absichtlich unaufrichtig bin, aber er ist entschlossen und hat diese Box der Pandora geöffnet und Luna weiß, dass ihn nichts davon abhalten wird, seinen Willen durchzusetzen.

„Du kannst mit mir kommen." Er geht zu meiner Seite des Bettes und beugt sich herunter, um mein Gesicht in seine Hände zu nehmen. „Komm nach Hause."

Aber genau das ist das Problem. Accalia ist nicht mein Zuhause. Das Rudelgebiet ist nicht mein Zuhause. Im Moment ist es Muncie.

Ich bin seit sechs Wochen nicht mehr in den Bergen gewesen - und das aus gutem Grund. Ich habe immer noch Albträume von den schwarzen Kapuzen, die Rykers Rudelkameraden in der Nacht trugen, als sie mich mit Quecksilber vergifteten und mich der Gnade eines angeketteten, wilden Alphawolfs auslieferten.

Ich habe ihm nie genau erzählt, was während des Vollmonds passiert ist. Er weiß im Großen und Ganzen, was passiert ist: wie ich unserem Band zur Alphahütte gefolgt bin, Audrey getroffen habe, sie mir Quecksilber in die Cola getan hat und Rykers Rudelrat mich zu ihm gesperrt, weil sie der Meinung waren, dass ich mich als seine Wunschpartnerin - seine Schicksalspartnerin - einfach mit ihm verbinden sollte.

Es sind die kleinen Dinge, die ich geheim gehalten habe. Die Kapuzen, zum Beispiel. Wie viel Angst ich hatte, als das Quecksilber wirkte und ich von meinem Wolf abgeschnitten war. Als Alpha war ich es gewohnt, das Sagen zu haben und seine Rudelkameraden gaben mir das Gefühl, schwach zu sein.

Ich hasse es, dass sie mich schwach gemacht haben.

Mein Wolf will sich rächen. Dorthin zurückzukehren wird für niemanden gut sein, solange ich dem Mountainside Rudel nicht verzeihen kann, was sie mir angetan haben, sonst wird mein Wolf mich dazu drängen, es zu verfolgen.

Aber nicht die arme Audrey. Von allen habe ich ihr am meisten vergeben, auch wenn sie diejenige war, die mir den vergifteten Drink gegeben hat. Sie wollte nur, dass ihr Rudel sein Alphapaar hat und das kann ich verstehen. Ich muss es nicht mögen, aber ich kann es verstehen.

Aber ihr Bruder ist Shane Loup, der ehemalige Beta, der das ganze Rudel verraten hat. Anstatt sich auf seine Seite zu schlagen, als sein Verrat ans Licht kam, blieb sie zurück und bewies ihre Loyalität gegenüber ihrem Alpha, während sie die Verbindung zu ihrem verräterischen Bruder abbrach. Allein dafür kann ich ihr verzeihen.

Trotzdem möchte ich ihrem Gefährten Grant eine reinhauen.

Und Ryker glaubt wirklich, dass ich in den Bergen glücklich sein werde? Kein Job? Keine Freunde? Keine Unabhängigkeit? Nur der Status als Rykers Gefährtin?

Vielleicht ist es das, was andere Shifter sich vom Leben wünschen. Vielleicht war es das, was ich wollte, als ich noch so tat, als wäre ich ein Omega-Gem. Aber jetzt nicht mehr. Nicht jetzt, wo ich es besser weiß.

Ich schüttle ihn ab. Er lässt mich los und tritt zurück, als ich aus dem Bett steige. Sein Blick streift über meinen nackten Körper, bevor seine Augen wieder auf seiner Halskette landen, aber das ist mir egal.

Er hat sich mit einem Alphawolf hingelegt. Jetzt wird er gleich mit einem auf Tuchfühlung gehen.

Sobald ich ein paar Meter Abstand zwischen uns gebracht habe, stemme ich die Hände in die Hüften und werfe ihm einen verwegenen Blick zu. „Apropos Rudel", sage ich und wechsle absichtlich das Thema, „hast du schon einen neuen Beta gefunden?"

Rykers Augen blicken zu mir. Seine Nasenlöcher blähen sich auf und sein Kiefer verkrampft sich.

Und, oje. Ich bereue diese Frage fast sofort.

Die impulsive Gem hat wieder zugeschlagen.

Shanes Verrat zu erwähnen, ist ein todsicherer Weg, Ryker zum Kochen zu bringen, ohne dass ich meine Krallen benutzen muss. Nicht nur, weil er wütend auf sich selbst ist, weil er nicht gesehen hat, was die ganze Zeit vor seiner Nase lag, sondern auch, weil er mit dem Wissen umgehen muss, dass sein vertrauter Beta sich an seine zukünftige Partnerin herangemacht hat.

Natürlich weiß ich, dass es in Mountainside keinen echten Beta gibt. Wie Alphas und Omegas sind auch Betas nicht so häufig, wie man denken würde. Die meisten Rudelmitglieder sind eine Mischung aus Deltas und Gammas und so sind die meisten in seinem inneren Kreis Deltawölfe. Er ist sich zwar sicher, dass er den anderen sieben Mitgliedern seines Rudelrats vertrauen kann, aber keiner von ihnen ist ein Beta, also kann keiner von ihnen den offenen Platz in der Hierarchie des Rudels einnehmen.

Der alte Beta seines Vaters war zurückgetreten, als Henry Wolfson vor mehr als eineinhalb Jahren einen Unfall hatte. Im Moment ist er wieder in die Rolle geschlüpft, aber nur, bis Ryker einen Ersatz gefunden hat.

Also, ja. Ein leidiges Thema für alle.

Und weil Ryker tief in seinem Inneren genauso eifersüchtig ist wie ich, dreht er sich sofort um und verpasst mir einen Tiefschlag.

Er verschränkt die Arme über seiner nackten Brust. „Filan."

Ich bin angespannt. „Was ist mit ihm?"

„Du wartest immer noch darauf, dass er zurückkommt. Das ist der Grund, warum du nicht zurück nach Accalia ziehen willst. Deshalb bestehst du darauf, hier zu bleiben. Du willst, dass er zu dir zurückkommt."

Das ist nicht nur ein Tiefschlag. Damit versetzt er einen tieferen Stoß.

„Wage es ja nicht, Ryker. Wage es nicht, mir diesen Scheiß anzudrehen."

Sein Kiefer krampft sich zusammen. „Ja oder nein, Gemma. Beantworte die Frage."

Er will das tun? Jetzt gleich?

Na gut.

„Dann nein. Ich werde es nicht tun."

Mit zusammengebissenen Zähnen stößt er einen Atemzug aus. „Du lügst."

Ich lüge. Natürlich lüge ich. Ich habe Ryker gesagt, was er hören wollte und ich habe gehofft, er würde es akzeptieren und es einfach sein lassen. Wir müssen diesen Streit nicht noch einmal führen.

Trotzdem bin ich nicht mal ein bisschen überrascht, dass er es gewusst hat. Wenn man Shane glauben kann, ist es eine Alphasache, zu spüren, wenn jemand anderes lügt. Ich konnte das schon immer, aber erst als ich viel Zeit mit Ryker verbracht habe, habe ich gemerkt, dass auch er es spürt/merkt.

Aber nur, wenn es eine unverhohlene Lüge ist. So hat Shane es geschafft, uns beide auszutricksen. Er hat nie wirklich gelogen, bis zu der Nacht, in der er mir half, einem wilden Ryker zu entkommen, der unter Mondfieber litt und versuchte, mir die ganze Trish-und-Ryker-Geschichte zu verkaufen. Er hat gelogen, aber es war ihm egal, dass ich es wusste. In dieser Nacht war er bereit, sein wahres Gesicht zu zeigen und das tat er auch.

Davor muss er vorsichtig gewesen sein, um seine Worte zu verdrehen. Aleks konnte etwas Ähnliches tun. Er ließ mich denken, was er wollte und erst als Ryker auftauchte, merkte ich, wie viel Aleks vor mir verbarg, in der Hoffnung, dass ich mich irgendwann in ihn verlieben würde.

Ich liebe ihn, aber ich bin nicht in ihn verliebt. Ich warte auf ihn, schon allein deshalb, weil ich Muncie nicht einfach verlassen werde, ohne ihn wiederzusehen. Ich dachte, Ryker hätte das verstanden.

Anscheinend nicht.

„Du wolltest, dass ich dir vertraue, wenn es um Trish geht", erinnere ich ihn, „aber bei mir tust du das nicht."

„Er ist in dich verliebt."

Ich ziehe meine Augenbrauen hoch. „Willst du mir sagen, dass Trish nicht in dich verliebt war?"

Ich hasse es, wenn Ryker von Trish redet. Aber Ryker? Er hasst es genauso sehr, wenn ich sie ihm vor die Nase halte.

Na ja. Er hat es verdient.

„Das ist nicht das Gleiche und das weißt du."

„Mm-hmm."

„Gemma ..."

Ich schaue ihn mit großen Augen an. „Ja?"

Sein Knurren ist ein Grollen tief in seiner Brust. Seine Krallen sind immer noch ausgefahren, als er mir den Zeigefinger entgegenstreckt. „Komm mir jetzt nicht mit diesem Scheiß."

„Du magst es nicht, wenn ich dein Spiel mitspiele, oder, Ryker?"

„Verdammt, Gemma, das ist kein Spiel!"

Nö. Ist es nicht. Denn wenn es das wäre? hätte ich viel mehr Spaß, als ich es jetzt habe. Vor allem, weil ich nackt bin, Ryker ist nackt und hinter uns steht ein ganzes großes, leeres Bett.

Vorhin brauchte ich eine Ablenkung, um mich davon abzulenken, wie sehr ich ihn vermisst habe, also habe ich eine dreizehnstündige Schicht in der Bar geschoben.

Unsere Nacktheit und die Anziehungskraft des Bettes? Das sind die Ablenkungen, die ich nicht brauche.

Ich greife um ihn herum und reiße die Bettdecke vom Bett, bevor ich sie um mich schließe.

Ryker holt tief Luft und seine Wangenknochen scheinen durch die Wucht des Aufpralls aus seinem Gesicht zu ragen. „Was machst du da?"

„Wonach sieht es denn aus? Ich mache mich bereit zu gehen."

„Ich dachte, du bleibst über Nacht."

Nein. Er erwartete, dass er mich bis zur Bewusstlosigkeit bumsen würde und ich dann in seinen Armen einschlafen würde. Obwohl ich immer irgendwann in der Nacht zu meiner Wohnung zurückkehre, wenn er in der Stadt ist, besteht Ryker immer darauf, dass ich bleibe.

Aber das tue ich nicht. Ich kann nicht. Ich weiß nicht, ob es mit unserer ersten gemeinsamen Nacht angefangen hat, als ich ihn unter der Luna zurückgelassen habe, oder ob es an meiner Unfähigkeit liegt, wirklich zu akzeptieren, dass er sich für mich entschieden hat, aber am Morgen bin ich immer weg und er weiß das.

Hat er gemeint, dass der Reißzahn mich umstimmen würde? Wenn ja, dann hat er sich etwas falsches ausgedacht.

Ich wende mich von ihm ab. „Wir sehen uns später, Ryker."

„Ich fahre morgen früh zurück nach Accalia", ruft er mir nach. „Aber dieses Gespräch ist noch nicht zu Ende. Wenn ich es schaffe, komme ich am Abend zurück und wir werden das besprechen, Gemma."

Hm. Das werden wir doch sehen, oder?

Okay, ich weiß, es ist unreif. Ich weiß, dass ich es vorziehe, wegzugehen, anstatt das wie eine anständige Frau zu besprechen.

Aber gut.

Ich strecke meinen Mittelfinger in die Luft und stürme den Rest des Weges zur Treppe.

4

VERSUCH

Mein Wolf schnappt nach mir, sobald wir aus Rykers Haus herauskommen.

Es macht nichts, dass ich ihn spüren kann. Dass ich ihn am anderen Ende unserer stärkeren Verbindung spüren kann. Sie ist nur stinksauer, dass ich vor ihm weglaufe, obwohl sein Wolf wie immer versucht hat, uns zum Bleiben zu zwingen.

Sie will, dass ich mich umdrehe, zurück durch die Tür marschiere und Rykers gemietetes Stadthaus endlich in eine Höhle für uns beide verwandle. Das ist keine Überraschung. Auch wenn er es nie offen gesagt hat - Luna hat Ryker verboten, sich irgendjemandem zu erklären, wenn er nicht muss -, ist es genau das, was er vorhat.

Erst eine Höhle für uns in Muncie, dann eine gemeinsame Hütte in Accalia. Er hat unser gemeinsames Leben schon ganz genau geplant. Alles, worauf er wartet, ist, dass ich mich ihm anschließe.

Aber das kann ich auch nicht tun. Ich habe meine eigene Wohnung, meine eigenen Verpflichtungen, mein eigenes Rudel - und bis ich mich für Ryker entschieden habe, kann ich nicht noch länger in seiner gemieteten Wohnung bleiben als ohnehin schon.

Ich werfe einen Blick zurück auf die Vorderseite des Stadthauses, schnauze meinen Wolf innerlich an, damit er sich beruhigt, und schiebe meine Hände in die Gesäßtaschen meiner Jeans, während ich von ihm weglaufe. Bevor ich aus der Haustür stürmte, hatte ich nur lange genug innegehalten, um mir mein Tanktop und meine Jeans überzustreifen. Er wird wahrscheinlich nicht erfreut sein, wenn er sieht, dass ich meinen BH und mein Höschen zurückgelassen habe, aber ich musste abhauen, schon allein deshalb, weil es meinen Wolf ärgerte, dass der sture Alpha nicht hinter uns hergeeilt ist.

Das hat er auch in der Nacht getan, als ich Accalia zum ersten Mal verlassen habe. Anstatt mir hinterherzujagen, blieb er mit seinem Rudelrat zurück. Natürlich weiß ich, dass er mich gedeckt hat, als meine hitzköpfigen Aktionen meine Alphanatur zum Vorschein brachten, aber nachdem er sich entschied zu bleiben, verschwand ich aus Accalia - und dann habe ich ihn ein ganzes Jahr lang nicht wieder gesehen.

Das wird nicht noch einmal passieren. Ich gehe nirgendwohin und sobald wir uns beide abgekühlt haben, wird er mich wieder aufspüren. Da bin ich mir sicher. Und dieses Mal kann ich mich nirgendwo vor ihm verstecken.

Als ich die Straße hinunterstapfe, spüre ich das Gewicht seines Eckzahns zwischen meinen Brüsten. Die Tatsache, dass ich sie nicht abgerissen und nach ihm geworfen habe, hätte ihm eigentlich schon reichen müssen, aber das tut es nicht. Nichts, was ich tue, ist gut genug und ich weiß genau, warum.

Ryker Wolfson wird erst zufrieden sein, wenn ihm jeder einzelne Teil von mir gehört.

Er wird alles tun, was in seiner Macht steht, um das zu erreichen. Mit überraschenden Auftritten bei meiner Arbeit, atemberaubendem Sex, Essen und Geschenken setzt er jedes Mittel ein, um mich zum Einlenken zu bewegen.

Und ich bin kurz davor. So kurz davor, ihm nachzugeben.

Der Kerl teilt seine Zeit zwischen der Versorgung seines Rudels und dem Werben um mich auf, als ob beides sein Vollzeitjob wäre. Luna, er hat sogar ein Stadthaus in der Vampirstadt in eine weitere Alphahütte für ihn verwandelt, denn egal wie oft er es mir anbietet, ich bin immer noch zu stur, um mit ihm in die Berge zurückzukehren.

Als Ryker akzeptierte, dass mein schwer fassbares Ja länger dauern könnte, als er dachte, wurde ihm klar, dass er eine eigene Wohnung in Muncie brauchen würde. Es würde zu viel Zeit in Anspruch nehmen, zwischen Muncie und Mountainside hin und her zu fahren, während er die Zeit als "unsere" bezeichnen wollte. Und dann war da noch die ganze Sache mit dem "Gem, die mit einem Blutsauger zusammenlebt". Egal, was zwischen mir und meinem Vampir-Mitbewohner vorgefallen ist, ich würde Ryker nicht in Aleks' und meine Wohnung einladen.

Es gibt keinen Grund für ihn, mein Gebiet zu betreten. Wir haben sein Stadthaus, wenn wir Privatsphäre brauchen und bevor er es gemietet hat? Wir haben bereits bewiesen, dass wir uns so ziemlich überall paaren können. In den schattigen Bereichen des Parks. Die verlassenen Pfade in den Wäldern rund um Muncie. Auf dem Rücksitz meines Jeeps, wenn ich ihn absichtlich außer Sichtweite von neugierigen Augen parke. Einmal habe ich mich sogar an die Backsteinmauer hinter Charlie's gelehnt.

Aber in der Wohnung, die ich mit Aleks teile? Das ... das scheint einfach nicht richtig. Und obwohl die Sache zwischen Ryker und mir schon seit mehr als zwei vollen Monden exklusiv ist, kann ich mich immer noch nicht dazu durchringen, die Gründe dafür genauer zu untersuchen.

Zum Glück hat mein berechnendes Alphatier nachgerechnet und beschlossen, dass, wenn ich mich schon stur an mein Leben in Muncie klammere, er es auch bequem haben kann. Mit dem Segen von Roman Zakharov, dem Obervampir der Fang City und Anführer des geheimnisvollen Kaders, der Muncie kontrolliert, darf er ein Stadthaus in der Nähe der Bar mieten, in der ich arbeite.

Zu meiner Überraschung fand ich später heraus, dass Ryker die Erlaubnis bekommen hatte - ein weiterer Schock, muss ich zugeben, denn Alphawölfe fragen nie um Erlaubnis - mir den Hof zu machen und gleichzeitig dieses Haus zu seinem zu machen.

Nach dem brutalen Kampf zwischen Ryker und Aleks in der Bar nutzte Ryker seinen Status als mein zukünftiger Partner, um Roman dazu zu bringen, sich auf seine Seite statt auf die von Aleks zu stellen. Wenn er also nicht in Mountainside ist, um seine Alpha-Pflichten zu erfüllen oder mit den Folgen von Shanes Verrat fertig zu werden, ist er meistens hier.

Als er mich das erste Mal aufgespürt hat, hat er so viel Zeit wie möglich damit verbracht, mich davon zu überzeugen, mit ihm ins Rudel zurückzukehren. Dem habe ich schnell ein Ende gesetzt. Ich wäre vielleicht bereit, zu sehen, ob das, was wir haben, etwas Dauerhaftes ist, aber nachdem ich im letzten Jahr unter seiner Zurückweisung gelitten habe, kann ich mich nicht gleich mit den Pfoten in eine dauerhafte Bindung stürzen.

Außerdem ist dies nur eine weitere Phase des Paartanzes. Wir lernen uns kennen - der echte Ryker und Gem, nicht der unnahbare Alpha und das Omega, das wir zu sein schienen - und testen das Wasser einer möglichen Paarung aus, ohne uns vorher zu binden.

Ich weiß, dass Ryker will, dass ich einfach ja sage. Es wäre so einfach. Sag das Wort und führe die Luna-Zeremonie durch und wir werden für immer zusammen sein.

Nur ... das letzte Jahr hat mich fertig gemacht. Egal, wie glücklich mich dieser Mann macht, ein kleiner Teil von mir ist davon überzeugt, dass es nicht von Dauer sein wird. Dass irgendetwas kommen wird und alles kaputt macht, was wir haben. Ryker könnte mich wieder zurückweisen, oder sein Verräter von einem Beta könnte seine Nase in Dinge stecken, die ihn nichts angehen und ich weiß, dass Trish Danvers vor sechs Wochen aus dem Rudel geworfen wurde, aber was ist, wenn sie zurückkommt?

Ausreden. Das sind alles nur Ausreden. Ich weiß es und wenn Ryker seinen Frust rauslässt, sagt er mir, dass er es auch weiß.

Aber er nimmt es trotzdem hin, denn schließlich ist es meine Entscheidung. Ein Gefährte muss sich entscheiden.

Und ich entscheide mich dafür, noch ein bisschen länger zu warten.

Ich bin ja auch nicht die Einzige, die einen Alpha warten lässt. Sicher, unsere Shifter-Rituale besagen, dass ein Alpha-Paar so schnell wie möglich eingesetzt werden sollte, nachdem ein neuer Alpha das Rudel übernommen hat, deshalb wurde ich letztes Jahr, nach dem Unfalltod seines Vaters, als Erstes zur Paarung von Ryker geschickt. Es gibt jedoch einen Präzedenzfall für das Warten. Als Paul Booker das Lakeview-Rudel übernahm, beschloss er, Luna nicht einmal nach dem Namen seines zukünftigen Gefährten zu fragen. Er würde sein Rudel als Alpha leiten und wenn er eine Gefährtin seiner Wahl finden würde, dann wäre das großartig. Er wollte sich nicht in eine ewige Paarung verwickeln lassen, nur weil es von ihm erwartet wurde und als Alpha hatte er das Recht, die Regeln zu ändern, wenn er wollte.

Natürlich traf er nach ein paar Jahren als Alpha meine Mutter und wählte sie. Aber auch hier gibt es einen Präzedenzfall. Anstatt sich bei ihrem ersten gemeinsamen Vollmond an ihn zu binden, lernte sie ihn kennen und respektieren, vertraute ihm sogar genug, um ihm mein Geheimnis zu verraten und erst dann band sie sich sechs Monate später an ihn.

Und lass mich nicht von meiner Mutter und meinem Bio-Vater anfangen. Der böse Wolf Walker war drei Jahre lang ihr Gefährte, obwohl sie sich nie aneinander gebunden haben. Meine Mutter ging ihm jedes Mal aus dem Weg, wenn Luna unterwegs war und er drängte nicht auf die Luna-Zeremonie und sei es nur, weil er, wenn er erst einmal gebunden war, nicht mehr mit jedem verdammten Weibchen im Western Rudel schlafen konnte.

Es ist nur so ... Ryker will nicht mehr warten. Er will nicht mehr warten, seit er in mein Leben zurückgekehrt ist und mich als sein Eigentum beansprucht hat. Aber bis ich Ja sage und ihn akzeptiere? Das ist alles, was er tun kann.

Ich verstehe, warum Ryker unsere Bindung so sehr festigen will. Obwohl wir erst seit knapp zwei Monaten zusammen sind, weiß er schon genauso lange, dass ich seine Gefährtin bin, wie ich weiß, dass er dazu bestimmt ist, mir zu gehören. Er hat sein Leben mit dem Ziel gelebt, mich zu seiner Gefährtin zu machen und jetzt, wo er es kann? Jetzt, wo er ein Alpha ist und Mountainside sein Alphapaar geben kann? Ich bin diejenige, die ein Machtwort spricht.

Und was ist daran so schlimm? Dass ich weiß, dass ich das Einzige im Leben sabotiere, was ich immer wollte. Elf Jahre lang habe ich mich darauf gefreut, meinen Anspruch auf Ryker Wolfson zu erheben.

Warum zum Teufel kämpfe ich dann so hart dagegen an?

Verdammt.

Frustration pulsiert in mir. Ich schlage um mich, trete gegen den nächsten Laternenpfahl und zucke zusammen, als meine Wandlerkraft den Metallpfosten brechen lässt.

Huch.

Der Pfosten kracht herunter und schlägt krachend auf dem Asphalt auf. Zerbrochenes Glas klirrt und das schwache Licht erlischt, als ich zu einem flotten Sprint ansetze, bevor mich jemand für die Zerstörung von Stadteigentum verantwortlich machen kann.

Ich gebe meiner Schuld, den Laternenpfahl zerschlagen zu haben, die Schuld für das, was dann passiert. Ich war zu sehr damit beschäftigt, vom Tatort zu fliehen, als dass ich auf meine Umgebung geachtet hätte. Obwohl der Kader Muncie regiert, gibt es immer noch eine ziemlich gesunde menschliche Bevölkerung innerhalb der Stadtgrenzen. Menschen bedeuten Polizisten. Ich erwarte ständig, dass einer der Jungs - oder Mädels - in Blau aus dem Nichts auftaucht, sauer darüber ist, dass der Laternenpfahl kaputt ist und sich wundert, dass ein winziges Ding wie ich für das Chaos verantwortlich sein könnte.

Wenn ich wegen Vandalismus verhaftet werde, wird das auf jeden Fall an den Kader weitergegeben - oder an Ryker. Ich kann den Vortrag schon hören. Ein impulsiver Edelstein, der so leichtsinnig ist, dass er seine Shifterkraft in der Öffentlichkeit zur Schau stellt.

Nein, danke.

Aber während ich mir Sorgen machte, dass ein Mensch hinter mir her ist, habe ich völlig vergessen, dass es in Muncie noch viele andere Gefahren gibt, besonders für einen Shifter wie mich. Nicht jeder Vampir ist ein Fan von Aleks und selbst wenn Roman damit einverstanden wäre, dass ich nach Muncie ziehe, wäre ich ein Narr, wenn ich glauben würde, dass die Vampire in der Fang City glücklich darüber wären, dass ich hier bin. Da ist zum Beispiel das Albtraum-Trio, das mich gefressen hätte, wenn Aleks sie nicht aufgehalten hätte und sie sind nicht die Einzigen, die mich gerne beißen würden. Aleks' verzauberter Reißzahn hat mich nicht nur als sein Eigentum markiert und mir seinen Schutz angeboten. Oh, nein. Was auch immer er damit gemacht hat, es hat meinen Geruch überdeckt, sodass keiner der anderen Übermenschen in der Stadt erkennen konnte, dass ich ein Shifter bin.

Ohne ihn? Es ist offensichtlich, was ich bin. Mein Geruch verrät mich. Und jetzt? Ich bin voll mit Shifter-Pheromonen. Außerdem vermischen sich mein eigener Duft und Rykers Moschus auf meiner Haut und das ist stark genug, um jeden Vampir anzuziehen, der nichts Gutes im Schilde führt.

So wie der hellhäutige, dunkelhaarige Mann, der plötzlich vor mir auftaucht.

Ich bleibe kurz stehen und gehe sofort in die Hocke.

Ich habe mein ganzes Leben unter Raubtieren der einen oder anderen Art verbracht. Die Art und Weise, wie er mich mustert, sagt mir, dass er nicht zu den Vampiren gehört, die einfach so tun, als gäbe es mich nicht. Er ist auf der Suche nach einem Kampf und er hat mich gefunden.

Und die Tatsache, dass seine Augen bereits blutrot leuchten, lässt mich ahnen, dass er definitiv nichts Gutes im Schilde führt.

Seine Oberlippe kräuselt sich und enthüllt einen Satz Vampirzähne, die fast zwei Zentimeter lang sind. „Wolf."

Ich schnaube. „Arschloch."

Seine Augenbrauen ziehen sich hoch. „Wie bitte?"

Ich hebe eine Schulter, dann lasse ich sie fallen. Ein halbes Achselzucken. „Tut mir leid. Ich dachte nur, wir stellen das Offensichtliche fest."

„Du bist süß", sagt er. „Zumindest für einen räudigen Köter. Filan fand das auch. Jetzt, wo du ihn verjagt hast, werde ich vielleicht auch mal sehen, was an dir so besonders ist."

Oh, Luna. Das war wahrscheinlich das Schlimmste, was dieser Vampir im Moment zu mir sagen konnte.

Die offensichtliche Drohung ist schon schlimm genug. Verdammter perverser Vampir, allein dafür werde ich ihm gerne in den Arsch treten. Aber mir ins Gesicht zu sagen, dass ich der Grund dafür bin, dass Aleks weg ist?

Es ist mir scheißegal, ob das wahr ist. Ich werde ihn sowieso dafür bezahlen lassen, dass er mich daran erinnert hat.

Ich knacke mit den Händen und lasse meine Krallen los. Langsam erhebe ich mich aus meiner defensiven Haltung und mache mich bereit, in die Offensive zu gehen.

Mit einem Lächeln sage ich süß: „Du kannst es versuchen", bevor ich angreife.

~

Ich töte ihn nicht, auch wenn mein Wolf völlig damit einverstanden ist, dass ich genau das tue.

Ich bin ein Shifter. Als Vampir ist der untote Mensch mein natürlicher Feind. Seit ich in Muncie wohne, habe ich es geschafft, die meisten meiner Triebe zu unterdrücken, aber dieser Mistkerl hat mich am falschen Tag erwischt. Ich war schon so aufgeregt, weil ich mich von Ryker getrennt hatte und dann musste ich mich auch noch mit einem geilen Vampir herumschlagen, der mich wegen Aleks verhöhnt?

Auf keinen Fall.

Wieder einmal nutze ich mein Aussehen zu meinem Vorteil. Das und die Tatsache, dass Vampire dazu neigen, super arrogant zu sein. Er hat nicht damit gerechnet, dass ich ihn mit meinen Klauen in Stücke reißen würde, aber ich tue es und bis er sich wehren kann, habe ich ihn schon an so vielen Stellen bluten lassen, dass er eine oder zwei Adern anzapfen muss, bevor er überhaupt daran denken kann, sich zu wehren.

Das muss ich ihm lassen. So eingebildet er auch zu sein schien, er kennt seine Grenzen. Meine Größe und Furchtlosigkeit haben ihn überrumpelt und mir einen Vorteil verschafft, aber als er endlich unter meinen wütenden Klauen und schnappenden Kiefern verschwinden kann, flüchtet er. Offensichtlich dachte er, dass sein Vampir-Dasein ausreichen würde, um mich zu überwältigen. Nachdem er mich unterschätzt hat, nutzt er die erste Gelegenheit, die sich ihm bietet, um in die Nacht zu verschwinden.

Das heißt aber nicht, dass er nicht mit Verstärkung zurückkommen wird oder nachdem er nachgefüllt hat.

Jawohl. Zeit, aus der Stadt zu verschwinden, solange es noch gut läuft.

Da ich diese Jeans auf keinen Fall zerstören will, nachdem Ryker heute Abend alles getan hat, um sie zu retten, wandle ich mich nicht. Allerdings sprinte ich den Rest des Weges zurück zu meiner Wohnung.

Ich bin mit Blut bedeckt. Kaum etwas davon ist von mir und ein Shifter, der mit dem Abendessen eines Vampirs bedeckt ist, würde mir nur noch mehr Probleme bereiten, wenn mich ein anderer der Blutsauger einholt. Es ist besser zu flüchten und zu hoffen, dass es niemand tut.

Im Hinterkopf habe ich, dass es durchaus möglich ist, einen neuen Krieg zwischen Klauen und Reißzähnen auszulösen. Unser Volk hat seit mehr als hundert Jahren einen wackeligen Waffenstillstand. Will ich der Grund dafür sein, dass das in die Hose geht?

An diesem Punkt könnte ich genauso gut selbst zu einem der jährlichen Rudeltreffen gehen, mit einem großen, blinkenden Neonschild über meinem Kopf, auf dem "Alpha hier" steht und einem Pfeil, der auf mich zeigt, für diejenigen, die es noch nicht bemerkt haben.

Ja, genau. Das wird ein Nein für mich sein.

Ich habe mich die ganze Zeit, die ich in Muncie gelebt habe, im Verborgenen gehalten. Aleks' Zauberzahn hat dafür gesorgt, dass ich nicht auf dem Radar der größten Raubtiere der Stadt auftauche und Romans Segen hat es mir ermöglicht, in Frieden zu leben, egal ob ich ein Shifter bin oder nicht. Er hat ihn noch nicht widerrufen, auch nicht, nachdem Aleks abgetaucht und verschwunden ist und ich will dem Anführer des Kaders keinen Grund geben, es jetzt zu tun.

Ich hoffe nur, dass die Patrouillen des Kaders zu sehr damit beschäftigt sind, die Umgebung abzusuchen und Muncie vor möglichen Bedrohungen zu schützen - und dabei versuchen, nicht zu sehr darauf zu achten, was ich von der größten "Bedrohung" halte, nämlich der Anwesenheit von Rykers Rudel in der Nähe - als dass sie eine einsame Wolfswandlerin bemerken, die durch die Stadt stürmt, mit ein paar glücklichen Bissen und mehr Blut, als ich mir mit einem verschmitzten Lächeln und einer frechen Haltung erklären kann.

Ich habe Glück. Auf dem Rückweg zu meiner Wohnung treffe ich keine Menschenseele mehr und als ich um die Ecke renne und die Feuertreppe hochklettere (denn den Aufzug zu benutzen ist in meinem Zustand ein No-Go, wenn alle meine Nachbarn selbst Vampire sind), fühle ich mich schon ein bisschen erleichtert.

Puh. Ich habe es gerade so nach Hause geschafft.

Neunzehn Stockwerke klappriger Stahltreppen später betrete ich die Wohnung und atme dabei tief ein.

Das ist Gewohnheit. Ich kann es nicht ändern.

Mein Magen kribbelt und das nicht nur, weil der Geruch von Vampirblut, der an mir haftet, selbst den stärksten Wandler zum Kotzen bringt. Weil die Wohnung? Sie riecht nur nach mir, Ryker und Vampirblut.

Kein Aleks.

Schon wieder.

Ich stoße mit der Hüfte gegen die Balkontür und schließe sie hinter mir, während ich mit etwas weniger Schwung als noch vor ein paar Sekunden ins Wohnzimmer gehe.

Jedes Mal, wenn ich die Wohnung verlasse, hoffe ich, dass er auf mich warten wird, wenn ich zurückkomme. Sechs Wochen lang habe ich mir Hoffnungen gemacht, die dann enttäuscht wurden, als ich mich der Wohnung näherte. Sein Geruch ist fast völlig verblasst, seit er weg ist, aber ich bleibe hartnäckig, bis ich hineingehe und feststelle, dass er immer noch nicht zurückgekommen ist.

Ein Teil von mir möchte rausgehen, ihn jagen und nach Hause schleifen. Nur schade, dass ich keine Ahnung habe, wohin er verschwunden ist. Nach meiner Begegnung mit dem Vampir vorhin geht er mir nicht nur aus dem Weg, wie ich anfangs zu glauben versuchte. Er hat Muncie total im Stich gelassen und das ist alles meine Schuld.

Verdammt.

Als ich mich auf den Weg in mein Schlafzimmer mache, weil ich dringend duschen muss, denke ich an mein Handy.

Ich trage das Gerät nicht oft mit mir herum, denn es ist eher ein menschliches Ding und meistens vergesse ich, dass ich mich wie ein Mensch verhalten soll. Ich benutze es eigentlich nur, um mit meinem Job, meinen Kollegen und meinen Eltern in Lakeview in Kontakt zu bleiben. Die meisten Shifter machen sich nichts aus menschlicher Technik, wir sind einfach nicht so verdrahtet. Solange wir nicht in getrennten Rudeln leben, können wir mit einem markanten Heulen viel effektiver kommunizieren als mit Worten über ein Telefon.

Aleks ist schon seit mehr als zweihundert Jahren ein Vampir. In vielerlei Hinsicht steckt er immer noch in der Vergangenheit fest und das ist meistens auch so, wenn es um sein eigenes Gerät geht. Obwohl er darauf bestand, dass ich mir eines zulege, als ich in Muncie ankam und sein Angebot annahm, in seine Wohnung zu ziehen, benutzt auch er es nur selten. Hauptsächlich, um mit Roman in Kontakt zu bleiben, da er ein vertrauenswürdiges Mitglied des Kaders ist und bis zu seiner Abreise eine nächtliche Patrouille hatte, aber ich konnte ihn immer erreichen, wenn ich musste.

Heute Nachmittag hatte ich vergessen, mein Handy zu holen, bevor ich zu Charlie ging. Ich hatte es in der Mitte meines Bettes liegen lassen und da liegt es nun. Obwohl ich mir nichts sehnlicher wünsche als eine heiße Dusche und ein paar Stunden, um den heutigen Abend hinter mir zu lassen, greife ich danach, in der Hoffnung, dass vielleicht eine weitere Nachricht von Aleks kommt.

Jede Woche sagt er mir, dass er zurückkommt, bevor ich es merke. Ich habe erst vor drei Tagen von ihm gehört, also ist es wahrscheinlich zu früh, um wieder von ihm zu hören.

Trotzdem, mit dem Adrenalin meines Kampfes und dem Gewicht von Rykers Reißzahn, der jetzt, wo ich ohne ihn allein in der Wohnung bin, noch schwerer wiegt, klappe ich mein Handy auf und rufe mit einem schnellen Ruck die einseitige Unterhaltung auf, die ich mit Aleks führe, seit er gegangen ist.

Ich beiße mir auf die Unterlippe. Ich schwöre, ich kann Ryker dort schmecken. Das erinnert mich nur daran, wie sehr ich ihn liebe und wie sehr ich ihn vermisst habe, während er mitten im Land beim letzten Alpha-Treffen war.

Aber darum geht es doch, oder? Er ist nicht der Einzige, von dem ich mir gewünscht habe, dass er zurückkommt. Und so froh ich auch bin, dass Ryker es getan hat, dass es ihm wichtig war, mich zu sehen und mit mir zusammen zu sein, glaube ich nicht, dass ich über meine Schuldgefühle und mein Bedauern hinwegkomme, bis ich die ganze Sache mit meinem Mitbewohner wieder in Ordnung bringen kann.

Wenn Ryker mir dann vorwirft, dass ich wegen Aleks in Muncie bleibe, ist es vielleicht keine Lüge, wenn ich ihm nein sage.

Bevor ich die Nerven verliere, tippe ich schnell drei Worte - ich vermisse dich - und schicke die SMS an Aleks. Das ist zwar eine zu starke Vereinfachung meiner Gefühle, aber für den Moment? Es muss genügen.

Als ich die Nachricht nicht mehr zurücknehmen kann, werfe ich das Handy zurück aufs Bett und schleiche, während ich mich ausziehe, den Rest des Weges zu meinem Badezimmer.

Duschen. Ein kleines Frühstück. Noch etwas Schlaf.

Oh, ja.

Hört sich gut an.

5

KADERVAMPIRE

Die Dinge sind heute so anders. Sogar im Vergleich zu vor sechs Wochen scheint es, als ob meine ganze Welt auf den Kopf gestellt worden wäre.

Ein Beispiel dafür ist mein Job als Barkeeperin im Charlie's.

Als ich vor über einem Jahr dort anfing, nahm ich den Job an, weil ich genug Geld verdienen musste, um meinen Lebensunterhalt zu verdienen. So dankbar ich auch war, dass der fremde Vampir, der mich in meiner ersten Nacht in der Stadt als Abendessen gerettet hatte, mir ein eigenes Zimmer in seiner Wohnung angeboten hatte, so wenig vertraute ich darauf, dass er völlig ehrenhafte Absichten hatte.

Aleks versuchte, mich vom Gegenteil zu überzeugen - eines der ersten Dinge, die er tat, war, sich beide Reißzähne auszureißen, damit ich das Gefühl hatte, dass ich nichts von ihm zu befürchten hatte -, aber ich blieb trotzdem standhaft. Ich würde seine Almosen nicht annehmen und wenn er wirklich wollte, dass ich bei ihm bleibe, würde ich zahlen. Miete. Essen. Strom und Wasser. Wir würden nur Mitbewohner sein, das war alles.

Natürlich stellte ich nach ein paar Monaten fest, dass seine Absichten nicht annähernd "ehrenhaft" waren. Von dem Moment an, als er mich zum ersten Mal sah, beschloss er, dass ich aus irgendeinem Grund dazu bestimmt war, seine Gefährtin zu sein. Und ja, das hätte ich wohl merken müssen, als er "mein" sagte, um das Albtraum-Trio abzuwehren, das mich zum Fressen gern hatte.

Aber das habe ich nicht. Nicht einmal ein bisschen.

Ich gebe Aleks die Schuld dafür. Zuerst versuchte er zu erklären, dass er mich nur für sich beanspruchte, weil ich ein Shifter war, der von den Vampiren in der Stadt vernichtet werden würde, wenn ich seine Hilfe nicht annehmen würde. Die naive Gem ist total auf den Scheiß reingefallen. Ich gebe Aleks die Schuld, aber ich schätze, dass ich mich auch darauf verlassen muss, dass ich weiß, wann mich jemand anlügt, denn ich habe dummerweise angenommen, dass Aleks die Wahrheit sagt, als ich keine Täuschung von ihm gespürt habe.

Und das tat er auch - größtenteils. Hätte er sich nicht für mich eingesetzt, zuerst bei den drei weiblichen Vampiren und dann bei seinem Chef Roman, hätten sie mich nur wegen meiner Eigenschaft als Shifter niedergemacht.

Aber obwohl Aleks ein Softie mit einem offensichtlichen "weißer Ritter"-Komplex ist, hat er mich nicht aus reiner Herzensgüte gerettet.

Nein. Er tat es, weil sein Herz ihm sagte, dass ich für ihn bestimmt war und auch wenn Luna mich zur Gefährtin von Ryker Wolfson gemacht hatte, hoffte Aleks, dass ich eines Tages seine Gefühle erwidern und stattdessen ihn zu meinem Gefährten machen würde.

Dann, nach einem Jahr, in dem ich mich vor meinem Schicksalsgefährten versteckt hatte, von dem ich überzeugt war, dass er mich ablehnte, tauchte Ryker in Muncie auf und Aleks' Pläne für uns beide kamen ans Licht. Ein eifersüchtiger Ryker warf mir vor, dass der Reißzahn, den Aleks mir wenige Tage nach unserem Treffen gab, die Art der Vampire sei, mich als seinen Partner zu markieren.

Als ich ihn damit konfrontierte, versuchte Aleks nicht einmal, es zu leugnen. Das hat gegen ihn und seine Absichten gesprochen. Das Wissen, dass mein Mitbewohner mich so lange belogen hatte, brachte mich dazu, mich an Ryker zu wenden, um meine Gefühle zu verstehen und gleichzeitig eine Kluft in meine Freundschaft mit Aleks zu reißen.

Schließlich brachte ich ihn dazu, seinen Reißzahn zurückzunehmen. Aleks gab Ryker die Schuld dafür und auch dafür, dass ich mich gegen ihn wandte, während Ryker Aleks dafür hasste, dass er es wagte, seine Gefährtin zu fordern.

Und dann ist da noch die Sache mit ihrem Kampf ...

Zwei Monate später muss ich immer noch mit den Folgen dieses Vorfalls fertig werden.

Es ist bei Charlie passiert. Durch einen perfekten Sturm von Gem fuck-up's fielen alle Vorkehrungen, die Aleks getroffen hatte, um mich vor meinem Schicksalsgefährten zu verstecken, zur gleichen Zeit ins Wasser.

Als ob es nicht noch schlimmer hätte kommen können, war Aleks an diesem Abend auch bei Charlie's zu Besuch. Er erwischte Ryker dabei, wie er versuchte, mir zu erklären, dass er sich nicht absichtlich so lange von mir ferngehalten hatte, sondern dass ich das ganze letzte Jahr über vermisst worden war.

Die Spannungen waren bereits groß, Ryker wiederzusehen war damals das Letzte, was ich wollte. Aleks wusste das - und mein überfürsorglicher Vampir stachelte Ryker zu einem Kampf an, den er dann absichtlich auslöste.

Natürlich wusste ich das damals noch nicht. Ich sah nur entsetzt zu, wie Ryker Aleks brutal angriff und ihm mit seinen Klauen die Brust aufriss, während Aleks sich nicht wehren konnte. Er tötete den Vampir nicht, vor allem, weil es mir schließlich gelang, dem Gemetzel ein Ende zu setzen, aber sein Kontrollverlust - eine Seltenheit für Ryker - bedeutete, dass er sich vor den Augen zahlreicher verblüffter menschlicher Zeugen einen Superkampf lieferte.

Was für ein Desaster. Ich musste Aleks nicht nur sechs Beutel Blut geben, um ihn wieder zusammenzuflicken, sondern auch mit den Folgen fertig werden, die entstehen, wenn ahnungslose Menschen herausfinden, dass ein Mann sich in Hackfleisch verwandeln lassen kann und eine halbe Stunde später immer noch auf den Beinen ist.

In Muncie weiß nicht jeder, dass es übernatürliche Wesen gibt. Ein großer Teil der Bevölkerung weiß es - und Charlie's war schon vor dem Kampf mehrheitlich eine Supernatural-Bar - aber es brauchte eine Menge Erklärungen und einen Haufen Lügen, um die Schlägerei vor denen zu verbergen, die keine Ahnung hatten.

Leider kam mein Geheimnis ans Licht, als Ryker ins Charlie's kam, um mich zu holen, nicht, dass ich ein Alpha bin, sondern dass ich ein einsamer Shifter bin, der sich unter den Vampiren versteckt. Die Vampirbevölkerung in Fang City hat endlich herausgefunden, dass Gem hinter der Bar nicht so menschlich ist, wie sie zu sein scheint und jetzt kommen sie gerne vorbei, um zu gaffen.

Im Gegensatz zu dem Vampir, der mich gestern Abend zur Rede gestellt hat, ist es den meisten Gästen von Charlie's egal, dass ich ein Shifter bin, solange ich ihre Gläser auffüllen kann. Klar, ich bekomme auch immer wieder Hundewitze zu hören - ein Nachteil, wenn man unter Blutsaugern lebt, denke ich mir - aber die sind meistens harmlos, genau wie meine Kunden.

Aber das war's dann auch schon größtenteils. Auf halbem Weg zu meiner nächsten Schicht, später an dem Tag, an dem ich Rykers Stadthaus verlassen und gegen den perversen Vampir gekämpft habe, öffnet sich die Tür zu Charlie's und zwei Vampire kommen herein, die definitiv nicht harmlos sind.

Der auffallend gut aussehende Mann mit den gestylten blonden Haaren und der blassen Haut ist Dominic Le Croix, der fast so weit oben im Kader steht wie Aleks.

In gewisser Weise bin ich nicht überrascht, ihn bei Charlie zu sehen. Nach dem, was heute Morgen passiert ist, habe ich früher oder später mit einer Rüge des Kaders gerechnet. Allerdings hatte ich gehofft, dass es später sein würde.

Aber die Rothaarige, die neben ihm hereinkommt? Ich weiß auch, wer sie ist. Das ist Tamera und wenn ich sie sehe, frage ich mich, ob ich mehr als nur einen Verweis bekomme.

Wunderbar.

Ich schaue an den beiden vorbei, um sicherzugehen, dass ich nichts übersehe. Ich hätte nicht erwartet, dass dieses Duo zusammen ins Charlie's geht und der ernste Ausdruck auf ihren übernatürlich schönen Gesichtern - ganz zu schweigen von dem großen Bogen, den die anderen Gäste um sie machen - bestätigt mir, dass es sich hier nicht um eine Art Freundschaftsbesuch handelt. Vor allem, weil es Tamera ist, die mit Dominic zusammen ist.

Es ist nur ... Dominic kenne ich ein bisschen besser. Er ist ein Mitglied des Kaders, einer der Sonnenuntergangsbeobachter. Er patrouilliert gegen Ende des Tages in der Stadt, er ist ein enger Freund von Aleks und obwohl er direkt für Roman arbeitet, habe ich ihn schon einmal getroffen - auf einen Drink in der Wohnung von Aleks oder bei einem unserer Besuche im Mea Culpa, dem Vampir-Nachtclub - aber das hatte nichts mit seinem Rang als mächtiger Vampir in Muncie zu tun.

Aber Tamera? Während ich Gretchen ab und zu alleine treffe, ist Tamera immer in Begleitung von Leigh. Die drei bilden die Fan-Clique, die ich das Nightmare Trio genannt habe, aber nach dem, was ich von einigen meiner Vampirkunden aufgeschnappt habe, wenn sie zu viel getrunken haben, sind Tamera und Leigh mehr als nur Gretchens Gefolgsleute. Sie sind ein Paar, das mit Gretchen zusammen ist, in der Hoffnung, dass die blonde Vampirin ihre Dritte wird.

Ich hatte keine Ahnung, dass Tamera Teil des Kaders ist, denn sie ist auf keinen Fall auf einem Date mit Dominic hier.

Bleib cool, Gem, sage ich mir. Du schaffst das.

Als sie sich der Bar nähern, tue ich nicht einmal so, als würde ich sie nicht bemerken, obwohl ich mich an das andere Ende des langen Tresens zurückziehe, denn es ist offensichtlich, dass sie wegen mir hier sind. In dem Moment, als sie die Bar betreten, schwenkt Tamera ihren Kopf in meine Richtung. Ihr scharlachroter Fingernagel folgte ihr, als sie auf mich zeigte. Ein Gefühl der Selbsterhaltung warnt mich, dass ich dieses Gespräch wahrscheinlich so privat wie möglich halten möchte, also entferne ich mich von den wenigen Kunden, die ihren Fünf-Uhr-Drink genießen.

Ich nicke ihnen zu, schnappe mir einen Lappen und wische diese Seite der Bar ab. „Willkommen bei Charlie's. Kann ich euch etwas bringen?“

Das ist eine Freundlichkeit, ein Test und ich mache nur meinen Job. Wenn sie im Dienst sind, gibt es keinen Alkohol, aber sie sind beide Vampire. Charlie hält den Kühlschrank mit Blutbeuteln gefüllt - sowohl mit echtem als auch mit synthetischem, damit ich ihnen etwas anbieten kann, wenn sie durstig sind.

Frag bitte nach einem Blutwhiskey, denke ich. Nur einen Schluck, damit ich weiß, dass ich nicht in so großen Schwierigkeiten stecke, wie ich wetten würde.

Tameras blassgrüne Augen blicken zu Dominic auf. Wie jeder andere Vampir in Muncie sind seine Augen genauso hell, blau statt grün, aber so blass, dass sie mich irgendwie erschrecken. Ich fixiere meinen Blick auf einen Punkt knapp über seiner Schulter, damit er es nicht merkt.

Wenn du in der Nähe eines Raubtiers bist, darfst du niemals Schwäche zeigen, selbst wenn sie so ansehnlich und schön verpackt sind.

Dominic wirft einen Blick auf Tamera und schüttelt dann den Kopf. „Nichts für uns, aber danke für das Angebot, Ms. Swann."

Uff. Ms. Swann.

Ich werfe den Lappen weg, während ich mir einen Seufzer verkneife.

Jawohl. Ich stecke in großen, großen Schwierigkeiten.

Dann kann ich auch gleich loslegen. „Lass mich raten. Es geht um den Schwanz von heute Morgen, stimmt's?"

Tamera ist übernatürlich schön - weil sie ein Vampir ist - aber ihre Schönheit verblasst ein wenig, wenn sie ihr Gesicht zu einem Grinsen verzieht, wie in diesem Fall. „Wenn du darauf anspielst, wie du Monroe angegriffen hast ..."

„Tamera", sagt Dominic vorwurfsvoll. „Der Kader urteilt nicht, bevor wir alle Fakten kennen. Wir haben Monroes Aussage, dass ihn eine wilde Wölfin angegriffen hat. Sieht sie für dich wild aus?"

Ein widerwilliges „Nein".

„Ich stimme zu. Jetzt sind wir hier, um Ms. Swann nach ihrer Sicht der Dinge zu fragen. Kannst du unvoreingenommen zuhören oder möchtest du lieber ins Hauptquartier zurückkehren, während ich das für Roman erledige?"

„Ich werde zuhören."

„Gut." Er wartet einen Moment, bis sie etwas anderes sagt und schenkt mir dann ein kleines Grinsen, als sie es nicht tut. „Roman glaubt an Fairness, auch wenn einige seiner Leute nicht verstehen, warum. Aber Tamera lernt schnell und wird eine Bereicherung für den Kader sein, jetzt, wo sie bei uns ist. Ich bin froh, dass sie hier ist, um bei der Schlichtung heute Abend zu helfen."

Als Tamera sich neben ihm räkelt, kann ich nicht anders als zu denken: Oh, er ist gut.

Anstatt mit ihr zu schimpfen und ihr ein schlechtes Gewissen zu machen, korrigiert er ihr Verhalten und richtet sie auf. Ich habe gesehen, dass Aleks etwas Ähnliches getan hat, vor allem, als er mit einigen der Vampire sprach, mit denen er arbeitete.

Romans Einfluss? Vielleicht.

Ich habe den Anführer von Muncie noch nie getroffen, aber ich bin ihm trotzdem dankbar für all die Zugeständnisse, die er mir gemacht hat, seit Aleks letztes Jahr für mich gebürgt hat. Ich muss zugeben, nachdem ich vorhin die Beherrschung verloren hatte, war ein Teil von mir fast sicher, dass er mich aus Muncie rausschmeißen würde, wenn er erfährt, dass ich einen seiner Leute angegriffen habe.

Das könnte er immer noch tun, aber wenigstens gibt er mir die Chance, mich zu verteidigen.

Das tue ich auch. Als ich Tamera erzähle, was zwischen mir und dem Monroe-Arschloch vorgefallen ist, wird sie skeptisch. Ich bin mir nicht sicher, ob ich es schaffe, so direkt zu sein, wie ich es mir wünsche - meine animalische Natur gewinnt die Oberhand und meine Emotionen nehmen überhand, als ich mich daran erinnere, was er gesagt hat, um mich aus der Fassung zu bringen, aber sie unterbricht mich nicht. Genauso wenig wie Dominic.

Als ich endlich fertig bin, nickt er. „Danke. Monroe ist dafür bekannt, dass er die Schwächeren verfolgt und sich dann beschwert, wenn er einen Stärkeren findet. Du bist nicht die Erste. Ich werde Roman deine Antwort überbringen und vielleicht bist du dann die Letzte."

Wow. Ich dachte, dass die Art und Weise, wie ich ihn fast zerrissen habe, genug dafür war, dass er mich herausgefordert hat. Luna, wenn ich wollte, dass der Vampir ausgeschaltet wird, hätte ich es selbst tun können und uns den ganzen Ärger erspart.

Brutal.

Mein Gesichtsausdruck muss etwas verraten haben, denn Dominic korrigiert meinen Verdacht sofort.

„Bitte. Wir sind keine Monster, Ms. Swann. Wir werden ihn nicht töten, weil er gegen den Willen unseres Anführers handelt. Wenn überhaupt, wird Roman ihn nur dazu auffordern, Muncie zu verlassen, wenn er sich nicht an unsere Regeln halten will.“

Weil er auf meiner Seite zu sein scheint, zwinge ich mich, seine billige Bemerkung zu ignorieren. Oh, die wohlwollenden Vampire würden doch nie einen der ihren zur Strecke bringen, oder? Nicht so wie die bestialischen Shifter, was?

Na gut.

„Ich pass auf dich auf.“ Ich gebe ihm das "Okay"-Zeichen, auch wenn ich ihm eigentlich lieber den Vogel zeigen würde. „Danke, dass du hergekommen bist. Ich sollte jetzt wieder an die Arbeit gehen ...“

Tamera klopft dem anderen Vampir auf den Arm. „Vergiss nicht, Dominic. Du wolltest den Wolf auch wegen des Laternenpfahls fragen.“

Verdammt noch mal, Luna.

Denk unschuldig, Gem, sage ich mir. Ich stehe dazu, Monroe zu bekämpfen - er hat den Arschtritt, den ich ihm verpasst habe, absolut verdient -, aber der Laternenpfahl ...

„Laternenpfahl“, echote ich. „Welcher Laternenpfahl?“

Dominics Lippen zucken. Ich habe keine Ahnung, ob Vampire genauso wie Alphas erkennen können, wenn ein Shifter lügt, aber er weiß, dass ich sowieso nur Mist erzähle. Darauf würde ich Geld setzen.

Zu meiner Überraschung lässt er sich aber darauf ein. „Ein paar Blocks von hier entfernt. Letzte Nacht gab es einen ... Zwischenfall. Einer der Pfosten kippte um und fiel mitten auf die Hauptstraße. Du weißt nicht zufällig etwas darüber, oder?“

„Äh ...“

Ich schwöre, fast alle übernatürlichen Wesen tun so, als wären sie wegen ihrer Gaben so viel besser als die Menschen, aber nachdem ich im letzten Jahr einige von ihnen getroffen habe, würde ich behaupten, dass die Menschen auch ein paar eigene Talente haben. Nimm zum Beispiel meine Barkeeperkollegin Hailey. Die Kleine kann nicht pünktlich sein, wenn es um ihr Leben geht, aber irgendwie hat sie trotzdem das perfekte Timing.

So wie jetzt gerade.

Kaum ist Dominic damit fertig, mich nach dem Laternenpfahl zu fragen, den ich heute Morgen umgetreten habe, schwingt die Tür von Charlie's auf und eine aufgeregte Hailey stürmt auf die Bar zu. Sie hat bereits ihr Charlie's T-Shirt an, die Schlüssel in der einen Hand, einen weißen Umschlag in der anderen und ihre Handtasche hängt ihr von der Schulter.

Sie rennt direkt hinter den Tresen, wirft ihre Schlüssel in die Handtasche, schnappt sich den Gurt und wirft das Ganze auf eines der leeren Regale unter der Theke.

„Hey, Gem. Tut mir leid, dass ich zu spät komme", sagt Hailey, als sie merkt, dass ich gerade zwei Vampiren gegenüberstehe, die immer noch darauf warten, dass ich die Zerstörung von Eigentum in Muncie zugebe. „Ups. Ich habe nicht gesehen, dass du beschäftigt bist."

Beschäftigt, von wegen. Ein kurzer Blick und sie weiß, dass die beiden keine Kunden von uns sind. Zumindest nicht heute Abend.

Hailey ist ein Mensch, aber sie ist auch ein Fangbanger. Sie wuchs in Muncie auf und erfuhr als Teenager die Wahrheit über die übernatürliche Welt und hat es sich zum Lebensziel gemacht, sich eines Tages einen unsterblichen Vampir als Partner zu schnappen.

Hmm ...

„Ich bin nicht beschäftigt", sage ich ihr. Das stimmt, denn so wie ich das sehe, bin ich mit diesem Gespräch fertig. „Eigentlich wollte ich gerade mit den beiden fertig werden. Aber wenn sie noch etwas brauchen, wirst du ihnen sicher gerne helfen." Ich lächle Tamera an, ignoriere aber, dass ihre blassen Augen rot werden, als ich sie abwimmle, und gestikuliere dann auf Dominics breite Brust. „Hailey, kennst du Dominic schon? Er ist Kader, genau wie Aleks."

Haileys Augen leuchten auf. Sie ist zwar eine Nicht-Supe, aber ich hatte Recht. Sie kann einen Vampir schon aus einer Meile Entfernung erkennen.

„Ich hatte noch nicht das Vergnügen", sagt sie und ihre Stimme sinkt zu einem Schnurren. „Wo ist dein Glas, Dominic? Hat Gem es dir nicht gesagt? Im Charlie's trinken die Kader umsonst."

„Wenn sie nicht im Dienst sind", füge ich hinzu.

Hailey tritt mir auf die Zehen. Sie hat ihren Tritt im Telegrammstil ausgeführt, so dass ich ihn hätte vermeiden können, aber das habe ich nicht. Ich schulde ihr einen Schlag, weil ich sie im Grunde genommen blockiert habe, aber dieser Punkt hier ist ein ziemlich wichtiger. Roman würde jeden seiner Leute köpfen, der während der Arbeitszeit für ihn getrunken hat und obwohl ich weiß, dass Dominic sich sowieso weigern würde, muss ich Hailey daran erinnern, dass es Regeln gibt, wenn es darum geht, mit einem mächtigeren Vampir wie diesem zu spielen.

„Das ist leider wahr", stimmt er zu, „aber ich werde mir das merken, wenn ich Zeit habe." Mit einem kleinen Lächeln für Hailey bemerke ich, dass seine Augen an ihrem Hals kleben. Es überrascht mich nicht im Geringsten, dass ich, als ich meinen Kopf gerade so weit drehe, um einen Blick darauf zu werfen, einen kaum geronnenen Biss sehe. Verrückte Hailey. „Und du bist oft hier?"

„Die meisten Nächte." Sie verschränkt ihre Arme unter ihren Brüsten und hebt damit ihre Mädchen zusätzlich an. Ich weiß nicht, warum sie sich die Mühe macht, denn Dominic ist nur auf die Bisswunde an ihrem Hals fixiert, die jemand anderes bereits hinterlassen hat. Vielleicht erkennt sie einen Vampir, wenn sie einen sieht, aber ihn scheint es überhaupt nicht zu stören, dass sie eine Reißzahnträgerin ist. „Wenn ich nicht hier bin, bin ich normalerweise zu Hause. Ich wohne gleich um die Ecke. Nicht allzu weit."

Ich habe nicht vor, ihr auf die Brust zu starren. In der Pose, die sie einnimmt, sind ihre Brüste ... nun ja, sie sind genau da - und da fällt mir auf, dass auf dem Umschlag, der lose an ihrem Griff baumelt, ein einziger Name steht.

Gemma.

Mein Name.

Warte - was?

Vergiss Tamera und Dominic. Ja, ja, sie haben Romans Warnung weitergegeben, dass man sich nicht mit seinen Vampiren anlegen soll, auch wenn sie selbst die Provokateure sind und wenn sie Beweise dafür hätten, dass ich für das Zerbrechen des Laternenpfahls verantwortlich bin, hätten sie sie schon längst geliefert.

Was mich betrifft, sind wir hier völlig fertig. Sie müssen gehen, weil ich plötzlich wissen will, warum Hailey einen Umschlag mit meinem Namen bei sich trägt.

Ihn ihr aus der Hand zu reißen wäre unhöflich, selbst für einen Alphawandler, also rufe ich einfach ihren Namen.

„Hailey?"

Es ist, als ob sie mich nicht hören könnte.

„Hailey!"

Immer noch keine Antwort.

Was zum ...

Ich muss ihren Namen noch dreimal rufen, bevor sie endlich ihren Blick von Dominic löst.

„Ja, Gem? Was gibt's?“

„Was hast du da?“

„Hm? Oh. Du meinst das hier?“ Sie zeigt mir den Umschlag, aber aus irgendeinem Grund händigt sie ihn nicht aus. „Jimmy hat ihn mir letzte Woche gegeben. Er sagte, ein junges Mädchen mit schwarzen Haaren habe ihm diesen Umschlag vor der Bar gegeben und ihn versprechen lassen, dass er ihn dir geben würde. Aber du warst an dem Abend nicht da, also hat er ihn mir gegeben. Ich nahm ihn mit nach Hause, vergaß ihn und erinnerte mich erst wieder daran, ihn vorhin zu holen, als ich wusste, dass du heute da bist.“

Okay. Nicht die Art von Antwort, die ich erwartet hatte, aber jetzt bin ich noch neugieriger.

Ich will gerade danach fragen, als Dominic wieder Haileys Aufmerksamkeit erregt.

Wenigstens ist es dieses Mal, um sich zu verabschieden.

Der sanfte Vampir greift über die Theke und hält Hailey seine Alabasterhand hin. Schnell wechselt sie den Umschlag von ihrer rechten in die linke Hand, damit sie seine nehmen kann. Von meinem Platz aus, ein paar Schritte von ihr entfernt, kann ich Dominic sehen, wie er mit seinen langen, schlanken Fingern über ihren Pulsschlag fährt.

Er lächelt und die Spitzen seiner Reißzähne schauen über den Rand seiner Unterlippe hervor. „Wir sehen uns bald wieder.“

Hailey kichert, während Tamera mit den Augen rollt.

Ehrlich gesagt, bin ich in diesem Fall auf ihrer Seite.

Es dauert noch ein paar Sekunden, bis er meine Kollegin endlich loslässt. Mit einem strengen Blick in meine Richtung - okay, vielleicht habe ich auch ein bisschen mit den Augen gerollt - sagt er mir wortlos, dass der Kader ein Auge auf mich geworfen hat und schlendert dann mit Tamera an seiner Seite aus dem Charlie's.

Ich glaube nicht, dass Hailey mit der Wimper zuckt, als sich die Tür öffnet und hinter den beiden Vampiren wieder schließt.

Für alle Fälle schnippe ich mit den Fingern.

6

RUBY'S RUBY

Sie zuckt zusammen, als ob sie aus einer Trance gerissen worden wäre.

Aber da ich nicht weiß, wie stark Vampire sind und wie sie ihre menschliche Beute fangen, könnte es auch sein, dass sie es war.

Ich runzle die Stirn, während ich und mein Wolf sie untersuchen. „Hailey. Geht es dir gut?"

„Mehr als gut", haucht sie aus. Da bin ich mir nicht so sicher. Ihre Augen sehen irgendwie benommen aus, aber sie blinzelt wieder und fängt an, ein wenig kohärenter zu wirken. Ein bisschen mehr wie ihr normales Ich, vor allem, weil sie nach der Begegnung mit dem männlichen Vampir ganz aus dem Häuschen zu sein scheint.

Sie beweist mir, dass ich Recht habe, indem sie fragt: „Wer war das?"

„Dominic Le Croix. Kader", erinnere ich sie. Sie muss die Vorstellung vorhin verpasst haben, weil sie zu sehr damit beschäftigt war, zu sabbern. Wie auch immer. Ich mache mir keine Sorgen, denn ich bin mir ziemlich sicher, dass sie sich nach dem, was ich gerade erlebt habe, sowieso besser kennenlernen werden. „Also, was den Umschlag angeht ..."

„Glaubst du, er ist an mir interessiert?"

Ein Mensch mit einem offensichtlichen Vampirbiss? Ich kann nicht versprechen, dass er sich in sie verliebt und sie zu seiner Blutsgefährtin macht, aber ich wette, der mächtige Vampir erkennt ein leichtes Ziel, wenn er eines sieht. Zumindest wird er ihr Blut probieren.

„Ja", sage ich ihr und meine Worte klingen ehrlich. „Glaub ich."

Mit ihrer freien Hand streicht sie sich über die Haare. „Er ist großartig."

Ja, ja. Vampire sind wunderschön. Das wissen wir alle.

Bevor sie noch mehr schwärmen kann, zucke ich mit meinem Kinn zu ihrer Hand. Du weißt schon. Die mit dem Umschlag, auf den mein Name gekritzelt ist.

„Du hast gesagt, dass der für mich ist", sage ich ihr.

Hailey blickt auf ihre Hand hinunter, als hätte sie völlig vergessen, dass sie ihn in der Hand hält. Sie blinzelt, dann zuckt sie zusammen. „Tut mir leid, Gem. Bei einem sexy Vampir verliere ich leicht den Kopf."

Ein sexy Vampir. Der Blutverlust von ihrem "Date" mit einem anderen Vampir heute Abend. Sechs von dem einen, ein halbes Dutzend von dem anderen, wenn du mich fragst.

Huch. Und schon wieder rollt man mit den Augen. Es ist eine Epidemie.

Ich greife unter die Theke und schnappe mir eines von Charlies treuen Zauberpflastern. Diese von Vampiren gestalteten Pflaster haben etwas Magisches. Sie heilen einen Blutspender nicht nur blitzschnell, sondern beseitigen auch alle Bisswunden und liefern die Nährstoffe, die ein Spender braucht, um sein Plasma zu ersetzen. Morgen Abend wird Hailey bereit sein, falls Dominic beschließt, ein wenig zu knabbern.

„Hier", sage ich und halte es ihr hin. „Ich tausche mit dir."

„Danke, Babe."

Während Hailey damit beschäftigt ist, das Pflaster zu aktivieren und es auf die Flecken in ihrem Hals zu kleben, versuche ich so gut es geht, nicht zu bemerken, dass ich an dem Umschlag schnüffle, den sie mir gegeben hat. Ich erkenne die schwere Hand nicht, die die fünf Buchstaben meines Namens in die Mitte des Umschlags geschrieben hat, also hoffe ich, dass ich einen Hinweis darauf bekomme, von wem er ist, wenn ich daran rieche.

Hmm. Ich erkenne Hailey, offensichtlich. Jimmy auch. Und ... ein dritter Duft, den ich nicht kenne. Wahrscheinlich die Tussi, die ihn an Jimmy weitergegeben hat. Es ist aber auf jeden Fall ein Mensch.

Ich fahre mit dem Daumen über eine etwa fünf Zentimeter große Ausbuchtung, die unten herausragt. Was auch immer da gegen das Papier stößt, ist hart. Scharf. Es ist eine seltsame Form, die nicht nachgibt.

Ich nahm an, der Umschlag sei eine Art Brief. Das machte Sinn, aber jetzt zweifle ich an dieser Annahme. Die Rückseite des Umschlags ist auch angeklebt, als ob derjenige, der etwas hineingesteckt hat, nicht wollte, dass es herausfällt.

Tja. Ich werde nicht wissen, was drin ist, wenn ich ihn nicht öffne, also reiße ich den Umschlag an der nächstgelegenen Ecke auf und tue das. Ich stecke meinen Zeigefinger hinein, um das Loch zu vergrößern und schüttle den Umschlag, sodass das, was drin ist, in meine Handfläche fällt.

Ich atme scharf ein, als ich erkenne, was es ist.

Ein Rubin.

Nein.

Nun, doch. Es lässt sich nicht leugnen. Er ist geschliffen, facettiert und wahrscheinlich eine Menge wert, wenn man bedenkt, dass er so groß ist wie ein großer Kieselstein, und, ja, vielleicht ist er ... ich weiß nicht, ein Granat oder ein Karneol ... aber ich weiß es besser. Der glänzende, rote Stein ist ein verdammter Rubin.

Und es ist kein nettes Geschenk.

Er ist eine Warnung.

Ohne zu bemerken, dass ich nur wenige Sekunden davon entfernt bin, das Ding so weit wie möglich von mir wegzuschmeißen, schaut Hailey zu dem Stein in meiner Hand hinüber und starrt ihn an. „Wow ... das ist ein Prachtstück. Von deinem Wolf?"

„Äh. Nein. Ich glaube nicht."

Es gibt so viele Gründe, warum er nicht von Ryker sein kann. Er hat mir bereits eine Halskette geschenkt und nachdem ich nicht gerade begeistert war, kann ich mir nicht vorstellen, dass er Aleks mit diesem roten Rubin übertrumpfen will. Außerdem riecht er menschlich. Nach Jimmy, Hailey und jemand anderem. Jemand, den ich nicht kenne.

Auf jeden Fall kein Wolf.

Außerdem müsste Ryker nicht den Postboten spielen, um mir ein Geschenk zu machen. Jetzt, wo wir mitten in unserem Paarungstanz stecken, würde sein Wolf niemandem außer Ryker trauen, mir etwas zu bringen. So wie die Halskette, die ich immer noch trage. Er müsste meine Reaktion sehen und beobachten, wie ich sie benutze, so wie er darauf bestanden hat, dass ich die Kette sofort anlege, nachdem er sie mir heute Morgen gegeben hat.

Das ist auch nicht der einzige Grund ...

Haileys Lippen verengen sich. „Dein Vampir?“, schlägt sie vor. „Vielleicht hat Aleks sie für dich geschickt.“

Nein. Nicht Aleks.

Ich schüttle den Kopf.

Einen Moment lang sieht sie ratlos aus. Doch dann stupst sie mich in die Seite. „Du Glückspilz. Sieht aus, als hättest du einen heimlichen Verehrer.“ Sie zeigt auf den Rubin. „Nach der Größe des Dings zu urteilen, ist er wohl auch stinkreich.“

Wenn es nur so wäre.

Obwohl mein innerer Wolf plötzlich tief in mir heult, ziehe ich absichtlich eine zufriedene Miene. Glücklich, Gem. Du freust dich, dass dir ein Unbekannter einen so hübschen Rubin geschenkt hat, der überhaupt keine böse Bedeutung hat.

Aha.

Na klar.

„Hey, Hailey?“

„Ja?“

„Ich laufe nur schnell und lege das hinten rein. Ich will es nicht fallen lassen, bevor ich mich bei demjenigen bedanken kann, der es für mich besorgt hat.“

Meine menschliche Kollegin ist ein offenes Buch. Ich merke schon, dass sie genau dieses Thema ansprechen will, als ob sie unbedingt wissen will, wer mir so einen teuren Stein in einem einfachen weißen Umschlag gibt, nachdem sie ihn Fremden anvertraut hat.

Sie will es unbedingt wissen.

Ich wünschte, ich wüsste es nicht.

Hailey öffnet wieder ihren Mund. Es wird eine weitere Frage sein. Da bin ich mir verdammt sicher.

Ich warte nicht ab, um sie zu hören. In der Annahme, dass es ihr nichts ausmacht, dass ich ein paar Sekunden für mich brauche, drehe ich mich auf dem Absatz um und schlendere so schnell zur Hinterzimmertür, dass sie es wahrscheinlich schon geahnt hätte, wenn sie nicht schon herausgefunden hätte, dass ich kein Mensch bin, wie sie es ist.

Ryker würde mir keinen Rubin schenken, weil er nicht weiß, dass ich einen solchen Stein für etwas anderes als einen hübschen Edelstein halten würde.

Er weiß es nicht. Er weiß nicht, dass Gemma Swann nur ein Name ist, den meine Mutter in Panik für mich ausgesucht hat, als wir auf der Flucht vor meinem verrückten Samenspender waren. Sie wollte mich verstecken und - wie sie es ausdrückte - mir eine zweite Chance auf eine Zukunft geben, in der ich nicht die Tochter von Jack Walker sein musste.

Gemma war ihre zweite Wahl für meinen Namen, als sie schwanger war. Swann, weil es der sanfteste, nicht bedrohliche Name war, der ihr spontan einfiel.

Aber das ist nicht mein Geburtsname.

Ich blicke anklagend auf den roten Stein in meiner Handfläche.

Ruby. Bevor ich Gemma war, war mein Name Ruby.

Und es gibt nur eine Handvoll Shifter auf der ganzen verdammten Welt, die das wissen.

Mich. Meine Mutter. Mein Vater.

Und ... Jack Walker.

Shit.

Scheiße, scheiße, scheiße.

Ich atme grob aus und gehe im Hinterzimmer auf und ab, während sich mein Kopf in Gedanken wild dreht.

Er weiß es also doch. Mein biologischer Vater. Als ich meine Finger um den Edelstein in meinem Griff zusammenpresse, muss ich akzeptieren, dass es doch kein Glückstreffer war. Als Shane sagte, dass es Gerüchte gibt, dass das Lakeview Rudel ein weibliches Alphatier beherbergt, dass Wicked Wolf Walker nach einem starken Wolf sucht, der seine eigensinnige Tochter zähmt, hatte ich gehofft, dass er sich nicht sicher ist. Dass er nur rät.

Mein Name ist anders. Seit fünfundzwanzig Jahren bin ich Gemma Swann, die Adoptivtochter von Paul Booker und Janelle Walker. Soweit man weiß, ist der Welpe, den mein biologischer Vater mit meiner Mutter hatte, ertrunken, als meine Mutter aus seinen brutalen, missbräuchlichen Fängen floh. Danach fand sie einen verlassenen Omega-Welpen, der definitiv nicht die Tochter war, die sie verloren hatte und zog ihn mit der Liebe und Unterstützung meines Adoptivvaters auf.

Ruby Walker gibt es nicht. Nur Gemma Swann tut es.

Und dieser Bastard spielt mit mir und lässt mich wissen, dass er weiß, dass wir ein und dieselbe Person sind.

Verdammt *wunderbar.*

~

Ein Vorteil, wenn man zwei Doppelgänger hintereinander abzieht? Charlie hat nichts dagegen, als ich ihn anrufe und frage, ob ich ein paar Stunden früher Feierabend machen kann.

Es gibt eine Absicherung. Unser Zeitplan ist auch nicht in Stein gemeißelt. Solange ich Tony, Hailey und Sherm nicht im Stich lasse, gibt mir Charlie das Okay, zu kassieren und zu gehen. Und falls Hailey vermutet, dass mein "großzügiges" Geschenk etwas mit meiner frühen Nacht zu tun hat, ist meine menschliche Freundin zu sehr damit beschäftigt, sich zu fragen, wann sie Dominic Le Croix wiedersieht, um etwas zu sagen, als ich ihr sage, dass ich für heute Nacht fertig bin.

Ich habe es bis acht Uhr geschafft, bevor ich es nicht mehr aushalten konnte. Von Hailey weiß ich, dass Jimmy den Umschlag letzte Woche bekommen hat, zufälligerweise war das der Tag, an dem Ryker zum Alphatreffen abgereist ist und wenn ich den Umschlag früher bekommen hätte, wäre ich die ganze Zeit, in der er weg war, allein durchgedreht.

Eine Woche ist zu lang, um auch nur daran zu denken, das Mädchen mit den schwarzen Haaren aufzuspüren. Abgesehen von der Beschreibung, die Jimmy Hailey gegeben hat, weiß ich nicht, wer noch beteiligt ist oder wie ich sie finden kann. Der böse Wolf Walker ist ein Kinderspiel, aber wenigstens kann ich mir einigermaßen sicher sein, dass mein Samenspender nicht nach Muncie marschiert ist, um einen Rubin abzugeben, nur um mich zu verarschen.

Oh nein. Das ist nicht sein Stil. Aber sich darauf verlassen, dass jemand Schwächeres die Nachricht weitergibt? Selbst wenn es ein Mensch ist? Auf jeden Fall, vor allem, weil Muncie so gut geschützt ist, dass wahrscheinlich erst ein Mensch in die Stadt eindringen und den verdammten Umschlag überbringen müsste, bevor Romans Patrouille einen anderen Wolf hineinlassen würde.

Trotzdem ist mein erster Instinkt, mich auf die Suche nach der geheimnisvollen schwarzhaarigen Frau zu machen. Ich weiß, dass das unmöglich ist, aber mein zweiter Instinkt jagt mir so viel Angst ein, dass ich fast Lust hätte, in Muncie nach einem Geist zu jagen, anstatt diesem anderen Drang nachzugeben.

Aber ich tue es nicht. Stattdessen greife ich in meine Gesäßtasche und hole mit beschleunigtem Herzschlag mein Handy heraus.

Unter Kontakte habe ich insgesamt sieben Namen. Drei Arbeitskollegen, Charlie, Aleks, meine Mutter und ...

„Hallo?“

Bei der tiefen, kieseligen, vertrauten Stimme stockt mir der Atem. Es hat mich zu Tode erschreckt, dass ich mit dem Rubin in meiner Hosentasche am liebsten mit Ryker gesprochen hätte. Nicht, weil er ein Alpha ist. Nicht, weil ich wollte, dass er mich beschützt. Sondern weil ich ihn einfach wollte.

„Hey. Ich bin's.“

„Gemma? Was ist los?“

Denn irgendetwas muss doch los sein, oder? Sonst würde ich ihn ja auch nicht anrufen.

Shifter benutzen eigentlich keine Telefone. Ryker ist da keine Ausnahme. Als Alpha seines Rudels kann man sich mit ihm in seinem Büro in der Alphahütte verabreden, wenn man mit ihm in Kontakt treten will. Shifter von außerhalb? Sie müssen ihn um Erlaubnis bitten, sich mit ihm zu treffen und die Tradition schreibt vor, dass dies persönlich geschehen muss, um ihm den nötigen Respekt zu erweisen.

Als er sich vor zwei Monaten zum ersten Mal ernsthaft um mich bemühte, stellte er fest, dass ich ein Telefon hatte, um mit meinen neuen menschlichen Freunden und Aleks in Kontakt zu bleiben. Weil er es mir leicht machen wollte, ihn zu erreichen, wenn er in Accalia und ich in Muncie war.

Natürlich wäre es ihm lieber, wenn ich ihn oben in den Bergen besuchen würde. Da das in nächster Zeit nicht passieren wird, nimmt er sich die Zeit, zu mir zu kommen. Telefonieren ist für ihn der letzte Ausweg.

Für mich auch, schätze ich.

Seine Überraschung, dass ich ihn tatsächlich kontaktiere, lässt meinen ganzen Körper anspannen. Ich weiß nicht, was das über unsere ... was auch immer wir haben, aussagt. Beziehung? Ich würde sagen, eine Beziehung. Denn uns als "Fickfreunde" zu bezeichnen, ist in vielerlei Hinsicht einfach falsch.

Es ist meine Schuld. Ich weiß es. Ob ich ihm nun glauben kann oder nicht, Ryker hat mir klar gemacht, dass er bereit ist, mein Partner zu werden, sobald ich ihn akzeptiere. Ich bin diejenige, die sich nicht dazu durchringen kann, diesen Schritt zu wagen.

Wenn wir uns nur körperlich paaren, liegt das daran, dass ich es so gemacht habe, indem ich es hinausgezögert habe, seine Gefährtin zu werden.

Ich lüge fast. Aus Erfahrung weiß ich, dass meine angeborene Fähigkeit, Lügen zu erkennen, von meiner Nase abhängt und ich denke, dass es bei Ryker genauso ist. Am Telefon würde er nie merken, dass ich lüge - aber ich kann es nicht. Ich habe ihn aus einem bestimmten Grund angerufen und obwohl ich mir nicht sicher bin, was das für ein Grund ist, erzähle ich ihm alles über den Umschlag.

Es spielt keine Rolle, dass der Rubin für ihn scheinbar bedeutungslos ist. Ich sage ihm, dass er für mich der Beweis ist, dass der Böse Wolf genau weiß, wo ich bin und wo ich mich aufhalte und das ist alles, was er hören muss.

„Ich komme zurück. Ich verlasse Accalia jetzt sofort."

„Was? Nein. Es ist alles in Ordnung. Ich ... ich bin okay. Er hat den Umschlag vor einer Woche abgegeben ..."

„Genau", sagt Ryker. „Als ich mitten im Nirgendwo mit den anderen Alphas war. Er wollte, dass du dich erschreckst, wenn ich nicht da bin. Sag mir nicht, dass das keine Absicht war."

Das kann ich nicht. Das habe ich auch schon herausgefunden, aber das bedeutet nicht, dass Ryker alles stehen und liegen lassen muss, um mir die Hand zu halten oder so. Ich bin ein großes Mädchen. Ich habe mich erschrocken, aber jetzt weiß ich, dass mein Psycho-Samenspender ein Auge auf mich geworfen hat. Er kann einen

Menschen benutzen, um an meinen Job heranzukommen. Jetzt, wo ich es weiß, werde ich noch wachsamer sein.

„Ryker. Es ist alles in Ordnung. Ich verspreche es dir. Ich habe nicht angerufen, weil ich will, dass du mich beschützt ..."

„Du bist meine Gefährtin." Sein Knurren ist so laut, dass ich das Telefon von meinem Ohr wegziehen muss. „Das werde ich ganz bestimmt nicht auf die leichte Schulter nehmen. Es ist meine Aufgabe, dich zu beschützen."

Ich kenne Ryker. Wenn ich ihm sage, dass ich nicht seine Gefährtin bin - zumindest nicht offiziell -, wird er seinen Zorn herauslassen. Wenn ich ihm sage, dass ich selbst ein verdammter Alpha bin und er seine Zeit damit vergeudet, sich vor mich zu stellen, könnte der arme Kerl einfach explodieren.

Stattdessen klammere ich mich an das Letzte, was er gesagt hat. „Das ist nicht deine Aufgabe. Deine Aufgabe ist es, der Alpha des Mountainside Rudels zu sein. Du warst fast eine Woche lang weg, Ryker. Lass nicht alles stehen und liegen, um hierher zu kommen. Ich verspreche dir. Es geht mir gut. Außerdem bin ich gerade auf dem Weg nach Hause."

Übersetzung: Ich gehe zu meiner Wohnung, nicht zu deinem Stadthaus. Ryker könnte versuchen, mich zu drängen, aber wir wissen beide, dass ich stur genug bin, ihn auf dem Balkon stehen zu lassen, wenn er darauf besteht, trotzdem nach Muncie zu fahren.

Er wird nicht kampflos aufgeben, der sture Alpha.

„Das Rudel hat die Woche ohne mich überlebt. Alles, was sie von mir brauchen, kann bis morgen warten."

Ich beruhige meine Stimme. Wenn ich ihn nicht beruhige, wird er sich verwandeln und den Berg hinunterlaufen, auch wenn ich ihm gesagt habe, dass er das nicht tun soll.

„Komm morgen", sage ich stattdessen. „Nimm dir die Nacht, um bei deinem Rudel zu sein."

„Gemma-„

Ich schlucke, dann sage ich: „Bitte, Ryker."

Er schnaubt. „Na gut. Aber ich sage dir, ich würde die Nacht viel lieber mit dir verbringen."

Wie macht Ryker das nur? Mit einem frustrierten, aber völlig ehrlichen Murmeln dieses Mannes vergesse ich die Bedrohung durch meinen Vater, den bedrohlichen Rubin und die Unfehlbarkeit der ständigen Patrouillen der Fang City. Vielleicht war ich selbstgefällig geworden, so sicher, dass die Sicherheit des Kaders alle anderen Shifter fernhalten würde, aber das kann ich alles hinter mir lassen, wenn Ryker sich mir gegenüber so öffnet.

Natürlich denke ich dann daran, wie wir die Sache heute Morgen beendet haben. Er hat geschworen, dass wir das Gespräch, vor dem ich weggelaufen bin, zu Ende führen werden, aber jetzt, wo ich ihn angerufen und ihm etwas von meiner Verletzlichkeit gezeigt habe, ist er gut genug, um es sein zu lassen.

Das ist er.

Ich kann es nicht.

„Wegen heute Morgen ..."

Rykers Reaktion ist das Gegenteil von dem, was ich erwarte, wenn ich das Thema so wechsle, wie ich es gerade getan habe. Anstatt wieder wütend zu werden, kichert er sogar. Das warme Geräusch durchströmt mich und lässt mich bis in die Zehenspitzen heiß werden.

„Welcher Teil von heute Morgen? Als ich dich an die Wand gedrückt habe?"

Ah, Luna. Ich schaue mich um. Übernatürliche haben ein erstaunliches Gehör und während es mir egal war, ob jemand auf der Straße mitbekommen hat, was ich ihm erzählt habe, ist das hier privat.

Meine Wangen werden schon ganz heiß, als ich mich daran erinnere, wie es war, Rykers großen Körper um mich herum zu haben. „Äh. Ich meinte eigentlich das, was danach passiert ist."

„Oh. Du meinst, als ich dich über das Bett beugte und dich meinen Namen schreien ließ."

„Ryker!"

Wieder ein Glucksen. „Tut mir leid, mein Schatz. Kannst du es mir verübeln, dass ich mich lieber an die guten Sachen erinnern will? Lieber das, als dass ich daran denken muss, dass du mich verlassen hast."

Uff. Das tut ein bisschen weh. Ich bezweifle zwar, dass er das mit seiner unverblümten Ehrlichkeit beabsichtigt hat, aber trotzdem. Ich reibe mir mit dem Handballen über die Brust, als ob das den plötzlichen Schmerz lindern würde.

„Es tut mir leid", platze ich heraus. „Ich hätte das nicht tun sollen."

Er wird still.

„Ryker?" Ich schaue auf mein Handy, um zu sehen, ob die Verbindung noch besteht. „Bist du da?"

„Ja. Ich bin hier. Ich ... entschuldige dich nicht. Ich habe gedrängt . Du hast zurückgeschlagen. Ich hätte damit rechnen müssen. Du bist ein Alpha. Du hast dich wie ein Alpha verhalten. Ich bin derjenige, der die Herausforderung nicht annehmen konnte."

„Es gibt keine Herausforderung", sage ich ihm. Und ich meine es auch so. Vielleicht werden wir nie einer Meinung sein und da wir beide Alphas sind, werden wir wahrscheinlich immer aneinandergeraten, aber die Herausforderungen endeten, als ich beschloss, zu sehen, wie wir beide zusammenarbeiten können. „Ich werde dir vielleicht nicht immer sagen können, was ich denke oder fühle ... es wird vielleicht nicht richtig oder überhaupt nicht rüberkommen ... aber es gibt keine Herausforderungen mehr. Das verspreche ich dir."

„Hey, du hast mich vorhin wegen des Umschlags angerufen", erinnert er mich. „Das ist ein Anfang."

Das ist es, nicht wahr?

Hm.

7

ER IST ZU HAUSE

Ryker ist nicht die einzige Person, die ich auf meinem Heimweg anrufe - und obwohl das Gespräch mit ihm viel besser endete, als es begann, wünschte ich, ich könnte dasselbe von dem Gespräch mit meiner Mutter sagen.

Ich wusste, dass er nicht verstehen würde, warum der Rubin so wichtig ist, aber meine Mutter wurde sofort wütend, als ich ihr erzählte, dass er in einem Umschlag mit meinem Adoptivnamen versiegelt ist.

Genau wie ich, dachte sie sofort an Jack Walker.

„Aber wie?" Ein Knistern kommt von ihrem Ende der Leitung. Wie ich meine Mutter kenne, hat sie mich wahrscheinlich auf den Lautsprecher gestellt, während sie in Dads Arbeitszimmer herumläuft. „Er darf nichts von dir wissen."

Das ist eine Untertreibung.

Ich habe die Geschichte, wie meine Mutter endlich genug hatte und ihrem missbrauchenden Partner entkam, im Laufe der Jahre schon hundertmal gehört. Vor allem von meinem Vater, der mich immer wie einen Alpha-Kollegen behandelt hat. Während meine Mutter mein ganzes Leben lang versucht hat, mich vor der Realität meines leiblichen Vaters zu schützen, wusste mein Adoptivvater, dass ich stark genug war, um die Wahrheit zu erfahren.

Drei Jahre lang hatte meine Mutter mit Wicked Wolf Walkers Grausamkeit, seiner Untreue und seinem verdrehten Drang, jeden zu töten, der ihm Unrecht tut, zu kämpfen. Er hält den Rekord für das Überleben der meisten Alpha-Herausforderungen, denn, wie mein Vater mir erzählte, betrachtet der Böse Wolf des Westens jede verdammte Sache als Herausforderung. Auch jetzt noch regiert er das Wolfsgebiet mit eiserner Hand und so war es auch, als meine Mutter und ich dort mit ihm lebten.

Bis ich etwa ein Jahr alt war, schaffte es meine Mutter, meinen biologischen Papa und das Westliche Rudel davon zu überzeugen, dass ich ein Omega war, genau wie sie. Sie umgab mich mit ihrer Aura und ließ mich so erscheinen. Aber irgendwann war meine Alphanatur zu stark, um sie abzuschirmen und ihr Gefährte entdeckte die Wahrheit: dass ich ein Alphaweibchen war. Er drohte mir mit dem Tod und sagte meiner Mutter, dass er mich ertränken würde, wenn sie sich nicht mit ihm verbünde und so viele Welpen wie möglich zur Welt brächte, um noch mehr Alphas zu zeugen - das war der letzte Strohhalm für sie.

Sie floh, und als der Böse Wolf sie schließlich in Lakeview fand, ließ sie ihn glauben, ich sei tot. Ertrunken, sagte sie ihm, genau wie seine Drohung. Ich "ertrank" in dem Fluss, der das Wolfsgebiet vom alten Lakeview trennte.

Er hat es ihr abgekauft. Vor allem, weil er nie auf die Idee käme, dass ein schwacher, niederer Omega ihm ins Gesicht lügen könnte, aber auch, weil er dann meinen Vater zu einer Alpha-Herausforderung herausforderte - die einzige, die er je verloren hat.

Manchmal wünsche ich mir, dass mein Vater Wicked Wolf Walker auf der Stelle erledigt hätte. Als guter Mann hat mein Vater ihn am

Leben gelassen, aber er hat immer gesagt, dass er nicht zögern würde, ihn wirklich zu töten, wenn mein biologischer Vater wieder hinter meiner Mutter her wäre.

Die Drohung muss gewirkt haben, denn auch fünfundzwanzig Jahre später ist mein Samenspender in seinem immer größer werdenden Revier geblieben, selbst nachdem Mom und Dad mit ihrem Rudel quer durchs Land an die Ostküste gezogen sind.

Da ein ganzes Land zwischen uns lag - und ihr Ex-Partner sich weigerte, an Alpha-Treffen teilzunehmen, bei denen mein Vater anwesend war - fiel es meiner Mutter etwas leichter zu glauben, dass Jack Walker tatsächlich vergessen könnte, dass sie seine Gefährtin war. Zu diesem Zeitpunkt war sie mit Paul Booker, ihrem auserwählten Gefährten, verpaart und hatte ihre Gem.

Aber nur weil er nicht versuchen konnte, sie noch einmal für sich zu beanspruchen, nachdem sie sich mit meinem Vater verbunden hatte, hatte Mama immer noch Angst. Ihre größte Angst war, dass ihr Ex herausfinden würde, dass ich noch am Leben war. Selbst wenn er das nicht tat, war jeder Shifter, der mein Geheimnis erfuhr, eine Bedrohung. Männchen würden alles tun, um ein Alphaweibchen zu ihrer Gefährtin zu machen, sogar mich dazu zwingen, für immer ihre Gefährtin zu sein.

Shane ist der Beweis dafür.

Trotzdem hat sie nie verstanden, dass ich als Alphaweibchen mehr als in der Lage bin, mich selbst zu schützen. Zusammen mit dem jahrelangen Training, das mir mein Alpha-Papa verpasst hat, habe ich mir deswegen nie Sorgen gemacht.

Nein. Meine größte Sorge war, dass mein zukünftiger Gefährte mich nicht will.

Das habe ich schon erlebt. Geschenkt. Es spielte keine Rolle, dass alles ein großes Missverständnis war. Ich musste immer noch damit fertig werden, dass Ryker mich und meinen Wolf ablehnte.

Aber das habe ich doch überlebt, oder? Ich drücke den Rubin in meiner Faust, während ich um die Rückseite meines Wohnhauses gehe und versuche, ihr das zu erklären.

Ein Teil von mir fragt sich, warum ich es meiner Mutter erzählt habe. Selbst wenn mein Vater nicht im selben Raum sitzt und meinen Anruf hört - und das bezweifle ich, denn er mischt sich nicht mit einem dröhnenden Kommentar ein - wird sie es ihm sagen. Sie sind Gefährten. Das ist es, was Gefährten tun.

Aus gutem Grund hasst mein Vater Wicked Wolf Walker. Offensichtlich. Wenn es schon schwierig ist, Ryker davon abzuhalten, hierher zu eilen, um auf mich aufzupassen, dann wird es unmöglich sein, Paul Booker aufzuhalten, wenn er denkt, dass mein Bio-Vater nach all den Jahren herumschnüffelt.

Mit Mom gibt es immer einen Kompromiss. So wie ich den monatlichen Anrufen bei Vollmond zugestimmt habe, um zu beweisen, dass es mir gut geht, dass ich glücklich und gesund bin und dass ich nicht gegen meinen Willen gefesselt bin, sage ich ihr, dass ich sie sofort benachrichtigen werde, wenn es Anzeichen dafür gibt, dass mein biologischer Vater mich terrorisiert.

Schließlich könnte es ja auch Shane sein. Das muss ich zugeben. Shane oder einer der anderen Shifter-Typen aus der Armee des Bösen Wolfs. Nur weil er meinen Namen kennt, heißt das nicht, dass er ihn nicht auch an andere weitergegeben hat. Shane hat bereits zugegeben, dass er mit dem Alpha des Western Packs zusammenarbeitet. Jetzt ist er sein Beta, also stehen die Chancen gut, dass er darin verwickelt ist.

Ich wünschte nur, er wäre es nicht. Um Rykers willen wünschte ich, das wäre ein Streich, den ich nicht verstehe.

Ich glaube nicht, dass es das ist. Und Ryker auch nicht. Und nach dem Gespräch mit meiner Mutter wird mir klar, dass ich mehr durcheinander bin, als ich mir selbst eingestehen wollte. Die alte Gem hätte das alles hingenommen, wäre allein damit fertig geworden und hätte wahrscheinlich Pläne gemacht, Muncie gegen ein neues Gebiet einzutauschen.

Aber nicht die neue Gem. Muncie gehört mir, so wie Ryker mir gehört. Niemand wird das ändern - nicht einmal ein Möchtegern-Alpha.

Doch bevor ich das zu Ende erklären kann, kläfft mein Wolf laut und erregt meine Aufmerksamkeit. Ich halte inne und meine Sinne werden sofort wach. Als Shifter sind meine wichtigsten Sinne - Augen, Ohren, Nase - ständig damit beschäftigt, Informationen zu filtern, damit ich weiß, dass ich nicht in Gefahr bin.

Aber irgendetwas stimmt trotzdem nicht.

Was ist los, Mädchen?

Meine Wölfin wirft den Kopf zurück und schnüffelt durch ihre Schnauze. In meiner menschlichen Gestalt tue ich das Gleiche und ...

Oh.

Oh.

„Mama?"

Sie war gerade dabei, etwas zu sagen, aber sie hält sofort inne, bevor sie mit einem „Ja, Baby?" antwortet.

„Ich muss dich zurückrufen."

„Eine Stunde, Gemma. Wenn ich in einer Stunde nicht von dir höre, rufe ich deinen Vater an. Er wird Max schicken, um sich zu vergewissern, dass es dir gut geht und du weißt, dass du nie das Ende der Geschichte hören wirst."

Na toll. Max?

Das ist eine noch schlimmere Drohung.

Wenigstens weiß Papa, dass ich ein Alpha bin und auf mich selbst aufpassen kann. Mein älterer Cousin hält mich immer noch für ein kleines Mädchen, und ein Omega noch dazu.

„Okay. Klar. Eine Stunde." Ich stecke den Rubin in meine Vordertasche, halte mich am Geländer der Feuerleiter fest und nehme zwei Stufen auf einmal. „Ich liebe dich. Mach's gut. Schick Max nicht!"

Ich beende den Anruf, während ich die Treppe hinauf rase. Meine Wölfin drängt mich, schneller zu gehen, als hätte sie Angst, dass er schon weg ist, wenn ich oben ankomme und egal, wie wir uns vor sechs Wochen getrennt haben, meine Wölfin hat meinen Vampirfreund immer gern gehabt.

Als mich nur noch eine Treppe von unserer Wohnung im zwanzigsten Stock trennt, halte ich inne und nehme mir einen Moment Zeit, um mich zu sammeln. Die Aura kitzelt mich; sie ist noch stärker, nachdem ich die Stahltreppe hinaufgerast bin. Ich schlucke meine plötzliche Nervosität hinunter, stecke mein Handy in meine Gesäßtasche und schlendere dann anmutig die letzten Stufen hinauf.

Und da ist er.

Aleks.

Ich kann ihn von dort aus sehen, wo ich auf den Balkon getreten bin. Die Schiebetür ist durchsichtig und er hat das Licht angemacht, sodass das ganze Wohnzimmer erleuchtet ist. Als ob er auf mich warten würde, hockt er auf der Kante der Couch, die Nase wie immer in ein Buch vertieft.

Ein Laut des Erstaunens entweicht mir.

Endlich!

Er ist zu Hause.

Ich wusste, dass ich Aleks vermisst habe - ich habe ihm heute Morgen sogar eine SMS geschickt, in der ich genau das gesagt habe - aber ich glaube nicht, dass mir bewusst war, wie sehr ich meinen Freund vermisst habe, bis ich ihn wie schon hundertmal zuvor auf der Couch sitzen sah. Seine Brille rutscht ihm die Nase herunter, seine blassgrünen Augen sind auf die Seite seines Buches gerichtet. Es ist immer ein physisches Exemplar, selten ein technisches, denn obwohl er die letzten paar Jahrhunderte miterlebt hat, ist er ein Produkt seiner Zeit.

Als ich ihn von der anderen Seite der gläsernen Balkontür anstarre, greift er nach der Ecke der Seite, bevor er innehält. Langsam klappt er das Buch zu und legt es vor sich auf den Couchtisch.

Ah. Er muss mich hier draußen endlich gespürt haben.

Als Vampir sind seine Sinne geschärft. In dem Jahr, in dem ich bei ihm wohnte, schien er immer zu wissen, wann ich auf dem Weg zurück in die Wohnung war. Fast jedes Mal, wenn mein Schichtende mit seinem Aufbruch zur Patrouille zusammenfiel, hielt er eine Tasse Tee für mich bereit. Ich dachte, das läge daran, dass er ein Vampir war und mich riechen konnte, obwohl sein Teegebräu meinen Shiftergeruch überdeckte.

Das wäre ein großes Nein gewesen. Aleks hat etwas gerochen - und zwar sich selbst. Der verzauberte Reißzahn, den ich um den Hals trug, ließ mich mehr nach ihm riechen als alles andere.

Ich habe seinen Reißzahn nicht mehr. Unter meinem Charlie's-T-Shirt trage ich Rykers Eckzahn. Nicht, dass ich vorhätte, ihm das zu sagen.

Schließlich habe ich ihn gerade erst zurückbekommen, nachdem er sechs Wochen lang weg war.

Ich stoße die Tür auf und trete ein.

„Gem?“ Er erhebt sich von seinem Sitz und dreht sich so, dass wir uns gegenüberstehen. „Was ist los? Du siehst aus, als hättest du einen Geist gesehen."

Es ist seine Stimme, die es bewirkt. Seine kultivierte Stimme mit sanftem Akzent, die mich aus meinem Schock darüber holt, dass er da sitzt, als wäre er nie weg gewesen.

„Wirklich? Ich würde eher sagen, dass du derjenige bist, der mich geghostet hat."

Uff. Könnte ich noch anklagender klingen, wenn ich es versuchen würde?

Es ist nicht seine Schuld, dass ich ihm nicht geben konnte, was er wollte. Tief in seinem Inneren weiß ich, dass er mir die Schuld dafür gibt, dass ich ihm nicht einmal eine Chance gegeben habe, aber Aleks versteht nicht, wie es ist, ein Shifter zu sein. Vampire haben ihre eigene Version eines gebundenen Partners, aber es ist ... anders als zwischen einem verpaarten Wolfspaar.

Von dem Moment an, als ich fünfzehn Jahre alt war, wusste ich, dass ich für Ryker Wolfson bestimmt war, genauso wie ich wusste, dass wir am Ende zusammenkommen würden.

Aleks' Blick flackert weg, aber nicht lange. Er weiß, dass ich ein Wolf bin und dass längerer Augenkontakt eine Herausforderung ist, aber so hat es sich bei ihm noch nie angefühlt.

Jetzt schon ... irgendwie.

Ich sage meinem Wolf, er soll sich hinsetzen und aufhören zu murren. Ich hab's im Griff. „Es ist schon eine Weile her. Bist du jetzt für immer zurück? Oder bist du nur auf der Durchreise?"

Ein überraschter Blick huscht über seine makellosen Züge. Wahrscheinlich, weil er es nicht gewohnt ist, dass ich so kalt mit ihm spreche. Das ist eine Vampir-Sache - Wandler sind heiß.

Ich habe ihn vermisst und ich gebe ihm nicht die Schuld, dass er gegangen ist, aber das ist totaler Mist. Ich gebe ihm die Schuld. Sechs

Wochen? Sechs verdammte Wochen? Wo ist er hin? Was hat er gemacht?

Warum hat er mich verlassen?

All das kann ich ihn nicht fragen. Als ich mich für Ryker entschied, gab ich das Recht auf, etwas anderes als seine Mitbewohnerin zu sein, aber ich dachte, er sei mein Freund. Deshalb fühlt es sich so persönlich an, dass er mich einfach so im Stich gelassen hat. Ich dachte, wir wären Freunde, aber ich bin mir nicht sicher, ob wir das jemals waren.

Vor allem, wenn Aleks meine Forderungen mit einer kryptischen Bemerkung beantwortet.

„Ich wäre nicht zurückgekommen, wenn es nicht von äußerster Wichtigkeit wäre."

Äußerste Wichtigkeit ... Plötzlich werde ich an den heutigen Tag zurückgeworfen. An den Besuch von zwei Mitgliedern des Kaders.

Na toll. Lass mich raten. Während Dominic und Tamera mich über mein Zusammentreffen mit dem anderen Vampir ausfragten, rannte Roman los, um Aleks von mir zu erzählen. Und jetzt, wo ich Ärger mit dem Kader habe, beschließt er endlich, wieder aufzutauchen.

Ich sollte dankbar sein, dass er sich um mich kümmert, aber das bin ich nicht. Ich bin einfach nur verärgert, dass er beschlossen hat, nach Hause zu kommen, als er bereit war, wieder meinen Ritter in glänzender Rüstung zu spielen, genau wie beim letzten Mal, als mich ein Trio von Vampiren bedrohte.

„Geht es um Monroe?"

Die äußeren Ringe von Aleks' blassgrünen Iris verdunkeln sich und ein roter Rand schimmert durch. „Ich habe gehört, was dieser niederträchtige Kerl dir angetan hat. Ich war schon auf dem Rückweg, als Roman sich bei mir entschuldigte. Ich habe mich geweigert, sie anzunehmen."

Ich blinzle. „Er hat sich bei dir entschuldigt?“ Als Aleks nickt, fällt mir die Kinnlade herunter. „Warum denn das? Er hat doch versucht, mich zu beißen.“

„Offensichtlich weiß er, dass du einmal meinen Reißzahn getragen hast. In Vampirkreisen bedeutet das, dass ich derjenige bin, bei dem er sich entschuldigen muss. Und ja“, fügt er hinzu, als ich meinen Mund zum Widerspruch öffne, „ich weiß, dass du ihn zurückgegeben hast. Das ändert aber nichts daran. Solange dich kein anderer Vampir als die Seine markiert, werde ich immer den größeren Anspruch auf dich haben.“

Ich habe mich nie wirklich mit den Traditionen der Vampire beschäftigt. Ich hätte nie gedacht, dass ich das mal müsste. Im Nachhinein betrachtet war das eine schlechte Idee, denn Aleks konnte meine Unwissenheit gegen mich verwenden, bis Ryker mich darüber aufklärte, was all die scheinbar unschuldigen Gesten wirklich bedeuteten.

Zum Beispiel, dass das Tragen seines Reißzahns um meine Kehle bedeutete, dass ich sein Streben nach mir akzeptierte.

Ich schüttle den Kopf. Da es für mich ein No-Go ist, diese Diskussion fortzusetzen, muss ich das Thema wechseln.

„Du bist also wegen Monroe nicht zurückgekommen. War es der Laternenpfahl?“

Aleks runzelt die Stirn. „Laternenpfahl?“

Ups. „Nichts. Ganz schön wichtig, was? Es muss etwas sein, das dich nach Muncie zurückbringt, nachdem du so lange weg warst. Hat es mit dem Kader zu tun?“

Das würde erklären, warum er absichtlich ausweichend ist. Wer weiß? Vielleicht ist er wegen mir gegangen, aber aus Gründen des Kader weggeblieben. So wie Ryker für das Alpha-Treffen quer durchs Land fliegen musste. Die meisten Fang-Städte sind Zufluchtsorte für Vampire, jede mit ihrer eigenen Regierungskoalition. Vielleicht hat

Roman Aleks eine Ausrede gegeben, um für eine Weile aus der Stadt zu verschwinden und ich bin nur ungewöhnlich egozentrisch, weil ich annehme, dass alles mit mir zu tun hat.

Und dann muss er auch noch sagen: „Kaderangelegenheiten? Das kann man so sagen. Jedes Mal, wenn jemand unsere Grenzen verletzt, muss Roman davon erfahren."

Unsere Grenzen verletzen ... So nennen die Kader-Patrouillen es nur, wenn ein Shifter versucht, nach Muncie zu kommen. Vampire haben eine offene Einladung, und Menschen können kommen und gehen, aber Shifter dürfen nur in sehr seltenen Fällen einreisen.

„Shifter?"

Aleks nickt. „Es gibt Gerüchte über Wölfe, die unsere Grenzen testen. Ich habe die letzten paar Wochen in Europa verbracht. Um meinen verletzten Stolz zu lecken, könnte man sagen. Aber sobald ich davon hörte, bin ich nach Hause geflogen. Ich kam letzte Woche an, bin aber erst heute Morgen wieder in Muncie angekommen. Roman hat mich über alles aufgeklärt. Von deinem Wolf, der unser Territorium teilt, bis hin zu unbekannten Shiftern, die versuchen, unsere Grenzen auszutesten ... Ich war zu lange weg."

Seine Reue ist offensichtlich, so wie er sich mit den Fingern durch die Locken fährt und die Schultern hängen lässt.

Aber es ist auch mehr als das.

„Du passt immer noch auf mich auf, Aleks. Stimmt's?"

„Natürlich. Ich würde es mir nie verzeihen, wenn dir etwas zustoßen würde."

Seine Worte klingen so wahr, dass ich gar nicht anders kann, als zuzugreifen. Ich entspanne mich ein wenig und trete auf ihn zu. Mit einem Seufzer beschließe ich, auch ihm gegenüber ehrlich zu sein.

„Ich habe dich vermisst, Aleks. Ich habe es gehasst, dass du so lange weg warst und ich bin so verdammt froh, dass du wieder da bist."

Das ist die Wahrheit. Ich habe ihn vermisst. Ich vermisste ihn so sehr, dass ich nachts, wenn Ryker mich nicht ablenkte, Aleks' leeres Zimmer spürte und einen tiefen Schmerz in meiner Brust empfand. Er war der erste beste Freund, den ich je hatte und auch wenn ich ihn nie als potenziellen Partner in Betracht zog, gab mir unsere Freundschaft das starke Band, das ich verloren glaubte, als ich glaubte, dass Ryker mich zurückgewiesen hatte.

Verdammt, Luna, ich habe die Geschwindigkeit von Vampiren vergessen.

Aleks ist schnell. Schneller, als ich es ihm je zugetraut hätte. Oder vielleicht war ich zu naiv. Ich dachte, ich könnte ihm sagen, was ich fühle, und er würde es nicht zu etwas anderem verdrehen.

Aber ich schätze, das konnte ich nicht, denn er tut es auf jeden Fall. Bevor ich überhaupt reagieren kann, hat er seine Hände auf meinen Armen und zieht mich eng an seinen harten Körper. Ich spüre die Kälte seiner Haut an meiner und erschaudere.

Er beugt sich zu mir herunter, aber ich drehe absichtlich meinen Kopf weg.

Seine Lippen streifen meine Wange.

Ich zucke mit der Schulter und befreie mich aus seinem Griff auf dieser Seite. Ich lasse meine Hände zwischen uns gleiten und stoße ihn. Er hat verdammtes Glück. Wenn ich meine ganze Shifter-Kraft eingesetzt hätte und er nicht damit gerechnet hätte, hätte ich ihm das Brustbein brechen können. Stattdessen zwinge ich ihn nur dazu, ein paar Schritte zurück zu gehen.

Ich widerstehe dem Drang, seinen Kuss von meiner Wange zu wischen. Das wäre kindisch und unhöflich, aber was soll's? Wenn ich meinen Kopf nicht bewegt hätte, wäre der Kuss auf meinen Lippen gelandet und ich bin mir nicht sicher, ob Ryker, selbst wenn ich ihn anflehen würde, nicht hinter Aleks her wäre, wenn er das herausfindet.

„Was machst du da?", verlange ich.

Aleks lächelt mich an. Eine Sekunde lang ärgere ich mich noch mehr darüber, dass er das lustig findet, aber dann merke ich, dass es ein trauriges Lächeln ist.

„Ich musste nachsehen, Gem. Das ist alles. Ich wollte sehen, ob du dich dieses Mal vielleicht für mich entscheiden würdest."

„Aleks ..."

Er blickt auf seinen Arm hinunter. An seinem Handgelenk trägt er eine teure goldene Armbanduhr, die wahrscheinlich älter ist als mein Vater. Sie ist definitiv eine Antiquität, in perfektem Zustand und ich möchte gar nicht daran denken, wie viel sie kostet.

„Es ist fast neun. Ich habe Roman versprochen, ihn in seinem Hauptquartier auf ein kurzes Gespräch zu treffen, bevor ich meinen Posten antrete."

Ich weiß, dass Aleks damit versucht, das Thema zu wechseln und den Beinahe-Kuss zu vertuschen. Und, so wahr mir Luna helfe, ich lasse ihn gewähren.

„Du gehst wieder auf Patrouille?", frage ich ihn.

Er nickt. „Ich bin zurück, um zu bleiben. Und ob meine Mitbewohnerin will, dass ich sie beschütze oder nicht, ich werde es tun, denn ich bin meinem Volk verpflichtet. Ich fange heute Abend wieder an zu patrouillieren, von Mitternacht bis acht, außer ich finde etwas. Ansonsten bin ich morgen früh wieder da, wenn du mich brauchst."

Obwohl etwas in seinem Tonfall meinen Wolf sträuben lässt, beschließe ich, auch das zu ignorieren. Stattdessen konzentriere ich mich darauf, wie er mich genannt hat.

Mitbewohnerin, was?

Na ja. Wenigstens sind wir noch *etwas*.

8

TRISH DANVERS

Am nächsten Nachmittag kommt Ryker nach der Hälfte meiner Mittagsschicht zu mir ins Charlie's.

Ich hatte wirklich erwartet, dass er gestern Abend auftaucht. Während unseres Telefongesprächs hatte er mir versprochen, mir bis morgen Zeit zu geben - das "bitte", das ich an seinen Namen angehängt habe, hat da Wunder gewirkt - aber als ich mich hin und her wälzte, musste ich immer wieder daran denken, dass er gesagt hatte, wir müssten noch reden.

Er hatte ja auch Recht. Wir müssen über so viele verschiedene Dinge reden. Wenn wir eine Chance haben wollen, dass das mit uns funktioniert, muss ich aufhören, vor ernsthaften Gesprächen wegzulaufen. Und Ryker? Er muss aufhören, Entscheidungen für mich zu treffen, die mir das Gefühl geben, dass ich keine andere Wahl habe, als wegzugehen.

Ich muss auch erkennen, dass ich nicht länger ein einsamer Wolf sein kann, wenn ich ihm erlaubt habe, mich zu umwerben, ohne mich zu wehren. Wenn sich etwas auf mich auswirkt, wirkt es sich auch auf meinen zukünftigen Partner aus.

Ein typisches Beispiel: der Umschlag, den Hailey mir überreicht hat. Die nicht ganz so subtile Drohung des Bösen Wolfs war direkt an mich gerichtet - der Rubin hat das deutlich gemacht - aber ich habe Rykers Persönlichkeit inzwischen durchschaut. Jeder, der mich bedroht, bedroht auch den Alpha des Mountainside Rudels.

Genauso wie sich jede noch so kleine Bedrohung unserer Beziehung auf uns beide auswirkt.

Ich wartete, bis ich spürte, dass Aleks die Wohnung verließ, bevor ich meine Bettdecke zurückwarf und auf den Schlaf verzichtete. Die Dinge zwischen uns waren noch nicht einmal annähernd geklärt, aber Aleks bestand darauf, Roman von dem Rubin zu erzählen, nachdem ich es ihm gesagt hatte. Genau wie Ryker weiß er nicht, warum mein Bio-Vater mich mit diesem Edelstein verspottet hat - wenn er vermutet, dass es nur deshalb ist, weil es ein Edelstein ist, korrigiere ich ihn nicht - aber er macht sich mehr Sorgen um den schwarzhaarigen Menschen, der das Liefermädchen gespielt hat.

Roman würde es wissen müssen, versicherte er mir und er musste immer noch pünktlich zu seinem Patrouillenposten kommen. Obwohl ich ihn kaum zu Gesicht bekam, war Aleks im Handumdrehen wieder weg.

Als ich ein oder zwei Stunden später ins Wohnzimmer schlurfte, entdeckte ich, dass er eine Tasse Kamillentee für mich auf dem Couchtisch abgestellt hatte. Er war kalt, als hätte er schon seit Stunden auf mich gewartet, aber allein sein Anblick zauberte mir ein widerwilliges Lächeln auf die Lippen. Ich trank ihn nicht - ich konnte die zugesetzten Kräuter riechen, die meinen Shiftergeruch überdecken sollten und ja, ich glaube, darüber sind wir jetzt hinaus - aber es war eine so kleine Erinnerung an unser altes gemeinsames Leben, dass ich mir ein kleines Grinsen nicht verkneifen konnte.

Er wusste, dass ich Probleme mit dem Schlafen haben würde. Eine aufmerksame Geste, wenn ich nur nicht zu viel hineininterpretieren würde. Ich meine, die Kamille selbst war in Ordnung. Aber die Kräuter? Warum gibt er mir den verzauberten Reißzahn nicht zurück, wenn er mir wirklich klarmachen will, dass er mich wieder abschirmen will.

Das Grübeln hielt mich wach, aber auch die Schuldgefühle. Ich wusste, dass Ryker es erfahren wollte, sobald Aleks wieder in der Wohnung war und ich redete mir ein, dass es unangebracht wäre, loszurennen und zu petzen, während mein vampirischer Mitbewohner in Hörweite war. Dann wurde mir klar, dass es kein Verpfeifen war, sondern Respekt vor meinem Partner und ich rief widerwillig an.

Ryker war nicht weniger überrascht, um Mitternacht von mir zu hören, als wenn es acht Uhr wäre. Er nahm die Nachricht jedoch besser auf, als ich erwartet hatte, und bot mir nur einmal an, zu mir herunterzukommen. Als ich ihm sagte, dass Aleks bereits gegangen war, nahm er das Angebot an, aber ich wusste, dass mein überfürsorglicher, besitzergreifender Alpha sich nicht mehr lange bitten lassen würde.

Also, ja. Als Ryker gegen drei Uhr nachmittags ins Charlie's schlenderte, stand ihm die Verlockung ins Gesicht geschrieben und ich konnte mich nicht einmal darüber ärgern, dass er mich bei der Arbeit aufgespürt hatte.

Er beugte sich über den Tresen, legte seine Hand an meinen Hinterkopf und zog mich zu einem tiefen Kuss zu sich heran, um seinen Anspruch zu unterstreichen. Ich musste mich an der Kante der Theke festhalten, damit meine Knie nicht nachgaben und keuchte leise, als er den Kuss schließlich beendete.

Dann sagte er mit einem zufriedenen Grinsen: „Ich habe mir für den Rest des Tages frei genommen, Schatz. Ich hoffe, die Gesellschaft macht dir nichts aus.“

Stört mich nicht. Nicht einmal ein bisschen. Obwohl sich meine Wölfin gemütlich und zufrieden in dem Wissen zusammenrollt, dass ihre andere Hälfte auf der anderen Seite der Bar ist, bin ich doch ein wenig überrascht, wie meine menschliche Seite einen dringend benötigten Schub bekommt, wenn er in der Nähe ist.

Charlie stört es auch nicht, wenn Ryker in der Bar vorbeischaut. Ich glaube sogar, dass mein Vampir-Boss ihn dazu ermutigt. Er hat Rykers Lieblingsbier vorrätig und weigert sich, eine Rechnung zu akzeptieren. Obwohl er es nie zugeben würde, glaube ich, dass er hofft, dass mein labiler Shifter-Gefährte einen anderen seiner Vampir-Kunden angreift. Seit dem Kampf zwischen Ryker und Aleks ist der Kundenstamm seiner Bar explodiert und er ist zu einem Zufluchtsort für Vampire und Menschen geworden, schon allein deshalb, weil er die beiden einzigen Shifter in Muncie als Attraktion nutzen kann.

Zuerst war ich verärgert, aber dann wurde mir klar, dass Charlie der beste Chef ist, den ich mir wünschen kann. Er lässt mich das Shifter-Geschäft erledigen, wenn ich es muss, er zahlt mir einen fairen Lohn und er macht kein Mikromanagement. Eine Win-Win-Situation für alle, besonders jetzt, wo er meine Beziehung zu Ryker unterstützt. Die meisten Vampire tun das nicht. Aleks hat einen guten Ruf in Muncie und viele meiner Vampirkunden, wie zum Beispiel Jane und Vincent, haben mich dafür gehänselt, dass ich Aleks' angebliche Gefährtin bin, aber sie dachten wirklich, ich würde bei ihm landen und nicht bei einem Shifter. Natürlich dachten sie damals, ich sei ein Mensch, aber trotzdem. Sie werden sich immer auf die Seite ihrer eigenen Leute stellen.

Eh. Daran bin ich gewöhnt.

Nimm zum Beispiel diesen Nachmittag. Vin ist ein Vampir und obwohl er mich ständig angemacht hat, bevor er von Ryker wusste, hat das in den letzten Wochen etwas nachgelassen. Er tut es immer noch - aber nicht, wenn Ryker in der Bar abhängt.

Das hätte mein erster Anhaltspunkt sein müssen. Vor etwa zwanzig Minuten stand Ryker plötzlich von seinem Hocker auf. Er klopfte mit den Fingerknöcheln auf die Theke und sagte: „Ich bin gleich wieder da“, bevor er die Bar überquerte und nach draußen ging.

Das ist der Ansturm auf das Abendessen. Charlie's ist zwar eine Bar, aber wir servieren auch jede Menge Appetitanreger und Barfood - Burger, Hähnchen-Sandwiches, blutige Steaks - für alle, die zu ihren Drinks etwas essen wollen. Natalie serviert, während Sherm und ich uns um die Bar kümmern. Ich helfe ihr mit den Tellern, wenn sie mich braucht und als ich wieder an der Bar bin, bestellt Vincent noch einen Shot mit gekühltem O-Negativ, während er mir zum wiederholten Mal sagt, dass du immer satt wirst, wenn du die Toten in dein Bett nimmst, oder so einen Scheiß.

Ich weiß es nicht. Ich bin ein bisschen abgelenkt.

Erst als ich eine weitere seiner Anzüglichkeiten abwehre, wird mir klar, dass ich mich heute nicht damit beschäftigen sollte. Ryker ist hier und normalerweise braucht er nur ein einziges Mal seine Eckzähne zu entblößen und Vin starrt mürrisch in sein Blut.

Hm. Ryker ist jetzt schon eine Weile weg, oder? Als ich an meiner Hälfte des Bandes ziehe, kann ich sehen, dass er nicht weit weg ist. Er ist gerade vor der Bar, aber er ist schon viel länger da draußen, als er sollte, wenn alles in Ordnung ist.

Sobald der Andrang nachlässt, packe ich Sherm an seinem kräftigen Arm und sage ihm, dass ich bereit bin, abzukassieren. Meine Schicht hat sechs Stunden gedauert und ich hatte vor, früher Feierabend zu machen, weil Ryker in der Stadt war. Sherm hatte nichts dagegen, dass ich bis zum frühen Abendessen ausharrte, also machte ich mich schnell fertig und ging dann zur Tür, um Ryker zu suchen.

Es ist nicht so, dass ich glaube, dass er in Schwierigkeiten steckt oder so. Er kann auf sich selbst aufpassen, sogar als Shifter in Fang City. Aber das ... das passt nicht zu ihm. Mir zu sagen, dass er gleich wieder da ist, und dann für so lange Zeit zu verschwinden, sieht ihm gar nicht ähnlich. Irgendetwas stimmt nicht.

Als ich an der Bartür ankomme, werfe ich einen Blick durch die Scheibe und weiß sofort, dass ich Recht hatte.

Ich erstarre, drücke meine Handfläche gegen die Tür, aber ich drücke nicht. Ich kann es nicht. Ich bin zu sehr damit beschäftigt, auf die Szene vor mir zu starren.

Ich sehe Ryker. Sein struppiges, schokoladenfarbenes Haar ist vom Wind zerzaust, die Farbe auf seinen gebräunten Wangen steht hoch, fast so, als hätte er gerade einen Sprint hinter sich. Sein Kiefer ist angespannt, die Fäuste sind geballt und drücken gegen seine Hüften. Der Schweiß klebt an seinem schwarzen T-Shirt, das seine muskulöse Brust umspielt.

Es ist August. Draußen ist es heiß, schwül und stickig, und Shifter rennen schon bei höheren Temperaturen. Aber so verschwitzt und genervt aussehen? Er hat bestimmt gerade etwas gejagt. Er muss eine Witterung aufgenommen haben, die er dann verfolgte und deren Besitzer zu Charlie zurückbrachte.

Nur so kann ich mir das Weibchen erklären, das nur ein paar Meter von meinem Gefährten entfernt steht.

Es ist zwei Monate her, seit ich sie das letzte Mal gesehen habe - als sie dreist in Rykers Alphahütte schlenderte, nur eine weitere Falle von Shane Loup - aber abgesehen davon, dass sie viel dünner und müder aussieht, als ich es je bemerkt habe, ist sie noch genau dieselbe. Von den großen, federnden, hellbraunen Locken über die dunklen, haselnussbraunen Augen bis hin zu den Sommerkleidern, die aus dem alten Schrank von Omega Gem stammen könnten - ich sehe Trish Danvers.

Und sie ist viel, viel zu nah an meinem Freund dran.

Ich stoße die Tür auf und schaffe es gerade noch, meine Kraft zu zügeln, um das Glas nicht zu zertrümmern, Charlie würde mir sonst den Hals umdrehen. Dann drängt mich mein Wolf dazu, den Raum zwischen mir und meiner Herausforderin zu durchqueren, und ich stürme auf den Bürgersteig hinaus.

Rykers Kopf ruckt zu mir, aber sein verschlossener Blick verrät nichts.

Das ist auch gut so. Er ist nicht derjenige, für den ich Fragen habe.

„Du!"

Ihre Sinne sind nicht so geschärft wie die von Ryker. Das oder ihr Selbsterhaltungssinn ist einfach mies. Sie weiß nicht, dass ich auf sie zukomme, bis ich schon nah genug bin, um sie niederzuschlagen.

Ein Anflug von Angst durchzieht ihr hübsches Gesicht, als sie es endlich merkt, aber sie bleibt standhaft. Ich würde das respektieren, wenn es nicht so offensichtlich wäre, dass sie von Ryker erwartet, dass er sie vor mir beschützt.

„Was tust du hier?" Nein. Warte. „Wie bist du an den Vampiren vorbeigekommen, die das Gelände bewachen?"

„Das habe ich gerade dem Alpha erklärt", sagt Trish. „Als ich in die Stadt kam, habe ich ihnen gesagt, dass Ryker in Wirklichkeit mein Freund ist und dass ich es beweisen kann."

Nur die Tatsache, dass ich mein Leben lang meinen Wolf unterdrückt habe, eine Rolle gespielt habe und mich wie ein Omega verhalten habe, hält mich davon ab, zu knurren und ihr an die Gurgel zu gehen. Außerdem hat sich Ryker gerade so weit bewegt, dass sein Körper zwischen meinem und ihrem liegt. Er erwartet, dass ich sie angreife und ja, er wird den schwächeren Wolf beschützen, wenn es sein muss.

So macht es ein Alpha.

Daran erinnere ich mich und bleibe auf Abstand. Wenn ich die Kontrolle verliere und mich auf sie stürze, sollte Ryker noch genug Zeit haben, mich abzufangen, bevor ich sie erreichen kann. Er ist schnell genug.

Ich schlucke und halte meine Stimme ruhig und fest, als ich frage: „Und sie haben es geglaubt?“

„Luna, nein. Aber es war einen Versuch wert.“

Das ergibt zumindest einen Sinn. Natürlich haben die verantwortlichen Vampire ihr die Geschichte nicht abgekauft. Wie sollten sie auch? Als Ryker sich mit Roman Zakharov traf, um sicherzugehen, dass es keine Probleme zwischen seinem und unserem Volk geben würde, wenn er mir durch Muncie folgen würde, erzählte er dem Obervampir, dass ich seine Gefährtin sei. Er hatte seinen eigenen Beweis - zumindest die schriftliche Vereinbarung zwischen Mountainside und Lakeview, als die beiden Rudel vereinbarten, dass ich nach seiner Alpha-Zeremonie nach Accalia gehen sollte, um ihn zu paaren - also konnte er nicht von Trish sein.

Ehrlich gesagt macht es mir weniger Sorgen, wie sie nach Muncie gekommen ist, als vielmehr, woher sie wusste, wo ich und Ryker waren. Da wir die einzigen Shifter sind, die sich in der Fang City aufhalten dürfen, würde der Kader es wissen, aber sie müsste, um es wissen, Muncie zuerst durchsuchen.

„Okay. Folgefrage. Woher wusstest du überhaupt, dass du uns hier findest?“

Trish beißt auf ihren Mundwinkel. Ihr Geruch verrät sie, ebenso wie ihre offensichtliche Nervosität. Noch bevor sie ein Wort sagt, weiß ich, dass es eine Lüge sein wird.

Ich habe allerdings nicht damit gerechnet, dass es eine so große Lüge sein würde.

„Ich ... Ich habe dich aufgespürt.“

Komm schon, Trish. Das kannst du doch besser.

Ganz im Ernst. Ich soll glauben, dass sie es als Delta und verbannter Wolf geschafft hat, nach Muncie zu kommen, nicht von der Patrouille erwischt zu werden, bis sie zum Hauptquartier des Kader kam, und dass sie dann in der Lage war, meine und Rykers Witterung bis in die Innenstadt aufzunehmen, obwohl Romans Hauptquartier im nördlichen Teil der Fang City liegt?

„Du lügst“, sage ich ganz offen.

Trish dreht sich zu Ryker um. „Alpha-“

„Lüg’ noch einmal und diese Diskussion ist vorbei.“

Er braucht das zusätzliche Knurren in seiner Stimme nicht, damit der Alpha-Befehl Wirkung zeigt. Trish streicht sich ihre Locken hinter die Ohren und senkt ihren Blick, sodass sie auf den Bürgersteig statt auf uns starrt.

„Na gut“, schnappt sie nach Luft. „Es war der Vampir, okay? Er hat mir gesagt, wo ich hingehen soll, wenn ich den Alpha überzeugen will, mich wieder nach Hause zu lassen.“

Der Gestank ihrer Täuschung verblasst ein wenig. Also gut. Ein Vampir ist involviert.

„Welcher? Roman?“

Trish wagt einen Blick zu mir hoch. „Der gruselige Blutsauger? Niemals. Ich bin froh, dass er mich bleiben lässt. Ich hätte ihn nicht zu mehr gedrängt.“

Sie hat also Roman getroffen. Aber wenn er nicht der Vampir war, der ihr sagte, wo sie uns finden kann ...

„Wer dann?“

„Derselbe, der mich außerhalb von River Run gefunden hat. Der Hübsche. Du weißt schon. Dein Freund.“

Rykers Augen blitzen wütend auf. „Filan.“

„Nein. Das ist wie Alex oder so. Er hat so einen verträumten Akzent.“

„Aleksander Filan.“ Bei dem ich mir sehr schnell überlege, ob er mein Freund ist oder nicht. Aleks hat Trish erzählt, wo ich arbeite?

Warte -

„Was meinst du mit 'der, der dich außerhalb von River Run gefunden hat'?"

River Run ist das nächstgelegene Shifter-Rudel zu Mountainside. Etwa zwei Stunden entfernt, wenn wir in unserer Wolfsgestalt sind. Ich würde sie nicht als unsere Verbündeten bezeichnen, aber sie sind auch nicht unsere Feinde. Rykers Rudel bleibt in seinem Territorium, Kendalls Rudel bleibt in seinem, und es gibt keinen Ärger.

Ist Trish dorthin geflohen, als Ryker sie aus Accalia verbannt hat? Ich weiß es nicht. Ich glaube, ich habe immer angenommen, dass sie sich Shane anschließt, wenn er dem Western Rudel beitritt. Aber nach allem, was wir nach seinem Verrat erfahren haben, schien es weniger so, als würde Trish mit Shane zusammenarbeiten, sondern eher so, als würde er sie benutzen, um seine eigenen Chancen zu verbessern, ein Alpha zu werden.

„Ich bin nicht wie du, Gemma. Ich bin nicht dafür gemacht, ohne ein Rudel zu sein. Wenn ich nicht nach Mountainside zurückkehren kann, dachte ich, River Run würde mich vielleicht akzeptieren. Aber ihr Alpha hat gemerkt, dass ich meinem alten Rudel treu geblieben bin und hat mich auf Bewährung gesetzt. Ich war immer noch auf Bewährung, als dieser Vampir auftauchte und mir sagte, dass er es arrangieren könnte, dass ich mich auch bei dir entschuldige. Wenn ich dir zeigen würde, dass ich es wirklich ernst meine, würde mich der Alpha vielleicht wieder in Accalia aufnehmen."

„Meinst du das wirklich?"

Als sie still bleibt, knurrt Ryker leise. Nicht genug, um die Aufmerksamkeit der Passanten - ob Mensch oder Tier - auf der Straße zu erregen, aber mehr als genug, um den Deltawolf zum Zittern zu bringen.

Verdammt.

Ich will kein Mitleid mit ihr haben. Das will ich wirklich nicht. Seit fast anderthalb Jahren verabscheue ich Trish Danvers dafür, wie sie sich zwischen mich und Ryker gedrängt hat. Die rotzfrechen Kommentare, die sie über mich als Omega gemacht hat, die bösen Blicke und die Art und Weise, wie sie mir das Gefühl gegeben hat, ich sei ihres Alphas nicht würdig.

Dann ließ sie mich glauben, dass er sie mir vorzog und ich ließ zu, dass meine Eifersucht mich zu jemandem machte, der ich nicht sein wollte. Um Lunas willen, ich hätte Ryker fast das Herz aus der Brust gerissen. Wenn ich Trish in dieser Nacht in die Finger bekommen hätte, wäre das wohl das Mindeste gewesen, denn ich war so kurz davor, wild zu werden.

Im Moment bin ich nicht wild. Das Band zwischen Ryker und mir hält mich auf dem Boden der Tatsachen und obwohl ich es immer noch nicht fassen kann, dass sie hier vor dem Charlie's steht, als hätte sie das Recht, sich in mein Leben in Muncie einzumischen, bin ich auch nicht wütend.

Nein. Sie tut mir leid und das ist auch schon alles, was ich an Gefühlen aufbringen kann. Sie hat hart daran gearbeitet, eine Art Kopie von mir zu sein, um Ryker wegzustehlen, aber es hat nicht funktioniert. Sie hat alles verloren - und ich habe alles.

„Ich sagte", echauffiert sich Ryker, „meinst du es ernst?"

Trish schluckt, aber sie weiß, dass sie sich nicht weigern darf, ihm zu antworten. „Das tue ich. Es tut mir so leid, Ryker. Ich ... das ist keine Entschuldigung, aber ich dachte, ich könnte dich glücklich machen. Du bist ein starkes Alphamännchen. Du hättest einen Omega-Wolf bei lebendigem Leib gefressen und ich dachte nicht, dass du mit einem anderen Alpha-Wolf auskommen würdest. Ich ... Ich dachte, ich wäre perfekt für dich. Dass du mit mir besser dran wärst."

„Das war nicht deine Entscheidung."

„Nein. Das war sie nicht. Und ich bedaure es. Ich bereue, dass ich Shane in meinen Kopf gelassen habe und dass ich versucht habe, dir zu sagen, was du tun sollst. Es war richtig von dir, mich aus dem Rudel zu verbannen, aber es tut mir leid. Es tut mir so leid. Wenn ich irgendetwas tun kann, damit du mir vergibst, dann werde ich es tun. Ich schwöre bei Luna, ich werde es tun. Nur ... ich will nach Hause."

Ryker verschränkt seine Arme vor der Brust. „Dann frag' mich nicht einfach so." Er schüttelt sein Kinn in meine Richtung. „Du willst Vergebung? Frag Gemma."

Oh, Mann.

Er fordert sie geradezu heraus. Es ist leicht zu erkennen, dass sie ihre Taten bereut und es wirklich ernst meint, wenn sie sich bei Ryker entschuldigt. Aber wird sie in der Lage sein, mir die gleiche Reue zu zeigen?

Trish atmet erschrocken aus. Eine Sekunde lang bin ich mir sicher, dass sie sich weigern wird, aber dann sagt sie leise: „Gemma. Ich ... Ich habe einen Fehler gemacht. Einen großen. Ich habe über dich geurteilt, als ich es nicht sollte und ich habe die Kardinalsünde der Shifter begangen. Ich habe mich zwischen zwei Gefährten gestellt. Ich bedaure es. Ich bereue es mehr als das. Ich schäme mich für mich selbst. Aber es tut mir leid. So etwas wird nie wieder passieren, das schwöre ich."

Ich zucke mit den Schultern. „Okay."

Jetzt sehen mich beide an.

Was? Soll ich jetzt ihre Entschuldigung annehmen oder was? Denn natürlich tut sie mir leid, aber ich weiß nicht, ob ich groß genug bin, um alles, was sie getan hat, hinter mir zu lassen und einfach so darüber hinwegzukommen, nur weil sie sich entschuldigt hat.

„Gemma. Schätzchen. Kannst du mal kurz zu mir kommen?"

Das muss ich Ryker lassen. Das "Schätzchen" war eine nette Geste, aber mich zu fragen, anstatt mir zu befehlen? Wenn Trish nicht schon gemerkt hat, dass die Beziehung zwischen uns so ist, wie sie es sich nicht vorgestellt hat, dann ist es wie Salz in ihre offenen Wunden zu streuen, wenn der dominante Alpha sie anschnauzt, bevor er mich um meine Erlaubnis bittet.

Ich nicke und Ryker sagt Trish, sie solle sich nicht bewegen. Dann drückt er seine Hand lässig auf meinen Rücken und führt mich zum Ende des Blocks. Wenn wir unsere Stimmen leise halten, wird nicht einmal ihr Shifter-Gehör etwas von unserem Gespräch mitbekommen können.

Falls sie es überhaupt wagen würde, uns zu belauschen.

„Okay", sage ich und entziehe mich absichtlich Rykers besitzergreifendem Griff, jetzt, wo wir allein sind. Ich kann mich nicht wirklich konzentrieren, wenn er mich berührt, aber an seinem spekulativen Gesichtsausdruck erkenne ich, dass ich meinen Verstand brauchen werde, um das zu verstehen. „Woran denkst du?"

„Ich denke, ich sollte sie zurückkommen lassen."

Verdammt. Das hatte ich befürchtet. „Wirklich?"

„Das werde ich nicht, wenn du meinst, dass es besser ist, wenn ich die Verbannung aufrechterhalte. Aber die Danverses sind schon seit Jahrhunderten ein Teil von Accalia. Ihr Cousin sitzt sogar in meinem Rudelrat. Ihre Familie verstand, warum ich tat, was ich tat, aber niemand war froh, sie gehen zu sehen. Sie hat sich entschuldigt. Man muss kein Alpha sein, um so stur zu sein, aber sie hat sich vor uns entblößt."

Er hat nicht Unrecht. Ich nenne Vampire arrogant, aber genauso wie es Ryker juckt, wenn ich mich bei ihm bedanke, entschuldigt sich ein Shifter - egal welchen Ranges - nur selten. Sich zu entschuldigen bedeutet, zu akzeptieren, dass wir im Unrecht waren. Das geben wir nie zu, wenn wir es verhindern können.

Und das hat sie getan.

Heißt das, dass mir die Idee gefällt, Trish mit offenen Armen zu empfangen? Luna, nein. Mein Wolf knirscht mit den Zähnen bei der Vorstellung, dass Trish auf denselben Bergen wie Ryker leben wird, während ich in Muncie bin. Was ist, wenn sie einen bequemen Fall von Amnesie hat, ihre Entschuldigung vergisst und sich wieder an ihn ranmacht?

Wir sind immer noch nicht vollständig verbunden. Das ist auch meine Schuld. Wenn wir verbunden wären, würde meine Eifersucht keine Rolle spielen. Es ginge nur darum, das Rudel zu stärken. Da die Zahl der Wölfe in Mountainside schrumpft, konnte Ryker es sich nicht leisten, einen weiteren Rudelkameraden zu verlieren, schon gar nicht einen, der so eng mit der Gemeinschaft verbunden ist. Und wenn er sie zurückbringt, zeigt das, dass er der Typ Alpha ist, den sein Rudel verdient.

Er ist kein Diktator, sondern ein Anführer. Und ein guter Anführer trifft Entscheidungen, die seinen Leuten helfen und sie nicht verletzen.

Ich kann doch nicht nein sagen, oder?

Als ob er wüsste, woran ich denke, hebt Ryker seine Hand und legt sie an mein Kinn, damit ich den Blick nicht von ihm abwenden kann. Er ist im totalen Alphamodus. Obwohl wir der gleiche Wolfstyp sind, fällt es sogar mir schwer, seinem Blick zu begegnen, wenn er so ist.

Schade, dass er mir keine andere Wahl lässt. Wir sind Partner, und er beweist das, indem er mir direkt in die Augen schaut, ohne dass sein Wolf den meinen überwältigt.

„Vertraust du mir?", fragt er.

„Ja", sage ich ihm ehrlich. „Aber ich vertraue ihr nicht."

Er wirft mir einen prüfenden Blick zu.

Wenn er es darauf ankommen lässt, lasse ich es ohne ein weiteres Wort geschehen. Er ist der Alpha und das ist eine Sache der Mountainside. Er hat sie aus dem Rudel geworfen, als er glaubte, dass sie gegen uns arbeitet, aber wenn sie genauso ein Spielball ist, wie ich es war? Er hat Shane verloren. Um gegen das viel größere - und viel mächtigere - Westliche Rudel zu bestehen, brauchen wir so viele Rudelmitglieder, wie wir bekommen können.

Und wenn ich irgendwann anfange, es wieder als mein Rudel zu betrachten, werde ich diese Erkenntnis einfach über den Haufen werfen.

Aber er drängt mich nicht. Er wartet sogar darauf, dass ich ihm helfe, diese Entscheidung gemeinsam zu treffen.

Ja ... das ist eine weitere Erkenntnis, auf die ich nicht vorbereitet bin.

„Ich bin einverstanden mit dem, was du denkst", sage ich ihm. „Sie hat die Wahrheit gesagt, als sie sich entschuldigt hat und du weißt ja, was man sagt: Halte dir deine Freunde nahe und deine Feinde näher." Ich lächle, um ihm zu zeigen, dass ich es nur ein bisschen ernst meine, wenn ich Trish Danvers einen Feind nenne. „Vielleicht ist es für uns alle besser, wenn sie wieder in Accalia ist."

Ryker streichelt mit seinen Fingern über die Unterseite meines Kinns, während er einen Schritt zurücktritt. „Wenn du entscheidest, dass sie nicht in unser Rudel passt, werde ich sie wieder verbannen."

„Gut. Ich werde dich daran erinnern."

Nachdem das geklärt ist, gehen wir dorthin zurück, wo wir Trish zurückgelassen haben. Und obwohl ich erwarte, dass Ryker Trish sagt, dass sie seine Erlaubnis hat, sich wieder dem Rudel anzuschließen, muss ich zugeben, dass ich etwas erstaunt bin, als er zu ihr sagt: „Komm mit. Ich bringe dich zurück ins Rudelland."

Und ... da ziehe ich die Grenze.

Ich kann nicht. Vielleicht kann ich mit der Zeit meine Feindseligkeit gegenüber dieser Frau hinter mir lassen. Leider habe ich das in den zehn Minuten, seit ich sie vor Charlie's entdeckt habe, noch nicht geschafft.

Gut, dass ich Sherm gesagt habe, dass er die Stellung halten soll. Tony wird in etwa einer Stunde die Bar übernehmen und ich glaube, Hailey kommt heute Abend wieder zurück, um den Ansturm zu bewältigen. Sie brauchen mich im Moment nicht, was gut ist, denn ich habe etwas anderes zu tun.

„Du meinst, wir bringen sie zurück, oder, Ryker?"

Ryker wendet seinen Kopf in meine Richtung. Trish, die vor Freude gestrahlt hat, als Ryker ihr die Erlaubnis gab, wieder nach Hause zu gehen, erschrickt ein wenig, als sie merkt, was ich gerade angekündigt habe.

Jawohl. Gute Entscheidung, Gem.

Bevor einer der beiden etwas sagen kann, ziehe ich meine Turnschuhe aus und schüttele die Reste meines Arbeitshemdes und meiner schwarzen Jeans ab. Das ist das erste Mal seit zwei Tagen, dass ich mich wandle, und obwohl mein Wolf sich unbedingt strecken will, schaue ich nach unten.

Puh. Genau wie Aleks' verzauberter Reißzahn geht der goldene Eckzahn, den Ryker mir gegeben hat, auf mich über, wenn ich meine Gestalt wechsle. Ich habe ihn erst bemerkt, als ich meinem Wolf den Befehl gab, mit mir den Platz zu tauschen, aber ich hätte mir keine Sorgen machen müssen. Ryker ist selbst ein Shifter. Wenn er mir Schmuck gekauft hätte, der die Verwandlung nicht überlebt, wäre es seine Schuld gewesen, wenn er explodiert wäre wie meine Kleidung.

Mit meiner Schnauze schiebe ich meine Turnschuhe in Richtung der Eingangstür der Bar. Hoffentlich erkennt einer meiner Vampirkunden, dass sie mir gehören und hebt sie für mich auf. Die Klamotten sind hinüber, aber diese Turnschuhe haben mich sechzig Dollar gekostet. Ich könnte riskieren, beim Umziehen in der Öffentlichkeit erwischt zu werden und ich könnte Rykers Halskette ruinieren, wenn ich mich so impulsiv umziehe, aber ich wollte nicht sechzig Dollar teure Arbeitssneakers ruinieren.

Oh, ja. Ich weiß genau, wo meine Prioritäten liegen.

Dann neige ich meinen Wolfskopf zu den beiden, die immer noch in ihrer menschlichen Haut da stehen, und werfe ihnen einen Blick zu, der sagt: „Ich bin bereit, wenn du es bist."

9

FRIEDENSANGEBOT

Man sollte meinen, dass ich nach dem Lauf in die Berge nach Accalia, einem Zwischenstopp, um Trish in die Hände von Audrey und Grant Carter zu geben, und dem Warten auf Ryker, der ein Rudeltreffen für seinen inneren Rat einberufen hat, bevor ich alleine nach Muncie zurücklaufe, Zeit gehabt hätte, mich abzukühlen.

Ja. Stimmt.

Es bewirkt genau das Gegenteil. Vor allem auf dem langen Weg zurück zur Wohnung kann ich nur noch an das denken, was gerade passiert ist.

Ich kann Trish nicht einmal die Schuld geben. Nicht wirklich. Auf Wunsch ihres Alphas hatte sie sich nur widerwillig dem River Run Rudel angeschlossen - bis Aleks sie überredete, nach Muncie zu fahren, mich und Ryker zu finden und um eine zweite Chance zu bitten.

Wie, wirklich? Ich dachte, dass ich mir keine Sorgen mehr machen müsste, nachdem sie gegangen war. Jetzt ist sie wieder da und es gibt nur einen Vampir, dem ich die Schuld dafür geben kann.

Obwohl ich stundenlang gelaufen bin, stehe ich noch voll unter Strom, als ich durch die Seitenstraßen der Innenstadt von Muncie schlendere. So wie ich mich fühle, kann ich nur beten, dass der falsche Vampir sich mit mir anlegen will. Wenn ich meinen Frust an ihnen auslasse, muss ich Aleks vielleicht nicht an die Gurgel gehen, wenn ich ihn das nächste Mal sehe.

Aber keine Chance. Als könnten sie die Wut spüren, die von meinem blonden Wolf ausgeht, stellt sich mir niemand in den Weg, weder ein normaler Vampir noch ein Mensch oder ein Mitglied des Kaders, als ich um die Rückseite der Wohnung herum gehe.

Ich springe die Feuerleiter hinauf und werfe die Schulter meines Wolfes gegen die Balkontür, um hineinzukommen.

Eine gute Sache für meine schlechte Laune: Aleks ist nicht im Wohnzimmer.

Er ist überhaupt nicht drinnen.

Hat er meine Stimmung mitbekommen, als ich mich der Wohnung näherte und sich aus dem Staub gemacht? Es wäre ein Glücksfall für ihn gewesen, wenn er das getan hätte. Ich kann mir nicht vorstellen, wo er sonst sein könnte. Es ist kurz nach Sonnenuntergang und ich weiß, dass er erst um Mitternacht auf Patrouille gehen soll. Seit seiner Rückkehr hat Roman ihm seine alte Schicht zurückgegeben: Mitternacht bis acht Uhr morgens, jeden Tag. Es ist noch nicht einmal acht Uhr abends.

Wenigstens habe ich so ein oder zwei Minuten Zeit, mich umzuziehen. Ich war so wütend, als ich in die Wohnung gestürmt bin, dass ich nicht daran gedacht hätte, wieder in meine Haut zu schlüpfen und ihn zur Rede zu stellen.

Aleks hat es wirklich nicht verdient, mich jetzt nackt zu sehen.

Also gehe ich in Richtung meines Schlafzimmers und sträube mich dabei. Sobald ich meinen persönlichen Bereich betrete, schlage ich die Tür zu und verwandle mich zurück in meine menschliche Gestalt. Meine Haare sind ein Rattennest, meine nackte Haut ist mit Grasresten und Schlammpunkten übersät.

Tja. Ich schätze, eine Dusche ist angesagt. Ich nehme eine kalte Dusche und hoffe, dass sie etwas zur Abkühlung beiträgt.

Gerade als ich fertig bin, höre ich, wie sich die Wohnungstür öffnet und dann wieder schließt. Ich spüre Aleks' Vampir-Aura, die den Raum erfüllt, also weiß ich, dass er da draußen ist. Nur ein Idiot mit Todessehnsucht würde in eine Wohnung einbrechen, die einem Übernatürlichen gehört.

Ich streiche mir mit der Bürste durch mein feuchtes Haar und werfe sie auf mein Bett, bevor ich durch den Raum stürme. Ich greife nach der Türklinke und breche sie fast ab, so schnell wie ich sie drehe, dann rufe ich: „Aleksander Pietro Filan!“

Oh, ja. Diesmal spreche ich ihn mit vollem Namen an.

Meine Tür fliegt auf und ich stapfe in den Flur hinaus.

„Ja, Gem?“

Ich bin immer noch so wütend auf ihn, weil er sich bei Trish eingemischt hat, dass ich nichts anderes tun kann, als mit meinen Klauen nach ihm zu schlagen und sei es nur, um der wilden Wut, die sich in mir eingenistet hat, Luft zu machen.

Ich versuche, sie zu zügeln. Ich bin nicht mehr so wild wie in der Nacht, als ich Accalia zum ersten Mal verließ, aber das hier kommt dem schon ziemlich nahe. Denn in der ersten Nacht? Ich war mir sicher, dass Trish sich erfolgreich zwischen Ryker und mich gestellt hatte. Und jetzt? Ich weiß, dass sie es nicht getan hat, aber das ist nicht der Verdienst dieses Typen.

„Ja oder nein. Das ist alles, was ich jetzt aus deinem Mund hören will. Ja oder nein, Aleks: Hast du Trish Danvers gefunden und sie davon überzeugt, dass es besser ist, wenn sie Ryker um Vergebung bittet und wieder in Accalia lebt?“

„Gem-“

„Ja“, sage ich mit zusammengebissenen Zähnen. „Oder nein.“

Seine Augenbrauen gehen hoch, aber das ist seine einzige Reaktion, außer einem Seufzer. „Dann ja.“

Das wusste ich. Trotzdem tut es weh, dass er es mir so ins Gesicht sagt. „Du wusstest, wie sie mich behandelt hat. Du wusstest, was ich für sie empfand. Was sie getan hat, als sie versuchte, Ryker zu ihrem Gefährten zu machen, obwohl ich für ihn bestimmt war. Und trotzdem hast du sie in mein Territorium eingeladen, wo sie mit meinem Gefährten reden konnte, ohne dass ich davon wusste?“

„Gem-“, versucht er es erneut.

Ich halte meine Hand hoch. „Spar es dir. Ich will deine Entschuldigungen nicht hören.“

Sein Blick wird hochmütig. „Ich hatte nicht vor, mich zu entschuldigen.“

Wollte er nicht? „Ist das dein Ernst?“

„Warum? Es tut mir nicht leid.“

„Das sollte es dir aber.“

„Ich weiß, dass sie grausam zu dir war, Gem. Wenn mir etwas leid tut, dann, dass sie dich gesehen hat, bevor ich dir sagen konnte, dass ich sie nach Muncie eingeladen habe. Aber vergib mir, wenn ich Mitleid mit ihr habe. Wie der kleine Wolf weiß auch ich, wie es ist, jemanden zu lieben, der sich für einen anderen entscheidet.“

Wölfchen. So hat er mich immer genannt. Sicher, er sagte mały wilku, aber das heißt übersetzt "kleiner Wolf".

Na toll. Nicht nur, dass er Trish zurück in mein Leben gezerrt hat, er gibt ihr auch noch denselben Namen wie mir. Will er mich absichtlich verletzen? Oder habe ich nie gemerkt, dass mein Vampir mit seiner kalten Haut ein verdammt kaltes Herz hat?

Er ist kalt, aber ich verglühe. Ich dachte, die Konfrontation mit ihm würde mir helfen, mit meiner Wut umzugehen, aber ja. Da lag ich völlig falsch.

Als ich zu ihm aufschaue, trifft die geschmolzene Lava meines Blicks auf den Stahl hinter seinen blassen Augen. Zum ersten Mal, seit ich ihn kenne, will ich Aleks herausfordern.

Ich ... Ich will auch, dass er verletzt wird.

Seine Lippen zucken gerade so weit, dass ich sehe, wie sich seine Reißzähne verlängern.

Das ist die Reaktion, die er sich von mir erhofft. Ich weiß zwar nicht warum, aber damit steht es fest.

Ich kann ein Hitzkopf sein, aber ich bin auch super stur. Er will, dass ich wütend auf ihn bin? Dann werde ich meine Wut so weit wie möglich zügeln. Sie unterdrücken. Schlucke sie hinunter, sodass sie in meiner Magengrube gärt. Es ist mir egal. Ich werde es ihn einfach nicht sehen lassen.

Ich grinse. Aleks' Lächeln schwankt.

Dann drehe ich mich ohne ein weiteres Wort auf dem Absatz um und schleiche in Richtung meines Schlafzimmers.

Ich stelle sicher, dass ich die Tür auch besonders fest zuschlage.

Die nächsten drei Tage schmorte ich über meinem Streit mit Aleks.

Das ist auch ganz einfach. Seit der letzten Umstrukturierung in

Accalia konnte Ryker die Alpha-Hütte nicht mehr verlassen, geschweige denn um Mitternacht nach Muncie fahren.

Ich bin immer noch sauer auf Aleks, also gehe ich ihm aus dem Weg. Er will mich als seinen Mitbewohner bezeichnen? Dann werde ich das auch sein. Wir laufen uns vielleicht auf dem Flur oder in der Küche über den Weg, aber ich gebe mir keine Mühe, unsere Beziehung so zu gestalten, wie sie war, bevor er aus Muncie geflohen ist. Meistens schließe ich mich in meinem Zimmer ein, außer wenn ich bei Charlie bin oder meine Wut abreagiere, indem ich in mein Fell schlüpfe und meinen Wolf durch den Park hetzen lasse.

Der Vollmond rückt näher. Wenn Aleks in einer anderen Phase zurückkommen würde, wäre ich vielleicht nicht so wütend, aber ich spüre ihre Annäherung wie eine lose Haarsträhne, die unter meinem Hemd steckt. Es ist lästig, ich klatsche immer wieder dagegen und ich weiß, wenn ich es nur von meiner Haut zupfen könnte, wäre ich erleichtert. Aber wie einige meiner dünnen, blonden Haare ist auch Luna unerbittlich und nervig.

Ich muss zugeben, dass ich wahrscheinlich auch unerbittlich und nervig bin.

Als er merkt, dass er vielleicht einen Schritt zu weit gegangen ist, und um sich besser zu fühlen, versucht Aleks, sich zu entschuldigen. Von einem Mann, der mir einmal gesagt hat, dass er die Anzahl seiner Entschuldigungen an einer Hand abzählen kann, hätte ich mich geehrt fühlen sollen, dass er sich ein zweites Mal entschuldigt.

Zumindest hat er das offensichtlich so gesehen.

Ich habe ihm so höflich wie möglich gesagt, dass er sich seine Entschuldigung sonstwohin stecken kann, wo die Sonne nicht scheint.

Heute Abend habe ich Feierabend. Ich habe den ganzen Nachmittag damit verbracht, Besorgungen zu machen: Lebensmittel einkaufen, eine neue Jeans kaufen und sogar einen Imbiss für das Abendessen besorgt . Dann habe ich, wie jeden Abend, seit Hailey mir den Umschlag gegeben hat, meine Mutter angerufen und ein bisschen mit ihr und meinem Vater geredet, nachdem ich mich in meinem Zimmer versteckt hatte.

Aleks muss frühestens in zwei Stunden gehen. Ich kann ihn am Ende des Flurs spüren. Nennt es kleinlich, aber obwohl ich mich nicht davon abhalten konnte, auch für ihn Essen zu holen - wir haben oft zusammen chinesisch gegessen -, habe ich ihnen ausdrücklich gesagt, dass sie keine Soßenpakete mitgeben sollen.

Ha. Viel Spaß beim Essen deines weißen Reises ohne Entensoße, Kumpel.

Es sind die kleinen Dinge, denke ich, als ich meine Klamotten gegen ein Schlafshirt und Shorts tausche.

Es ist noch früh, kurz nach zehn, aber ich bin bereit, ins Bett zu gehen. Aleks' Beispiel folgend, habe ich es genossen, mir ein paar seiner gelesenen Taschenbücher auszuleihen. Ich stecke mitten in einem Mordfall und ohne Aleks, mit dem ich mich unterhalten kann, oder Ryker, der mich unterhält, beschließe ich, mich ins Bett zu legen und zu lesen, bis ich bereit bin, einzuschlafen.

Ich bin so damit beschäftigt, herauszufinden, wer der Mörder ist, dass ich die Zeit vergesse. Ich bin so in mein Buch vertieft, dass ich fast aus dem Bett falle, als das heulende Wolfsgeheul durch die Nacht schallt und so laut ist, dass es gegen mein geschlossenes Fenster hallt.

Was zur Hölle ...

Ich rapple mich auf und werfe das Taschenbuch hinter mich, während ich zur Tür renne. Ich reiße sie auf und stürme in den Flur, während ich versuche, dem Echo des Heulens zu folgen.

Aleks steht in der Mitte des Wohnzimmers, die Brille baumelt an seinem Griff. Er muss aus seinem Zimmer gekommen sein, während ich gelesen habe, und nach dem dunklen Outfit, das er angezogen hat

- anders als das, was ich vorhin gesehen habe - vermute ich, dass er sich bereit gemacht hat, zu gehen.

Ohne seine Lesebrille kann ich sehen, dass sich seine blassgrünen Augen zu einem leuchtenden Rotton verfärbt haben.

Jawohl. Er ist stinkwütend.

„Was denkt sich dein Wolf?“

„Das war nicht Ryker.“ Ich habe keine Ahnung, wer dieses schreckliche Geräusch gemacht hat und obwohl ich instinktiv weiß, dass es ein Shifter und kein echter Wolf ist, bin ich mir noch sicherer, dass es nicht Rykers Heulen ist. „Es ist ein Shifter, aber er ist es nicht. Ich werde aber herausfinden, wer es ist. Vielleicht kenne ich ihn.“

Aleks blinzelt. Das mildert zwar nicht das zornige Rot, aber wenigstens streitet er nicht mit mir. „Du gehst. Du wirst das besser hinkriegen als ich.“ Er holt sein Handy aus der Tasche. „Ich rufe Roman an. Lass ihn wissen, dass wir einen Bruch haben.“

„Ich bin gleich wieder da“, verspreche ich.

Ich bin ein bisschen überrascht, dass Aleks mich alleine gehen lässt. Während ich barfuß aus der Balkontür renne und ignoriere, dass der löchrige Stahl sich in meine Sohlen bohrt, während ich dem Boden entgegenrenne, denke ich darüber nach, dass die meisten Männer eine Ausrede finden würden, um mich zurückzuhalten.

Ein weiteres Friedensangebot, beschließe ich. Eine Entschuldigung ohne Worte.

Wie auch immer. Ich werde es annehmen.

Kaum haben meine Füße den Bürgersteig erreicht, ertönt ein weiteres Heulen in der Nacht. Ich drehe mich sofort zu der Quelle um, von der es kommt. Wenn ich mich nicht täusche, kommt es aus dem Park.

Das macht Sinn. Meiner Erfahrung nach zieht es die meisten Shifter in Muncie in den einzigen grünen Fleck innerhalb der Stadtgrenzen. Ryker tat das, bevor er sein Stadthaus hatte. Ich tat es, sobald Aleks' Reißzahn meine Shifter-Natur nicht mehr unterdrückte.

Und jetzt ist er an der Reihe.

Wölfe in der Wildnis kommunizieren mit Heulen. In meiner Haut kann ich nicht wirklich übersetzen, was der Kerl sagt, aber ich weiß, dass es für mich bestimmt ist.

Ja, ich habe Recht. Manchmal ist es wirklich ein verdammter Fluch, Recht zu haben, so wie jetzt. Denn als ich die Quelle des Heulens ausfindig mache, finde ich einen vollständig angezogenen Shane Loup, der faul an einer massiven Eiche lehnt, als hätte er sein ganzes Leben auf mich gewartet.

Nur mein Schock darüber, dass ich ihm zum ersten Mal seit fast zwei Monaten wieder von Angesicht zu Angesicht gegenüberstehe, hält mich zurück.

Nicht meine Wölfin.

Sie fletscht die Zähne und ist bereit, den Kampf fortzusetzen, den wir hatten, bevor sich vier seiner ehemaligen Rudelmitglieder ungewollt zwischen uns stellten. Sie ist sich sicher, dass sie ihn besiegt hätte und ich denke, dass sie damit auch Recht hat.

„Gem. Da bist du ja. Ich habe mich schon gefragt, ob du auf meinen Ruf antworten würdest.“

Wirklich? Wollen wir uns jetzt so unterhalten, als hättest du mir das letzte Mal, als ich dich gesehen habe, nicht ins Gesicht geschlagen? Oh, und das war, nachdem du versucht hast, mich zu überreden, Ryker zu verlassen und dich stattdessen zu paaren?

Das möchte ich ihm sagen. Ich möchte es ihm in sein schmieriges, grinsendes Gesicht werfen. Aber ich kann es nicht. Ich bin zu sehr damit beschäftigt, ihn anzustarren.

Was zum Teufel macht er in Muncie?

„Du solltest nicht hier sein."

Das ist nicht gerade der beste Spruch, aber mehr schaffe ich im Moment nicht.

Shane stößt sich vom Baum ab und geht ein paar Schritte auf mich zu. Kluger Wolf, es sind immer noch gut fünfzehn Fuß zwischen uns, aber er ist nah genug, um mich von oben bis unten zu mustern und dabei offen anzuglotzen.

„Und du solltest nicht am Leben sein", kontert er. „Wusstest du, dass du eigentlich tot sein müsstest?"

„Wusstest du, dass du es sein wirst, wenn ich dich in die Finger kriege?"

Meine Erwiderung ist fies, aber ich unterstreiche sie mit einem süßen Lächeln. Jeder, der mich kennt, würde das als Warnung auffassen, aber obwohl Shane das denkt, hat er keine Ahnung, wie die echte Gemma ist. Ich habe kein Problem damit, das gegen ihn zu verwenden, wenn ich kann.

Schade, dass es ihn nicht zu stören scheint.

„Nein, wirklich, Gem. Weißt du, mein neuer Alpha hat mir eine sehr interessante Geschichte erzählt. Darüber, wie er seine Gefährtin verloren hat. Er dachte, er hätte auch seine Tochter verloren. Sie ist ertrunken. Eine sehr hässliche Art zu sterben. Ungefähr zwanzig Jahre lang trauerte er um sie und dann entdeckte er, dass es vielleicht doch Wunder gibt. Dass sie vielleicht noch am Leben ist. Und jetzt bist du hier. Was sagst du dazu?"

Ich sage, dass er nur Scheiße labert.

Jack Walker hat meine Mutter schikaniert. Er hat ihr wehgetan. Ich bin mir fast sicher, dass er auch Schlimmeres getan hat, aber sie hat mein ganzes Leben damit verbracht, mich vor dem Monster zu schützen, das mein Samenspender war. Sie erzählte mir genug, um mir klar zu machen, dass er gefährlich war, und behielt danach ihre Geheimnisse für sich.

Als rebellischer Teenager habe ich sie gedrängt. Mein Wolf wollte sie beschützen, meine hormonelle, menschliche Seite wollte sich rächen.

Mein richtiger Vater war derjenige, der sich mit mir zusammensetzte und mich zurechtwies. Der böse Wolf Walker war gefährlich, er war grausam und wenn er nie erfahren würde, dass ich sein Blut bin, wären wir alle besser dran.

Ich schaue spöttisch zu ihm rüber. „Ich weiß nicht, was für ein Märchen dir dein Alpha erzählt hat, aber Paul Booker ist mein Vater. Niemand sonst, schon gar nicht ein Mörder."

„Das redest du dir ein. Du warst noch sehr jung, als deine Mutter dich von deinem Vater weggeholt hat. Du erinnerst dich vielleicht nicht einmal an ihn. Du kennst ihn ganz sicher nicht. Er ist ein guter Wolf, Gem. Ein guter Shifter. Er hat deinen Respekt verdient."

Er schubst mich absichtlich. Wenn er irgendetwas über Jack Walker weiß, dann, dass jedes einzelne Wort, das er gerade gesagt hat, eine Lüge ist - und trotzdem spüre ich, dass Shane es von ganzem Herzen glaubt.

Zeit für einen kleinen Realitätscheck.

„Einhundertvierzehn."

„Wie bitte?"

„So viele Betas hat der Böse Wolf durchlaufen, seit er Alpha ist. Eins vierzehn. Bist du bereit, Nummer eins fünfzehn zu werden, Shane?"

„Darüber mache ich mir keine Sorgen. Trotzdem ist es beeindruckend, dass du seine Geschichte kennst", bemerkt Shane. „Sogar die Anzahl der ehemaligen Betas, die ihn im Stich gelassen haben."

Ich zucke mit den Schultern. „Ich behalte meine Feinde im Auge."

Zumindest tut das mein Vater.

Shane lächelt. Ich bin mir sicher, dass er es für ein charmantes Grinsen hält, besonders wenn er seine Grübchen so zum Vorschein bringt. „Was ist mit mir?"

„Kommt drauf an“, schieße ich zurück. „Bist du mein Feind?“

„Das würde ich lieber nicht denken. Ich will dir nicht wehtun, Gem. Von all den Dingen, die ich mit dir vorhabe, wird Schmerz nur eine Rolle spielen, wenn du darauf stehst. Aber mach keinen Fehler: Ich werde tun, was ich tun muss, um zu bekommen, was ich will.“

Ja, natürlich. Auch wenn die Shifter-Tradition besagt, dass ein Partner wählen darf - wählen muss - ist Shane ein sturer, egoistischer Mann, der denkt, er könne für mich entscheiden.

Ich sollte ihn allein schon wegen seiner Arroganz herausfordern. Vielleicht tue ich das auch, aber zuerst muss ich herausfinden, wie er es geschafft hat, so weit nach Muncie vorzudringen, ohne von der Patrouille aufgehalten zu werden.

„Wie bist du hier reingekommen?“

Wenn er doch mit Trish zusammenarbeitet und Ryker und ich neulich auf ihre rührselige Geschichte hereingefallen sind ...

„Alle denken, dass Shifter und Vampire Todfeinde sind. Und vielleicht sind wir das auch. Luna weiß, dass diese Parasiten mich krank machen, aber sie haben ihren Nutzen. Aber lass uns keine Zeit damit verschwenden. Ich muss zurück ins Wolfsgebiet, um dem Alpha Bericht zu erstatten, aber ich konnte nicht länger warten.“

„Worauf?“

„Hat dir mein Geschenk gefallen?“

Ich werfe ihm einen strengen Blick zu. Einerseits möchte ich mehr über den Vampir wissen, der ihm hilft. Andererseits wechselt er so abrupt das Thema, dass ich auf der Hut sein muss.

„Welches Geschenk?"

„Sag mir nicht, dass du meinen Umschlag nicht erhalten hast?" Shane stutzt. „Traue niemals einem Menschen mit einer einfachen Lieferung. Ich wusste, ich hätte es einfach selbst in deiner Blutbar abgeben sollen."

„Du hast mir den Rubin gegeben?"

„Ein Mann kann seine Gefährtin nicht ohne ein Geschenk umwerben."

Verdammt . Verzeih mir, wenn ich würgen muss.

Wenn es das war, was er vorhatte, kann er den Lutscher zurückhaben. Meine Hand klopft auf die Vorderseite meines Oberschenkels und sucht nach dem Rubin in meiner Tasche. Verdammt. Das ist nicht meine Jeans. Ich bin in meinem Pyjama nach draußen gerannt. Der Rubin ist wieder in der Wohnung.

Trotzdem sage ich: „Du willst ihn? Ich werde ihn dir sofort holen."

„Nein. Er gehört dir. Ich möchte, dass du ihn behältst."

Damit ist die Sache erledigt. Er wandert bei der ersten Gelegenheit in den Müll.

„Du musst mir keinen Gefallen tun, Shane. Außerdem weiß ich schon, wer mein Partner ist." Ich greife unter mein Hemd und ziehe die Kette heraus, die Ryker mir gegeben hat. „Kurzmeldung, Arschloch. Du bist es nicht. Du wirst es nie sein. Wenn du also nicht willst, dass ich meine Krallen in deinen Eingeweiden wühle und nachsehe, was du zum Abendbrot gegessen hast, hältst du dich gefälligst zurück. Muncie ist mein Revier. Du bist hier nicht willkommen."

Es spielt keine Rolle, dass ich eine Frau bin. Meine Dominanz ist im Vergleich zu der eines Betas unschlagbar. Da ich weiß, dass ich jedes Wort meiner Drohung ernst meine, sollte Shane eigentlich einen Rückzieher machen.

Aber das tut er nicht. Und als er unter sein eigenes Hemd greift und eine Halskette herauszieht, die meiner unheimlich ähnlich ist, weiß ich genau, warum er so verdammt selbstbewusst ist - und warum er in Fang City herumläuft, als wäre er unantastbar.

Denn das? Das ist ein Vampirzahn. Wenn er so einen trägt, bedeutet das, dass er unter dem Schutz eines der Fang Supes steht.

In Muncie bedeutet das, dass er unantastbar ist.

10

GUT GESPIELT

„Woher hast du das?“, frage ich.

Er konnte es nicht einfach stehlen. Das ist ein Teil der Magie. Wenn dir ein Vampir einen Reißzahn schenkt, bleibt er an der Kette. Wenn du einen Reißzahn trägst, der für jemand anderen bestimmt ist, zerfällt er in Sekundenschnelle zu Asche, sobald er nicht mehr im Mund eines Vampirs ist.

Nein. Jemand hat ihm das gegeben.

Hey. Wenn ich Glück habe, hat er vielleicht unwissentlich das Angebot eines Vampirs angenommen, Shane zu seinem Gefährten zu machen. Dann könnte er seinen verrückten Plan aufgeben, mich zu seinem Partner zu machen, damit ich ihm helfen kann, ein Alpha zu werden.

„Stefan. Für den richtigen Preis war er bereit, mir zu helfen, mich direkt vor der Nase der nutzlosen Patrouille einzuschleichen. Und mit der Hilfe meines neuen Alphas und seines neuesten Haustiers habe ich meinen Geruch überdeckt, damit du nicht merkst, dass ich hier bin, bis ich es will. Übrigens, dein geflochtenes Haar steht dir gut. Das hat mir gefallen.“

Gestern Morgen trug ich meine Haare zu einem unordentlichen Zopf.

Muss er so verdammt gruselig sein? Denn der Gedanke, dass Shane mich wirklich stalkt und nicht nur eines der Spiele ist, die ich mit Ryker als Vorspiel betreibe, ist verdammt unheimlich.

Lass ihn nicht wissen, dass er dich erwischt hat, Gem. Er wird es genießen und du wirst noch mehr im Nachteil sein.

Das ist scheiße. Mein Kampf mit Monroe ist noch viel beschissener. Ich frage mich langsam, ob das nicht einfach nur Pech war. Wenn er diesen Stefan kaufen konnte, wie viel will ich dann darauf wetten, dass Shane Monroe neulich Nacht auf mich gehetzt hat? Wenn er mich schon so lange beobachtet, wie er mich glauben machen will - wenn man bedenkt, dass der Umschlag vor mehr als anderthalb Wochen bei Jimmy Fiorello ankam - dann hat er vielleicht einen Weg gefunden, mich mit dem Kader in Konflikt zu bringen.

Wenn ich nicht schon auf Romans Abschussliste stünde, weil ich mich so offen mit Monroe gestritten habe, hätte ich es vielleicht riskiert, den Kader zu verärgern, indem ich Shane herausforderte, während er in Fang City einen Vampirzahn trug.

Aber das kann ich nicht. Das Letzte, was ich brauche, ist ein weiterer Besuch von Dominic oder Tamera.

Schlimmer noch: Was wäre, wenn ich dadurch einen Räumungsbefehl von Muncie bekäme?

Das würde ihm gefallen, oder?

Gut gespielt, Shane. Gut gespielt.

„Wie auch immer", meint er und ich muss dem Drang widerstehen, ihn anzuschnauzen, „ich wollte es dir nur sagen. Der Rubin? Es war die Idee deines Vaters. Ich möchte immer noch, dass du ihn als Paarungsgeschenk betrachtest, aber es ist mehr als das."

„Oh, ja? Was ist es denn?"

Ich hätte nicht gedacht, dass seine Grübchen so tief sein können. Aber als Shane breiter lächelt, werden die kleinen Krater in seinen Wangen nur noch deutlicher.

„Es ist eine Beschwörung", erzählt er mir fast fröhlich. „Der Alpha des Western Rudels ruft dich nach Hause. Und glaub mir, ich habe nachgeforscht. Ich weiß genau, was mit jedem einzelnen dieser hundertvierzehn Betas passiert ist, damit ich nicht als einer von ihnen ende. Wenn du seine Aufforderung ignorierst? Du wirst dir wünschen, dass er mit dir genauso nachsichtig ist, Gem."

Und bevor ich noch etwas erwidern kann, hat Shane Loup die Frechheit, mir einen Kuss zuzuwerfen, bevor er zurück in den Park schlendert, wohl wissend, dass ich im Moment nichts tun kann, um ihn aufzuhalten.

Bastard.

Zu allem Überfluss ist Aleks nicht da, als ich mich mit eingezogenem Schwanz in die Wohnung zurückschleiche.

Nicht so, wie er sein sollte. Er muss sich um seine Patrouille kümmern und wenn er Roman kontaktiert hat, ist es sehr wahrscheinlich, dass der Anführer des Kader ihn ins Hauptquartier gerufen hat. Einer der Hauptgründe, warum ich Roman nie kennengelernt habe, ist, dass er das Penthouse, in dem der Kader untergebracht ist, nur selten verlässt. Und wie die meisten älteren Vampire mag er das Telefon nicht. Er erwartet seine Berichte persönlich, also würde er Aleks natürlich ins Hauptquartier beordern.

Ich versuche mir einzureden, dass das schon in Ordnung ist. Ich bin mehr darüber verärgert, dass Shane meine Krallen abgestumpft hat, indem er in Muncie mit seinem eigenen Reißzahn auftauchte, als über die Tatsache, dass er für den Rubin verantwortlich war, der mich in den letzten Tagen so beschäftigt hat. Die Vorladung von meinem Dad? Darüber muss ich mir keine Gedanken machen. Solange er nicht in Muncie einmarschieren und mich schreiend und tretend herauszerren will, werde ich auf keinen Fall irgendwohin gehen, nur weil der böse Wolf Walker es will.

Trotzdem ist das eine neue Komplikation, die ich verdammt noch mal nicht brauche.

Ich brauche nur ein paar Minuten, um mit mir selbst zu diskutieren, bevor ich nach meinem Handy suche. Ich hatte es auf dem Ladegerät liegen lassen, was wahrscheinlich nicht die klügste Entscheidung war, denn ich rannte los, als ich das Heulen hörte, ohne zu wissen, worauf ich mich einlasse. Aber jetzt? Jetzt brauche ich es.

Ich beende gerade meinen Anruf, als ich Aleks wieder in der Wohnung spüre. Ich lege schnell auf und werfe das Telefon irgendwo hinter mich, während ich lausche. Leise Schritte hallen durch den Flur und bleiben vor meiner Zimmertür stehen.

Klopf, klopf. Es ist so ein leises Klopfen. Klopf, klopf, klopf.

Beinahe rufe ich, dass die Tür offen ist und er reinkommen kann, bevor ich es mir anders überlege. Du lädst Aleks in mein Schlafzimmer ein? Ja. Wahrscheinlich nicht die beste Idee.

„Ich bin gleich da“, rufe ich stattdessen.

Durch das Holz höre ich Aleks' Stimme mit Akzent sagen: „Ich warte im Wohnzimmer auf dich.“

Das passt mir.

Ich warte ein paar Sekunden, dann verlasse ich das Schlafzimmer. Meine Stiefel schlagen so viel lauter auf dem Holzboden des Flurs auf als seine vorsichtigen Schritte, dass ich es nicht überhören kann.

Wenn er bemerkt, dass ich meinen Schlafanzug ausgezogen habe, sagt er nichts dazu. Er erhebt sich einfach von der Couch und mustert mich gründlich, als würde er sich vergewissern, dass ich noch ganz bin.

Es ist nicht annähernd der Blick, den Shane mir zugeworfen hat, als ich noch im Schlafanzug war, aber etwas an seinem besorgten Blick ist mir genauso unangenehm.

Ich räuspere mich. „Ich dachte, du wärst auf Patrouille."

„Noch nicht. Ich musste mich mit Roman treffen." Ja. Dachte ich mir. „Damit du weißt, dass er über die Situation Bescheid weiß."

„Nun, das Heulen war verdammt laut. Ich denke, jeder in Muncie ist sich der Situation bewusst."

„Das nicht. Stefan."

Ich hatte nicht einmal die Gelegenheit, Aleks etwas darüber zu sagen, wer da draußen war, warum sie geheult haben oder wie sie nach Muncie gekommen sind. Ich wollte es gerade tun, als er die Bombe platzen ließ

„Warte. Du weißt von Stefan?"

„Roman weiß es", korrigiert mich Aleks. „Er hat vermutet, dass einer von uns mit einem von euch zusammenarbeitet. Es gab Gerüchte über einen Vampir, der dafür gut bezahlt wurde das und die Grenzverletzungen haben Roman in höchste Alarmbereitschaft versetzt. Nach dem Heulen schickte er die Patrouille los, um nach dem Wolf zu suchen. Ich bin sicher, du weißt, warum."

Er hat Recht. Ich weiß es. Es spielt keine Rolle, ob ein Shifter die Erlaubnis hat, unter den Vampiren zu leben. Roman besteht darauf, dass wir unseren übernatürlichen Status unter Verschluss halten. Er würde vielleicht bei einer rücksichtslosen Verwandlung wegsehen, aber die ahnungslosen Menschen glauben zu lassen, dass wilde Wölfe in der Stadt unterwegs sind? Ja. Nicht gerade Shanes klügste Idee.

„Es war einfach, ihn zu Stefan zu führen. Der Sonnenuntergangsbeobachter, der ihn vorhin reingelassen hat, hat den Reißzahn erkannt. Er wurde bereits verhaftet, sein Schicksal ist entschieden.“ Aleks wartet einen Moment. „Roman hat ihn zum Tode verurteilt, weil er seine Gier über die Sicherheit unserer Gemeinschaft gestellt hat. Inzwischen wird der Reißzahn, den dein Wolf trägt, Asche sein. Er wird in Muncie nicht mehr willkommen sein.“

Wow. Sieht so aus, als hätte sich Dominic ein wenig geirrt. Wenn es um eine Bedrohung seines Volkes ging, konnte Roman genauso schnell für Gerechtigkeit sorgen wie jeder Alpha.

Aber das stört mich nicht wirklich. Wenn ich Shane früher hätte verfolgen können, wenn der Reißzahn ihn nicht geschützt hätte, hätte ich dasselbe getan.

Nein. Ich mache mir mehr Sorgen darüber, wie leicht es für Shane war, mit einem Vampir zusammenzuarbeiten, um an mich heranzukommen.

Shifter-Rudel sind abgeschottete Gemeinschaften. Wir leben zusammen, jagen zusammen, handeln sogar zusammen. Wir vermischen uns nur dann mit dem Rest der Welt, wenn wir es müssen. Aufgrund ihrer Ernährung können Vampire besser mit Menschen zusammenleben als Shifter. Aber wenn es um die Rivalität zwischen unseren beiden Arten von Übernatürlichen geht, hassen wir uns gegenseitig. Ich weiß nicht, warum das so ist, aber seit dem letzten Krieg zwischen Klauen und Reißzähnen vor zwei Jahrhunderten ist das einfach eine Tatsache.

Andererseits ist es wohl auch egal, wer wen hasst. Geld regiert die Welt, oder? Stefan hat seine Leute für einen Zahltag verkauft.

Das erklärt auch, wie Shane es beim letzten Mal durch Muncie geschafft hat. Ganz zu schweigen von dem Wolf, den ich vor ein paar Wochen vor dem Charlie's gerochen habe. Ich habe den Geruch nicht erkannt, aber wenn mein biologischer Vater einen Weg gefunden hat, unsere Nasen unbrauchbar zu machen, dann war er es vielleicht, der mich in jener Nacht beobachtet hat.

Gut gemacht, Gem. Denn das ist ein Gedanke, den ich jetzt haben möchte.

„Das ist ein Vampir, Aleks“, sage ich ihm. Meine Worte sind dumpf. Flach. Das Adrenalin hat sich verflüchtigt und ich fühle mich völlig ausgelaugt. „Ich habe den Wolf gefunden, der Stefan bestochen hat. Er hat damit geprahlt und mir den Reißzahn gezeigt.“

„Roman hat also Recht. Der andere Wolf war auch deinetwegen hier.“

Ich konnte Aleks nie erklären, wer Shane war oder was er von mir wollte, erstens, weil Aleks gegangen war und zweitens, weil es nicht wirklich etwas mit ihm zu tun hatte. Es ist eine Shifter-Sache und ich bezweifelte, dass er verstehen konnte, warum ein Beta-Wolf so viel Aufwand betreibt, um mich zu einer Paarung zu zwingen, selbst nachdem er zugegeben hatte, dass er mich nicht liebt. Sein Argument ist, dass er mich nicht lieben muss. Um das zu bekommen, was er von mir will, könnte er ein treuer Gefährte sein, der mich mit der Zeit vielleicht lieben lernt.

So tust du mir doch keinen Gefallen, oder?

Aleks würde das nicht kapieren. Wenn ich ihm von Shane erzähle, würde er automatisch annehmen, dass er mich Ryker wegnehmen will, weil er in mich verliebt ist - weil Aleks es ist.

Es ist besser, die Sache unter der Decke zu halten, als einen Vampir mit hineinzuziehen.

Obwohl es nicht ganz die Wahrheit ist, ist es auch keine Lüge, wenn ich ihm sage: „Das kann man so sagen. Er ist wirklich hinter Ryker her, aber ich bin nur ein Spielball in seinem Plan.“

Aleks schnaubt. „Natürlich hat er auch mit dem Alpha zu tun. Lass mich raten: Du wirst trotzdem nicht einsehen, dass ich die bessere Wahl für dich wäre, oder?“

Ich zucke zusammen. Nicht, weil er mit seinen Worten einen Schlag gelandet hat oder weil ich seine Gefühle nicht noch einmal verletzen möchte, sondern weil er das genau in dem Moment gesagt hat, als Ryker auf dem Balkon erscheint. Ich kann meinen Zukünftigen über seine Schulter sehen und an seinem leeren Gesichtsausdruck erkenne ich, dass Ryker Aleks' Frage gerade noch rechtzeitig gehört hat.

Als ich nicht antworte, folgt Aleks der Richtung meines Blicks. Er starrt Ryker gerade lange genug an, um unhöflich zu sein, ohne eine echte Alpha-Herausforderung auszulösen, bevor er sich wieder zu mir umdreht.

„Gem? Was macht er denn hier?“

Ich atme grob aus. „Shane ist sein ehemaliger Beta. Ich musste ihm sagen, dass er in Muncie heulte.“

„Ich habe dir gesagt, dass ich zu Roman gehe und mich darum kümmere. Hast du mir nicht vertraut?“

Ich schaue zu Aleks, über seine Schulter zu Ryker und dann wieder zu meinem vampirischen Zimmergenossen. „Ich vertraue dir“, versichere ich ihm, „aber du hast recht. Ich werde mich immer für Ryker entscheiden. Ich habe ihn angerufen, weil er es wissen musste, aber ich habe ihn gebeten, zu mir zu kommen, weil ich ihn brauchte. Es tut mir leid.“

Aleks nickt. Ein einziges, ernsthaftes Nicken. „Ich verstehe. Wenn das so ist, werde ich dich ihm überlassen. Wenn du meinen Schutz nicht willst, gibt es da draußen eine ganze Stadt, die ihn braucht.“

Autsch.

Ryker sagt kein Wort, bis wir nicht mehr in Hörweite der Wohnung sind.

Zuerst denke ich, dass er versucht, Aleks nicht unter die Nase zu reiben, dass ich mit ihm weggegangen bin, aber es dauert nicht lange, bis ich merke, dass ihm das völlig egal ist. Wenn er nicht ohnehin schon vor Wut strotzen würde, hätte er das wahrscheinlich absichtlich getan, nur um Aleks daran zu erinnern, dass er seine Reißzähne von mir fernhalten soll.

Als ich vorhin mit ihm sprach, schien er verärgert darüber zu sein, dass Shane wieder eine Nummer abgezogen hat, und frustriert darüber, dass der Reißzahn mich davon abgehalten hat, etwas zu unternehmen, um ihn aus meinem Revier zu vertreiben. Er wirkte auch etwas skeptisch, als ich ihn bat, mich zum Stadthaus zu bringen, damit wir zusammen sein können, aber er ist nicht dumm.

Standardmäßig sage ich ihm, dass es mir gut geht und dass er nicht runterkommen muss, um auf mich aufzupassen. Als ich ihn anflehte, zu mir zu kommen, musste er wissen, dass ich mehr durcheinander war, als ich zugeben wollte. Wenn man bedenkt, wie schnell er es von Accalia nach Muncie geschafft hat, muss er die meiste Zeit wie ein Wolf gerannt sein und nur angehalten haben, um sich umzuziehen, bevor er die Feuertreppe hinaufgesprungen ist.

Auch die nackten Füße verraten ihn. Die meisten Shifter tragen ein Hemd und eine Hose - in Rykers Fall sind es eine billige Jogginghose und ein Unterhemd - an Orten, an denen sie nicht nackt erwischt werden wollen. Schuhe sind normalerweise optional.

Heute Abend sind sie es für ihn.

Wir haben vereinbart, dass ich in der Wohnung auf ihn warte und wir dann gemeinsam zum Stadthaus gehen. Ich habe mir keine Sorgen gemacht, dass Shane nach seinem Heulen noch da ist und nachdem ich mit Aleks gesprochen habe, bin ich mir sicher, dass er weg ist. Wenn ich mit Ryker spazieren gehe, geht es nicht darum, dass ich mir Sorgen mache, sondern darum, ihm zu beweisen, dass ich keine Angst davor habe, nachts durch Muncie zu laufen - mit oder ohne ihn.

Aber er verhält sich seltsam. Er hat kein Wort gesagt und als ich neben ihm gehen wollte, fiel er einen Schritt zurück, sodass er jetzt hinter mir herläuft. Ich denke, das liegt daran, dass er meinen Rücken bewacht, aber irgendetwas reibt mein Fell auf die falsche Weise.

Und dann, während ich darauf warte, die nächste Straße zu überqueren, sagt er: „Wir können das nicht mehr machen", und ich schwöre der Luna, dass mein Herz für eine Sekunde aufhört zu schlagen.

Ich tue so, als würde ich ihn missverstehen. „Was tun?"

„Du. Ich. Das."

Was ist hier eigentlich los?

„Willst du mit mir Schluss machen?"

Ich wollte es als Scherz verstanden wissen. Eine schnoddrige Bemerkung. Leider haben meine alten Unsicherheiten das Memo nicht erhalten, denn die Sorge, die hinter meiner Frage steckt, lässt sich nicht verbergen.

„Was? Nein. Du bist meine Gefährtin, Gemma. Daran ändert sich nichts."

Wenn das nur wahr wäre. Ich bin seine Schicksalsgefährtin. Vielleicht können wir es übertreiben und sagen, dass ich für ihn bestimmt bin. Aber ich bin nicht seine Gefährtin. Noch nicht.

Etwas warnt mich davor, ihn daran zu erinnern. Trotz seiner Beteuerung vorhin werde ich das Gefühl nicht los, dass er versucht, unser Band zu brechen.

„Okay. Du lässt mich nicht sitzen. Wovon zum Teufel redest du dann?"

Er gestikuliert mit seiner Hand. „Das hier", sagt er wieder. „Dass du hier bist. Dass ich in Accalia bin. Ich hatte keine Ahnung, dass du in Schwierigkeiten steckst, bis du angerufen hast, Gemma. Shane hätte dir alles antun können und ich wäre nicht in der Lage gewesen, ihn aufzuhalten."

Ist es das, worüber er sich Sorgen macht?

„Bitte. Ich kann mit Shane umgehen."

Sein Knurren ist ein Grollen tief in seiner Brust. „Darum geht es nicht und das weißt du."

„Ja?" Ich ziehe meine Augenbrauen hoch. „Worum geht es dann?"

„Unser Band ist stark, aber es ist nicht vollständig. Ich kann jetzt immer spüren, wo du bist, aber wenn du nicht neben mir bist, weiß ich nicht, was du denkst. Was du fühlst. Das wird sich ändern, wenn du mich endlich als deinen Gefährten akzeptierst, aber bis dahin bist du in Gefahr. Und ich sage nicht, dass du nicht auf dich selbst aufpassen kannst. Ich weiß, dass du das kannst. Du bist stark. Ein Alpha. Aber ich bin auch ein Alpha. Mein Wolf schnappt nach mir, um dich die ganze Zeit zu beschützen, aber ich kann das nicht tun, wenn du in Schwierigkeiten steckst und ich es erst hinterher erfahre."

Oh.

Na gut, dann.

„Shane hat dich erwischt", fährt er fort und fährt sich mit der Hand durch sein struppiges Haar. Sein Wolf hat die Kontrolle und fährt seine Krallen aus, die Spuren in den dicken Strähnen hinterlassen, während er sie sich aus dem Gesicht schiebt. „Dieses Mal hat er dich nur verarscht. Was, wenn er das nächste Mal besser vorbereitet ist? Was ist, wenn der Böse Wolf sich daran stört, dass du seine Beschwörung ignorierst und dich selbst holt? Woher soll ich das wissen?"

Ich höre in seinem Ausbruch, was er mir nicht vorwerfen will: Woher soll ich das wissen, wenn du es mir nicht sagst? Denn das ist es ja gerade. Wenn ich es Ryker vorhin ausgeredet habe, wird er es nie erfahren, es sei denn, Shane findet einen Weg, ihn zu verspotten.

„Ist es das, was dich so aufregt?", frage ich ihn. „Dass unser Band nicht endgültig ist und du es nicht benutzen kannst, um mich zu überprüfen?"

„Gemma, das ist nicht ..."

Ich warte nicht einmal darauf, den Rest seines Dementis zu hören. Er denkt vielleicht nicht, dass es das ist, was ihn stört, aber es ist so.

Zum Glück habe ich eine Lösung.

„Das können wir ganz leicht ändern, weißt du."

Ryker wird still. Um mich herum dreht sich die Welt weiter, der Verkehr geht weiter und wir hätten die Straße wahrscheinlich schon zweimal überqueren können, aber wir stehen zusammen an dieser Ecke, als wären wir die einzigen Menschen auf der ganzen verdammten Welt.

„Was hast du gesagt?", fragt er.

„Was? Vielleicht ist es an der Zeit. Der Vollmond ist in vier Tagen. Lass es uns tun. Lass uns die Luna-Zeremonie machen und uns verbinden."

Seit zwei Monaten will Ryker, dass ich ja sage. Er hat mir geschworen, mich umzustimmen, denn jedes Mal, wenn ich ihm stur gesagt habe, dass ich niemals seine Gefährtin sein werde, habe ich mich nur selbst belogen. Und er hatte Recht. Ich habe die ganze Zeit gewusst, dass ich mich wieder für ihn entscheiden würde. Ich wollte nur auf den richtigen Moment warten.

Jetzt scheint gut zu sein.

Und dann verkrampft sich Rykers Kiefer, sein dunkelgoldener Blick wird fast schwarz, als er ein Wort sagt: „Nein."

Nein?

Nein?

Ich erstarre auf der Stelle, während meine Wölfin ihren Kopf mit einem gequälten Heulen zurückwirft.

11

DER BÖSE WOLF DES WESTENS

Es tut weh, zu denken, dass ich wieder zurückgewiesen wurde. Dass ich mich endlich auf Ryker eingelassen habe, nur damit er mein Angebot, mich mit ihm zu verbinden, ablehnt.

Die alte Gem wäre ausgeflippt. Ich will nicht lügen. Die neue Gem möchte irgendwie dasselbe tun. Aber ich habe Ryker Wolfson in den letzten zwei Monaten kennengelernt. Dieser Mann würde mich nur zurückweisen, wenn er das Gefühl hätte, einen Grund dafür zu haben.

Beim letzten Mal habe ich nicht auf eine Erklärung gewartet. Und dieses Mal?

Ich erwarte eine.

„Erkläre es. Bitte."

„Es ist ganz einfach, Gemma. Ich werde dich nicht an mich binden, nur um den Ex-Freund deiner Mutter zu ärgern."

Oh, komm schon. Das kann er doch nicht glauben? Hut ab, dass du dich daran erinnert hast, dieses Stück Scheiße nicht als meinen Vater zu bezeichnen, aber trotzdem.

„Darum geht es hier nicht ..."

„Ach nein?"

„Nein."

Der Blick, den Ryker mir zuwirft, lässt mich wissen, dass er weiß, dass ich lüge.

Mein frustrierter Atem kommt in einem Schwall heißer Luft heraus. „Ist es nicht! Ich werde nicht hier stehen und dir sagen, dass es unser Leben nicht einfacher machen wird. Wenn wir verbunden sind, muss Shane mit diesem Scheiß aufhören. Er will sich mit mir paaren, damit ich ihm helfen kann, ein Alpha zu werden. Scheiße nein. Und ich bin sicher, mein Samenspender hat einen ähnlichen Plan. Wir können uns verbinden und dem ein Ende setzen, aber das ist nicht der einzige Grund, warum ich jetzt Ja sage."

Ryker bewegt sich auf mich zu, wieder eine seiner unverhohlenen Mutproben. „Warum tust du es dann?"

Weil ich dich liebe.

Ich öffne meinen Mund. Ich versuche, die Worte herauszupressen.

Ich kann es nicht. Nicht bevor ich sie von ihm höre.

„Ja", schießt er zurück. „Das habe ich mir gedacht."

Okay. Ich hatte eine verdammt harte Nacht. Ich musste mir anhören, wie meine Mutter sich Sorgen machte, dass ihr verrückter Ex es auf mich abgesehen hat. Shanes Heulen hat mich zu Tode erschreckt und dann habe ich mich um ihn gekümmert. Ich hatte ein weiteres unangenehmes Gespräch mit Aleks.

Und jetzt das?

Ich schiebe Ryker von mir weg. „Lass mich in Ruhe."

Seine Augen blitzen und werden plötzlich glühend heiß, als hätte ich seinen Schalter umgelegt. „Wie bitte?"

Ich sagte: „Halt dich zurück, Ryker. Ich kann das nicht tun. Nicht mit dir. Nicht jetzt. Schon gar nicht so kurz nach meinem Zusammenstoß mit Shane."

Meine Wölfin will Blut. Sie ist auch nicht wählerisch, von wem sie es bekommt und ich will nicht noch einmal in die Situation kommen, dass ich es auf Rykers Herz abgesehen habe.

Anstatt mit ihm an der Ecke zu bleiben, drehe ich mich also um und jogge über die Straße.

Er holt mich nach fünf Schritten gerade noch ein.

„Wo willst du hin, Süße? Läufst du wieder vor mir weg?"

Ich wirble auf ihn zu und stoße meinen Zeigefinger in seine Brust. Erst als ich höre, wie sein dünnes Hemd reißt, merke ich, dass meine Krallen ausgefahren sind.

Schnell balle ich sie zu Fäusten, damit ich Ryker nicht wieder aufreiße.

„Jage mich nicht." Meine Worte klingen wie das Kommando eines Alphas. Ich bezweifle, dass es Ryker etwas bringt, aber meine Wölfin muss trotzdem ihre Stimme finden. „Ich habe dir gesagt, dass ich mit dir zum Stadthaus gehe. Ich gehe ja schon. Aber ... lass mich alleine dorthin gehen. Ich brauche etwas Zeit zum Nachdenken."

Einen Moment lang denke ich, dass er sich gegen mich wehren wird. Aber er tut es nicht. Er packt mich am Kinn und hält meinen Kopf lange genug fest, um mir einen fordernden Kuss zu geben, dann lässt er mich los.

„Wenn du nicht im Stadthaus bist, wenn ich komme, ist die Jagd eröffnet."

Meine Lippen kribbeln von der Wucht des Kusses. Trotzdem zwinge ich sie zu einem reumütigen Lächeln. „Du wirst nie vor mir da sein."

Das ist eine weitere Mutprobe und als Rykers Augen zu leuchten scheinen, frage ich mich, ob das meine klügste Entscheidung war. Er dreht sich um und sprintet los, er will schon die Führung übernehmen, als ich mich daran erinnere, ihm hinterher zu rufen: „Haut! Bleib in deiner Haut!“

Die Vampire hatten es heute Abend schon mit einem Wolf zu tun. Ryker hatte Glück, dass ihn niemand erwischt hat, als er vorhin zur Wohnung gerannt ist, aber ich will kein weiteres Risiko eingehen.

Als sein bellendes Lachen mir verrät, dass er mich auch in menschlicher Gestalt besiegen wird, laufe ich in eine andere Richtung davon.

Ein Vorteil, wenn man Muncie sein Zuhause nennt? Ich kenne alle Abkürzungen. Rykers lange Beine und seine unglaubliche Geschwindigkeit als Mensch mögen ihm einen Vorteil verschaffen, aber ich weiß, wie ich schneller zum Stadthaus komme als er. Und nachdem ich ihm den Fehdehandschuh hingeworfen habe, werde ich auf keinen Fall zulassen, dass er mich dort schlägt.

Das ist der Plan. Zu schade, dass jemand anderes einen anderen für mich hat.

Später werde ich akzeptieren, dass es ein Fehler war, die Abkürzung durch den verlassenen Teil der Innenstadt zu nehmen.

In einem Radius von drei Blöcken gab es vor fast hundert Jahren ein Massaker unter den Vampiren, als Muncie noch eine totale Fang City war, mit mehr Vampiren als Menschen. Der frühere Anführer des Kaders hat in drei Nächten die Hälfte der menschlichen Bevölkerung und einen Großteil der hier lebenden Vampire aufgerieben.

Sein ganzes Gemetzel beschränkte sich auf das ehemalige Hauptquartier des Kaders. Nachdem sie ihn gefangen und vernichtet hatten, wurde das Blut weggespült, aber die Vampire betrachteten es als verflucht. Niemand wollte freiwillig in der Nähe des Ortes des Massakers leben. Als mehr Menschen in die Stadt zogen, stand das Grundstück immer noch leer. Vincent, der unten an der Bar saß, erzählte von den Schreien, die er in jener Nacht gehört hatte, nachdem er ein paar Blut- und Whiskeys getrunken hatte, und er schwor, dass er sie in manchen Nächten immer noch hören konnte.

Normalerweise meide ich diesen Teil von Muncie, weil er mir eine verdammte Gänsehaut bereitet. Aber ich hatte ein Rennen zu gewinnen und wenn ich durch diesen Teil der Innenstadt laufe, ist das garantiert.

Weil sie verlassen ist, kann man leicht spüren, wenn sie es nicht ist. Obwohl mein Wolf Vampire nicht als lebendig wahrnimmt, kann ich dank ihres blutigen Geruchs und ihrer eisigen Aura gut erkennen, wann einer der Untoten in der Nähe ist. Es ist nicht ungewöhnlich, dass sich einer der Vampire hier aufhält, aber ich mache mir keine Sorgen, wenn ich merke, dass einer in der Nähe ist.

Das Lebewesen, das ich wahrnehme? Ja. Das lässt mich für einen Moment innehalten.

Kein Geruch. Außer wenn sie sich mir von unten nähern - und das tun sie nicht, das kann ich feststellen - hat die imposante männliche Gestalt keinen Geruch. Er verbirgt ihn, aber auch wenn ich nicht weiß, wie er das anstellt, gilt das nicht für seine Aura.

Da draußen ist ein Alphawolf - und das ist nicht Ryker.

Ich gehe sofort in die defensive Hocke und nehme meine Umgebung in Augenschein. Wie der Großteil der Innenstadt sind die Häuserblocks voll mit hohen Gebäuden, Geschäften, die sich an die Wolkenkratzer drängen und Wohnhäusern, die bis zum fast vollen Mond reichen. Sie stehen jedoch alle leer, ihre Fenster sind mit Staub bedeckt, und der Gestank von altem, vergessenem Blut haftet noch immer am Zement.

„Ruby …“

Es ist dieser Name. Dieser verdammte Name.

Mein Kopf ruckt in Richtung Westen.

Das passt.

Dort, etwa vier Blocks entfernt, sehe ich eine große, imposante Gestalt. Er ist gerade am Rande meiner Sichtlinie und ich nutze den Mond, um seine Gesichtszüge zu erfassen.

Heilige Scheiße! Er sieht aus wie eine ältere, männliche Version von mir.

Das blonde Haar. Die honiggoldenen Augen. Die zarten Gesichtszüge, die ihm ein gutaussehendes Aussehen verleihen. Ein muskulöser Körperbau. Ein maßgeschneiderter Anzug.

Ein bösartiges Lächeln.

Der böse Wolf des Westens.

In diesem Moment kommen sechsundzwanzig Jahre der Angst, der Furcht und des Hasses auf meinen leiblichen Vater an die Oberfläche. Mein Wolf erinnert sich an ihn, an die Dinge, die er meiner Mutter angetan hat, daran, wie er sie am Genick packte, sie gegen die Wand warf und dann lachte, während meine Mutter weinte und mein Wolf heulte.

Sie hat keine Loyalität gegenüber Jack Walker. Sie will ihn tot sehen und ich bin froh, dass ich das tun kann.

Ich mache mich bereit, um mich zu verwandeln und meinem Wolf die Ehre zu geben, die Herausforderung anzunehmen, die dieser Bastard Alpha mir vor die Füße geworfen hat, indem er in mein Territorium kam und diesen Namen aus der Vergangenheit benutzte.

Doch kurz bevor ich das tue, ist das Flüstern des Vampirs, der sich mir nähert, plötzlich unüberhörbar.

Er ist mir auf den Fersen. Wenn ich mich nicht wehre, werde ich nie die Chance bekommen, gegen den Bösen Wolf zu kämpfen.

Ich springe auf und drehe mich zu dem Vampir um, der sich an mich heranschleicht. Gut, dass ich rechtzeitig reagiert habe, denn er ist nur noch etwa zwei Meter von mir entfernt. Wenn ich noch länger gezögert hätte, hätte er mich vielleicht erwischt.

Das macht mich wütend, aber nicht so sehr wie das freudige Grinsen, das seine Reißzähne umspielt.

Da ich schon weiß, was mich erwartet, drehe ich mich um.

Verdammt noch mal. Er ist weg.

Eine Ablenkung. Er hat sich nach Muncie geschlichen, um mich abzulenken und jetzt stehe ich einem Vampir gegenüber, der seine Reißzähne bereits voll ausgefahren hat und dessen blasse Augen in ein leuchtendes Rot übergegangen sind.

Ich starre den Vampir an und rufe: „Ich habe eine größere Beute zu jagen. Also dreh dich um, geh weg und ich werde dich verschonen. Denn glaub mir, das willst du nicht tun.“

Der Vampir zischt mich an. Es dauert eine Sekunde, bis ich merke, dass das eigentlich ein Lachen sein sollte. „Oh, glaub mir. Ich will das sehr wohl tun.“

Warte mal ... er hat nicht zwei Reißzähne ausgefahren. Er hat nur einen.

Na toll. Um wie viel will ich wetten, dass der andere gerade im Besitz von Wicked Wolf Walker ist?

„Stefan war nicht der Einzige, oder?“

„Er wurde heute Abend schlampig. Ich habe gehört, er wurde erwischt. Das werde ich nicht. Und wenn ich dich deinem Herrn ausliefere, habe ich das Geld, um es mit Zakharov aufzunehmen und die Genugtuung, dass ich Muncie persönlich von einer läufigen Hündin befreit habe.“

Der Vampir lacht. Ha, ha. So witzig.

Entschuldige mich, wenn ich nicht lache.

„Er wurde nicht nur erwischt, Dummkopf. Roman hat ihn hingerichtet, weil er Muncie verraten hat."

„Siehst du? Das ist genau der Grund, warum wir Zakharov nicht länger das Kommando überlassen können." Er deutet auf den Bürgersteig unter seinen Füßen. „Marcel war ein guter Anführer. Als er der Chef des Kaders war, haben wir wie Könige gegessen. Wir mussten uns nicht vor Spendern verstecken und mit Kötern arbeiten. Die Vampire beherrschten die ganze Stadt und jetzt patrouillieren wir für das Ungeziefer, das sich unter der Tür eingeschlichen hat. Nicht mehr."

Marcel. Marcel Claret. Ich weiß, wer das ist. Der abtrünnige Vampir, der sich die Macht zu Kopf steigen ließ und Hunderte ermordete.

Gut gemacht, Gem. Als ob es nicht schon gruselig genug wäre, dass ich hier entlang laufe, treffe ich jetzt auch noch auf einen Vampir, der stolz auf einen Massenmörder ist. Und nicht nur das: Ich stehe mitten auf den Straßen, auf denen einst das Blut seiner Opfer floss, und niemand kann mich schreien hören.

Außer -

Oh, bitte. Bitte, bitte, bitte. Nur dieses eine Mal lasse ich ihn gewähren. Dafür, dass er hinter mir her ist, dass er mir nachläuft, dass er sich gegen das stellt, worum ich ihn gebeten habe. Wenn ich dem Zupfen an meinem Band trauen kann, bin ich nicht allein, und wenn das so ist, werde ich nie wieder über Rykers überfürsorgliche Art meckern.

In diesem Moment zieht der Vampir etwas unter seiner dunklen Jacke hervor und hat damit meine ganze Aufmerksamkeit. Der Mond spiegelt sich auf der Klinge und verrät, dass es ein Messer ist. Das flaue Gefühl in meinem Magen sagt mir, dass es sich um ein silbernes Messer handelt.

Wenn er mich mit dieser Klinge in ein lebenswichtiges Organ trifft, bin ich tot. Keine noch so gute Regenerationsfähigkeit kann eine tödliche Wunde aus Silber heilen.

„Er will dich nicht tot sehen", sagt der Vampir zu mir. Ich habe keinen Zweifel daran, wen er damit meint. „Du weißt, dass ich dich damit töten könnte und niemand würde mich aufhalten. Wenn es sein muss, werde ich es tun, aber mir wäre es lieber, wenn du leise mitkommst."

„Woher weiß ich überhaupt, dass das echtes Silber ist?" rufe ich, um Zeit zu gewinnen, bis Ryker hier ist. „Du könntest bluffen."

Sehr geschickt, Gem. Ich wollte ihn ablenken, aber ich habe vergessen, wie verdammt schnell ein Vampir sein kann. Innerhalb von Sekunden hat er die Lücke zwischen uns geschlossen und mit der Klinge nach mir geschlagen.

Er hat nicht versucht, mich zu töten. Wenn er es gewollt hätte, hätte er es tun können. Der Schlag war nur eine Warnung, und er hat es perfekt gemacht. Mit der Spitze der silbernen Klinge schneidet er durch mein Hemd und bohrt sich in meine Seite. Sofort beuge ich mich vor und stoße einen Schrei aus, der mir die Kehle zuschnürt.

Meine Seite fühlt sich an, als würde sie in Flammen stehen - Sekunden, die mir wie Stunden vorkommen.

Er wirbelt um mich herum und kehrt auf seinen Platz zurück. Meine Augen sind vor Schmerz glasig, sodass ich nur seinen Spott höre, als er sagt: „So. Jetzt weißt du, dass ich die Wahrheit gesagt habe. Wenn du dich wehrst, steche ich beim nächsten Mal tiefer zu. Sei ein braves kleines Mädchen und ..."

Ich habe nie erfahren, was passieren würde, wenn ich ein braves kleines Mädchen wäre. Seine Worte werden unterbrochen, als ich gerade in der Lage bin, den nachlassenden Schmerz wegzublinzeln. Es tut immer noch weh, aber es ist erträglich, und ich zwinge mich gerade noch rechtzeitig aufzustehen, um zu sehen, wie Ryker den Vampir von hinten angreift.

Ich möchte etwas über das silberne Messer sagen, aber das brauche ich nicht. Ryker weiß bereits über die gefährliche Klinge Bescheid. Als Erstes benutzt er seine Klauen, um die Sehnen am Handgelenk des Vampirs zu durchtrennen. Blut spritzt auf den Gehweg, aber er verliert den Griff um das Messer.

Ryker benutzt die Seite seines Fußes, um es aus der Reichweite des Vampirs zu stoßen. Er sorgte dafür, dass es den Griff traf und er unverletzt blieb, als er sich als Nächstes den Killerzähnen des Vampirs zuwandte.

Ryker konnte ihn nur deshalb so leicht entwaffnen, weil ich dieses Mal die Ablenkung war. Der Vampir war zu eingebildet, um zu merken, dass Ryker sich von hinten an ihn herangeschlichen hatte, bis es zu spät war. Das heißt natürlich nicht, dass er sich hinlegen und es Ryker leicht machen würde, gegen ihn zu kämpfen. Nicht so wie Aleks es getan hat. Dieser Vampir mag mit meinem Vater zusammenarbeiten, aber es ist offensichtlich, dass er Shifter verachtet.

Er will Ryker genauso töten, wie mein Mann ihn töten will. Ryker will es nur noch mehr, und das beweist er, indem er seine Hände um die Kehle des Vampirs schlingt. Bevor der Vampir seine Reißzähne ausfahren und Rykers Hände abbeißen kann, setzt Ryker seine ganze Kraft ein, um dem Vampir den Kopf von den Schultern zu reißen, als wäre er ein verdammter Löwenzahn.

Ohne zu überlegen, wirft er den Kopf so weit weg, wie er kann und lässt den Körper des Vampirs hinter sich auf den Bürgersteig sinken. Dann, mit dem Blick eines Raubtiers, rennt er zu mir rüber, fassungslos darüber, wie schnell und brutal der Kampf zu Ende ging.

„Geht es dir gut?“ Seine Hände fahren meine Arme rauf und runter und hinterlassen Blutspuren, wo er sie berührt. „Wo hat er dich erwischt?“

„Nur meine Seite. Nicht tief genug, um etwas zu bewirken, aber es tut verdammt weh, also ja, ich bin okay. Ich schwöre es.“

Ryker zieht mich in seine Arme und drückt mich so fest an sich, dass ich keuchend ausatme. „Ich habe dich schreien gehört. Verdammt, Gemma, ich hätte nicht gedacht, dass ich noch rechtzeitig zu dir komme."

„Aber du hast es geschafft", sage ich und senke meine Stimme, um meinen aufgeregten Alpha-Gefährten zu beruhigen. „Du bist wegen mir zurückgekommen. Du hast mich gerettet."

„Du bist meine Gefährtin. Du warst schon immer meine Gefährtin. Ich werde nie zulassen, dass dir jemand wehtut."

Wie so oft, wenn Ryker mich "seine Gefährtin" nennt, weiß ich, dass er es im tiefsten Inneren seiner Seele meint.

Wir können warten. Ich will mich nie aus den falschen Gründen auf eine Bindung einlassen. Das sage ich mir schon seit Monaten. Aber dann berührt er mich und ich vergesse all die Gründe, warum ich warten wollte und warum er zugestimmt hat. Warum ich dachte, ich würde ihm, mir oder der verdammten Luna etwas beweisen, indem ich mich weigerte, ihm zu sagen, wie sehr ich ihn liebe.

Der morgige Tag ist nicht versprochen. Der tote Vampir beweist das. Wenn ich will, dass er weiß, was ich fühle, gibt es nur einen Weg, wie ich das tun kann.

„Ich liebe dich."

Er muss es auch nicht erwidern. Ich habe gerade gesehen, wie er einem Vampir mit bloßen Händen den Kopf abgerissen hat, weil er es gewagt hat, mich mit einer Silberklinge in die Seite zu stechen. Wenn das als Shifter nicht "Ich liebe dich" schreit, dann bin ich absichtlich dumm.

Er zieht sich gerade so weit zurück, dass er mich gut sehen kann, während sich seine Stirn vor Sorge runzelt. „Was hast du gesagt?"

Dass ich ihn liebe. Warum sieht er auch so verwirrt aus? Es ist ja nicht das erste Mal, dass ich ihm ehrlich und offen meine Gefühle gestehe. Er sollte inzwischen wissen, dass ich ihn liebe, oder?

Und, okay. Ihm meine Liebe zu gestehen, wenn er nicht gerade dabei ist, sich mit mir zu paaren, ist etwas anderes, als wenn ich es mitten auf der Straße tue, während hinter mir zwei Teile einer Vampirleiche zu Asche zerfallen.

Meine Seite zwickt, aber nicht so sehr, dass es mich davon abhält, mich auf die Zehenspitzen zu stellen, damit wir uns Auge in Auge gegenüberstehen.

„Gemma-"

Ich nehme seinen stoppeligen Kiefer in meine Hände und verteile Küsse auf seinem Gesicht. Zwischen den Küssen stoße ich die drei Worte immer wieder aus. Als ich mich an seinen Hals klammere und meine Stirn in sein Haar drücke, soll es keinen Zweifel mehr an meinen Gefühlen geben.

Und dann fährt Ryker mit seinen großen Händen meinen Rücken auf und ab. „Du hast mich vorhin zu Tode erschreckt. Was würde ich tun, wenn dir etwas zustößt? Ich liebe dich auch, mein Schatz. So, so sehr. Mach so etwas nie wieder."

Ich sagte mir gerade, dass ich keine Worte brauchte. Seine Geste war genug. Aber was soll's, ich drücke ihn noch fester an mich, um zu hören, wie er sie mir zuflüstert, selbst wenn er mich zwischendurch ausschimpft.

Mein Lachen ist bestenfalls zittrig, als ich sein Gesicht loslasse, um ihm etwas Raum zu geben. „Ich habe nur eine Abkürzung genommen, um zu dir zu kommen. Ich habe nicht mit einem Hinterhalt gerechnet."

„Du bist ein Alphawolf, Gemma. Du musst immer mit einem Hinterhalt rechnen."

Ich wünschte, er würde nicht die Wahrheit sagen.

„Warum? Wenn ich weiß, dass jemand, den ich liebe, mir den Rücken freihält?“

„Ich werde immer auf dich aufpassen. Ich werde nie zulassen, dass dir etwas zustößt“, verspricht er.

Luna, ich hoffe, er meint das ernst, denn ich kann mich nicht zurückhalten: „Dann sei mein Gefährte. Für immer. Für immer. Jetzt bist du dran, Ryker. Sag einfach ja.“

Ich halte die Luft an und sage mir, dass es keine Zurückweisung ist, wenn er mich wieder ablehnt. Gefährten dürfen wählen. Als er bereit war, war ich es nicht. Wenn er jetzt nicht bereit ist, dann ist das okay.

Ich kann warten.

Ich-

„Ja.“

Ich werfe mich wieder in seine Arme, mit Blutspuren und allem.

12

ENTSCHULDIGUNG, NICHT ENTSCHULDIGUNG

Die Luna-Zeremonie kann nur während des Vollmonds stattfinden. Das ist in vier Tagen.

Das heißt aber nicht, dass wir nicht zu Rykers Wohnung zurückgehen und wie die Karnickel ficken, denn, oh Mann, das tun wir. Wir halten nur kurz inne, um die letzten Vampirreste abzuduschen - und okay, vielleicht bin ich sogar auf Rykers Schwanz gesprungen, während wir uns abspülten - und fallen dann sofort zusammen ins Bett.

Wir sind Verwandlungskünstler. Wir kämpfen und wir ficken. Das ist unser Job.

Ryker kämpft immer noch gegen seinen Beschützerinstinkt an. Er erzählt mir, dass er sein Leben vor seinen Augen aufblitzen sah, als der Vampir mit dem Silbermesser auf mich losging, und obwohl er wusste , dass er Romans Zorn riskierte, wenn er den Vampir tötete, hätte ihn nichts davon abhalten können.

Nachdem ich ihm erlaubt habe, meinen Körper zu benutzen, um das Schlimmste zu überstehen, lasse ich mich auf den Rücken fallen, bevor ich ihn von mir herunterstoße. Ryker ist immer noch hart -

Überraschung, nicht wahr? - aber er versteht den Wink mit dem Zaunpfahl und rollt sich an mich heran, während er mir eine Sekunde zum Atmen gibt.

Leider wird aus der Sekunde des Atmens eine Sekunde der Besessenheit.

„Roman wird stinksauer sein, dass wir diesen Vampir getötet haben“, verkünde ich zur Decke.

„Dieser Parasit ist das reinste Alphatier. Er wird verstehen, warum wir das tun mussten.“

Ich habe Roman noch nie getroffen, aber alles, was ich über ihn gehört habe, lässt mich glauben, dass Ryker recht hat. Vielleicht will er mich aber auch nur aufmuntern, weil ich ihm unter der Dusche einen geblasen habe, bevor ich ihn mit mir machen ließ, was er wollte, und das hat ihn in eine viel großzügigere Stimmung versetzt.

„Mm.“

Das ist alles, was ich sagen kann. Ich will nicht widersprechen, um Rykers Wolf nicht wieder zu reizen und ich bin auch etwas abgelenkt, als Ryker auf dem Bett rutscht und eine seiner großen Hände auf meinen nackten Bauch legt, während er seinen Mund näher an mich heranführt.

Ich bin heute Abend schon dreimal gekommen, aber wenn er es will …

Ryker leckt über die Wunde in meiner Seite.

Oh.

Ich beobachte, wie sein Kopf sich langsam bewegt und meine Haut krault, während er sich um die heilende Wunde kümmert. Weil sie von einer Silberklinge stammt, wird es länger dauern, bis sie heilt, aber irgendwann wird sie heilen. Ich werde nicht einmal eine Narbe haben - zumindest nicht bis zur Nacht der Luna-Zeremonie, wenn ich Ryker endlich erlaube, mich zu markieren.

Es ist eine so nette Geste, dass ich ihm fast verzeihe, als er zu mir aufschaut und sagt: „Außerdem ist es egal, ob es ihm egal ist oder nicht. Du hast dein eigenes Territorium, wo er dich nicht bedrohen kann."

Und ... da haben wir's wieder.

Jedes Mal, wenn wir über eine mögliche Bindung gesprochen haben, habe ich ihm klar gemacht, dass ich das vielleicht eines Tages tun werde, aber nicht, wenn er erwartet, dass ich alles fallen lasse und zurück nach Accalia ziehe.

Ich möchte unsere Beziehung nicht als Fernbeziehung oder so etwas sehen, sondern eher als eine Erweiterung unserer Territorien. Ich könnte ihn in Accalia besuchen, er könnte mich in Muncie besuchen, aber ich würde immer noch hier leben und hier arbeiten.

Ich wusste, dass er nicht glücklich war, aber das war meine Bedingung. Zumindest eine von ihnen, aber die, an die ich mich am meisten halten wollte.

„Du weißt, dass ich meine Meinung nicht geändert habe, oder? Weder darüber, deine Gefährtin zu werden, noch darüber, in Muncie zu bleiben. Ich liebe dich, Ryker, aber ich liebe auch mein Leben hier."

Er hebt sein Kinn an und knabbert mit seinen Eckzähnen an der Unterseite meines Busens. „Ich weiß."

Ich zucke bei dem winzigen Schmerz kurz zusammen, bevor mir klar wird, was er gesagt hat. „Du weißt es?"

„Ich will dich als meine Gefährtin. Für immer zusammen, Gemma. Egal, was passiert."

Ich möchte das so gerne glauben.

„Auch wenn ich hier bleiben will? Ich sage ja nicht für immer, aber für jetzt?"

Noch ein Zwicken. Aber so sehr ich es auch liebe, was er mit mir macht, dieses Gespräch ist wichtig. Ich gebe ihm einen sanften Klaps auf den Kopf, um seine Aufmerksamkeit wieder auf mich statt auf meine Brüste zu lenken.

Er zuckt mit den Schultern und streicht mit seiner Hand über meinen Bauch. „Klar. Aber nur, wenn ich bei dir bleiben kann."

Das ist das Letzte, womit ich gerechnet habe.

„Was? Ryker ... du gehörst nach Accalia."

„Nicht ganz richtig." Er streicht mit der Zunge über meine Brüste. Das lasse ich durchgehen, weil es sich so verdammt gut anfühlt. „Ich gehöre dahin, wo du bist."

„Natürlich, aber ..."

„Kein Aber. Ich habe diesen Ort bereits gekauft."

Und ... ein weiterer Schocker. „Was? Wann?"

„Als du mir gesagt hast, dass du der Alpha von Muncie bist. Das ist nicht mein Zuhause, mein Schatz. Es ist unseres. Was glaubst du, warum ich so lange versucht habe, dich dazu zu bringen, es zu mögen? Damit du bleibst?"

Ich blinzle. Ich ... ich weiß nicht, was ich sagen soll.

Das ist schon okay. Ryker ist noch nicht fertig.

„Die untere Etage kann die Höhle sein. Du kannst jeden hereinbitten." Er hält inne, sein glühender Blick wird etwas kühler, als er hinzufügt: „In Maßen."

Übersetzung: nicht Filan.

„Aber hier oben?", fügt er hinzu und zieht langsam meine Beine auseinander, damit er zwischen sie klettern kann, während sich seine Lippen bereits auf meine Muschi senken. „Das ist nur für uns. Okay?"

„Ich-"

Er streichelt mit seiner Nase meinen Kitzler, bevor er ihn in den Mund nimmt und sanft daran saugt.

„Okay."

Ich bleibe die Nacht.

So wie ich das sehe, sollte ich mich daran gewöhnen, wenn ich das Stadthaus übernehme, oder?

Am nächsten Morgen kehrt Ryker nach Mountainside zurück, um Vorbereitungen zu treffen. Ich biete ihm fast an, mit ihm zu gehen, aber ich muss mich selbst um einige Dinge kümmern. Da der Vollmond erst in drei Tagen ist, wird es schwierig, alles zu arrangieren. Ich muss meine Schichten bei Charlie verschieben, alles packen, was ich für einen längeren Aufenthalt brauche - Ryker besteht darauf, dass wir nach der Nacht der Luna-Zeremonie mindestens eine Woche für uns beide haben - und ... Aleks. Ja, ich muss etwas wegen ihm unternehmen.

Wir beschließen, dass wir uns morgen Abend im Stadthaus treffen und gemeinsam nach Accalia fahren. So habe ich heute und morgen Zeit, alles in Ordnung zu bringen, und dann noch eine Nacht zusammen, bis es Zeit für den Vollmond ist.

Nenn mich einen Feigling, aber ich habe die Krallen ausgefahren, als ich am Nachmittag, an dem ich abreisen soll, endlich in die Wohnung zurückkehre, um zu packen. Am Tag zuvor konnte ich mich nicht dazu durchringen, zu gehen und habe es auf den Vampir geschoben, der mich angegriffen hat. Wenn ich Aleks sehe, muss ich es ihm sagen, dann erfährt Roman davon und ... dazu war ich noch nicht bereit.

Außerdem bin ich eine verdammte Lügnerin. Klar, ich mache mir Sorgen um Roman, aber meine größte Sorge? Aleks gegenüber zu stehen und ihm zu sagen, dass ich mich in ein paar Nächten an Ryker binden werde.

Also tat ich es nicht.

Stattdessen beendete ich meine letzte geplante Schicht bei Charlie und kehrte dann ins Stadthaus zurück, wo ich mich die ganze Nacht in einem leeren Bett hin und her wälzte.

Ich muss es ihm sagen. Es wäre noch beschissener, wenn ich gepaart würde und er nichts davon wüsste. Und ich weiß, dass ich Aleks früher oder später gegenübertreten muss, aber das hält mich nicht davon ab, einen gewaltigen Seufzer der Erleichterung auszustoßen, als ich in der Wohnung ankomme und er nicht zu Hause ist.

Ich muss trotzdem mit ihm reden, und bevor ich die Nerven verliere, nehme ich mein Telefon in die Hand.

Ich ignoriere die beiden verpassten Anrufe meiner Mutter und erinnere mich daran, dass ich sie später anrufen muss. Außerdem hat Hailey angerufen und eine SMS geschickt, in der steht, dass sie sich morgen mit Dominic zum Abendessen trifft. Ich denke mir: „Sie wird wohl eher sein Abendessen sein“, und rufe mit einem leisen Schnauben Aleks' Namen auf.

Dort steht ein langer Absatz von ihm. Ich lese ihn mit klopfendem Herzen und atme leise aus, als ich am Ende angelangt bin. Roman weiß von dem Vampirangriff - Ryker hat entschieden, dass es das Beste wäre, ihn gestern Morgen zu kontaktieren, um ihm zu erklären, was passiert ist - und der Anführer des Kaders hat entschieden, dass eine Hinrichtung gerechtfertigt ist. Wir stecken nicht nur nicht in Schwierigkeiten, sondern Ryker hat auch ein persönliches Dankeschön von Roman erhalten, was Aleks, wie ich selbst in der SMS lesen kann, sehr verärgert hat.

Bevor ich es mir anders überlege, schicke ich ihm selbst eine SMS.

Triff mich um sieben. Dort, wo wir uns getroffen haben. Wir müssen reden.

Als ich gepackt habe und fertig bin, ist es fast so spät, wie ich mit Ryker vereinbart habe, aber ich muss mir ein paar Minuten Zeit nehmen, um Aleks zu sehen. Nach allem, was er im letzten Jahr für mich getan hat, ist das das Mindeste, was ich tun kann.

Ich stecke mein Handy in meine Gesäßtasche und versuche, es zu vergessen. Ich kenne ihn. Vielleicht antwortet er nicht auf meine SMS, aber er wird da sein, weil ich ihn darum gebeten habe.

Und dann werde ich es ihm sagen.

Es ist kein Lebewohl. Ich werde zurückkommen. Vielleicht nicht in die Wohnung, da Ryker will, dass ich zu ihm ins Stadthaus ziehe, aber darüber muss ich noch nicht entscheiden. Im Moment ist es nur ein kleiner Urlaub.

Das sage ich mir, während ich mir eine Handvoll Höschen schnappe und sie in einen der drei offenen Koffer stopfe, die ich auf mein Bett gezogen habe.

Ein Urlaub.

Ich ziehe noch nicht aus. Ich werde definitiv nicht nach Accalia zurückkehren, um dort zu bleiben.

Und wenn ich mir das oft genug einrede, glaube ich es vielleicht sogar.

~

Pünktlich um sieben fahre ich mit meinem Jeep an den Rand des Muncie-Gebietes. Eine einsame Gestalt wartet auf mich und starrt zu den Bergen in der Ferne hinauf.

Aleks.

Vor vierzehn Monaten bin ich in diesem Jeep aus Accalia geflohen. Er war vollgepackt mit allem, was ich besaß, nicht nur mit drei Koffern und ich hatte vor, so lange zu fahren, bis ich den Stachel von Rykers Zurückweisung vergessen konnte.

Aber das Schicksal hatte andere Pläne mit mir. Kaum war ich aus dem Rudelland in das Vampirgebiet gekommen, trat das Albtraum-Trio - Gretchen, Leigh und Tamera - aus dem Schatten, bereit, mich zu ihrem Mittagessen zu machen. Aleks war an diesem Abend auf Patrouille, und wenn er nicht gewesen wäre, wäre ich vielleicht doch zu Vampirfutter geworden. Wer weiß?

Er hat so viel für mich getan. Er nahm mich auf, bot mir seinen Schutz an und lehrte mich, wie das Leben außerhalb eines Rudels aussieht. Er war mein Freund und es gab Zeiten, in denen ich mir wünschte, wir könnten mehr sein, aber es sollte einfach nicht sein.

Trotzdem möchte ich ihn nicht verletzen. Und seit er nach Muncie zurückgekommen ist, scheint das alles zu sein, was ich tue.

Und jetzt das.

Ich atme tief durch, parke das Auto und steige aus. Aleks dreht sich nicht um. Die Hände hinter dem Rücken verschränkt, hält er seinen Blick auf die Berge gerichtet.

Accalia ist dort oben. Er beobachtet Accalia.

Ich öffne den Mund, lasse ihn aber offen stehen, als Aleks plötzlich sagt: „Du gehst."

Im letzten Jahr habe ich mich mehr als einmal gefragt, ob eine von Aleks' vampirischen Fähigkeiten das Gedankenlesen ist.

Aber vielleicht ist es ja auch offensichtlich.

„Nicht für immer." Denn eigentlich ist es ja nur ein Urlaub. „Charlie hat mir zwei Wochen frei gegeben. Ich werde sie dort oben verbringen."

„Mit ihm. Während des Vollmonds."

Er wirft einen kurzen Blick auf mich. In den Tiefen seiner hellgrünen Augen sehe ich einen winzigen Hoffnungsschimmer. Er will, dass ich ihm sage, dass es nicht so ist, wie er denkt, dass ich mit Ryker zusammen sein werde, aber dass es nichts ist, was nicht rückgängig gemacht werden kann.

Ich muss es ihm sagen. Es wird wehtun, für Aleks lehne ich ihn wahrscheinlich genauso ab, wie Ryker mich abgelehnt hat. Wenn es etwas gäbe, was ich tun könnte, um es ihm leichter zu machen, würde ich es tun, aber ich kann es nicht.

Also sage ich es einfach.

„Wir führen die Luna-Zeremonie durch, wenn der Mond vollständig voll ist. Ich komme zurück, aber dann werde ich Rykers Gefährtin sein." Ich zögere einen Moment, dann sage ich: „Als Alpha ist die Zeremonie ein bisschen anders. Wir werden diese ... ich weiß nicht, Sache haben. Eine Party. Wie auch immer. Du kannst nach Accalia kommen und mit uns feiern, wenn du willst."

Die Paarung eines Alphas ist eine Rudelangelegenheit. Ganz Mountainside wird da sein, um ihren Alpha anzufeuern, und ich kann, wie von ihm vorgesehen, Freunde und Familie einladen. Es war noch zu früh, dass mein Alpha-Dad sein Rudel verlässt, und meine Mutter würde Lakeview nie ohne ihn verlassen, aber ich dachte ... ja. Ich weiß nicht, was ich mir dabei gedacht habe.

Aber ich musste es anbieten. Egoistisch? Ja. Aber er ist mein Freund, mein engster Freund, also musste ich es anbieten.

Aleks' Lachen ist hohl und kalt zugleich, als er sich von mir abwendet. „Du kannst doch nicht ernsthaft erwarten, dass ich auf deiner Paarungszeremonie mit diesem Wolf auftauche, oder? Es sei denn, du willst, dass ich dich verrate. Denn das ist es, worum du mich bittest, Gem. Die Hoffnung auf dich und mich aufzugeben. Auf uns."

„Es hat nie ein 'uns' gegeben, Aleks", sage ich ihm so sanft wie möglich. „Ich war von Anfang an ehrlich zu dir. Ich brauchte einen Freund."

„Ich bin dein Freund. Aber kannst du es mir verübeln? Dass ich gehofft habe, dass ich eines Tages mehr sein könnte?"

„Ich mache dir keine Vorwürfe. Ich habe dir nie einen Vorwurf gemacht."

„Aber du konntest mich auch nie lieben", erwidert er. „Nicht so, wie ich es mir gewünscht habe."

Dem kann ich nicht widersprechen. Wenn die Dinge anders wären ... aber sie sind nicht anders.

Ich lege eine Hand auf seinen Arm und versuche, es nicht zu persönlich zu nehmen, wenn er unter meiner Berührung steif wird. „Du wirst eines Tages jemand anderen finden."

„Byłaś już moją drugą szansą."

„Was soll das heißen?"

„Es tut mir leid", sagt Aleks kurz und wechselt vom Polnischen zurück ins Englische. „Es tut mir leid, dass es so sein muss."

Aber das ist es nicht. Ich weiß das, weil ich extra nachgeschlagen habe, wie man sich auf Polnisch entschuldigt, wenn ich endlich wieder mit Aleks sprechen kann.

Ich überlege kurz, ob ich ihn wegen seiner Lügen zur Rede stellen soll, entscheide mich dann aber dafür, meinen Mund zu halten.

Auch er schweigt so lange, dass es mir unangenehm wird. Es ist schon spät und ich weiß, dass Ryker auf mich warten wird. Ich will nicht einfach vor ihm weglaufen, nicht so, aber ich weiß nicht, was ich sonst tun soll.

Ich will mich umdrehen und halte erst inne, als Aleks leise sagt: „Das Stadthaus."

„Was?“

„Das Grundstück, das Roman deinen Wolf kaufen ließ. Das Stadthaus an der Oak Road? Wirst du dorthin zurückkehren?“

„Ähm. Das ist es, was Ryker will.“

„Fajnie. Wie du willst. Ich sorge dafür, dass dein ganzes Hab und Gut bei Vollmond dorthin gebracht wird. So musst du nicht mehr in die Wohnung zurückkommen.“

Ich schnappe nach Luft. Ich kann es auch nicht ändern.

Er gibt mir nicht einmal die Chance, diese Beziehung zu retten, oder? Keine Chance, zurück zu kommen und ihn zu sehen, vielleicht mit ihm zu reden. Er schmeißt mich einfach so aus der Wohnung.

Ein Knurren ertönt tief in meiner Kehle. Ich habe versucht, die Sache gut zu machen. Ich habe versucht, auf seine Gefühle Rücksicht zu nehmen, obwohl er mir die ganze Zeit gezeigt hat, dass meine nicht zählen, wenn es gegen seine Wünsche geht.

Aber ob er es nun verdient hat, mich von hinten zu sehen oder nicht, ich werde ihm nicht das letzte Wort überlassen.

„Weißt du, du hast mir einmal gesagt, dass es für dich in Ordnung ist, wenn wir nur Freunde sein können. Ich habe dir geglaubt, Aleks.“

„Dann kannst du wohl manchmal doch nicht erkennen, wenn dich jemand anlügt.“

Huh. Sieh dir das an.

Er hat also doch das letzte Wort.

~

Ryker wartet auf seiner Veranda auf mich. Sobald ich vor dem Stadthaus anhalte, joggt er den Bürgersteig hinunter. Seine Nasenflügel blähen sich, als er Aleks' Duft auf meiner Haut wahrnimmt.

Ich recke mein Kinn vor und fordere ihn heraus, etwas zu sagen. Wenn wir das hier durchziehen, sind wir bis morgen Abend fest miteinander verbunden. Ich habe meine Wahl getroffen. So eifersüchtig der Mann auch sein mag, ich werde nicht zulassen, dass er mir einen Abschiedsgruß für meinen Freund verweigert. Das würde nur dazu führen, dass unsere Paarung auf wunden Pfoten beginnt.

Denn wir werden es so oder so tun. Meine Taschen sind gepackt, ich habe alles, was ich brauche und ich bin bereit, es zu tun. Selbst wenn wir den öffentlichen Teil der Luna-Zeremonie nicht innerhalb von vierundzwanzig Stunden organisieren können, will ich ihn während des Vollmonds an mich binden. Mit den Folgen des Verstoßes gegen die Rudeltradition werde ich mich später auseinandersetzen, aber jetzt, wo ich mich entschieden habe, wird mich nichts mehr davon abhalten, Ryker Wolfson endlich zu mir zu holen.

Was soll ich sagen? Ich bin so entschlossen.

Er wirft einen Blick auf die drei übergroßen Taschen, die ich in den Kofferraum meines Jeeps gestopft habe. „Ich dachte, du ziehst in das Stadthaus, nicht in die Hütte."

„Ha, ha", sage ich trocken. „Lustig. Wenn du denkst, dass das alles ist, was ich habe, wirst du schockiert sein, wenn du siehst, wie viel Aleks in dein Haus bringen wird, während wir weg sind."

Ryker war gerade auf den Beifahrersitz geklettert, als er innehielt und seinen Hintern nur noch wenige Zentimeter vom Leder entfernt hielt. „Was war das?"

Ich schüttle den Kopf. „Nichts. Mach dir keine Gedanken darüber. Jetzt komm schon. Lass uns gehen."

Er setzt sich hin, aber wenn ich dachte, er würde es fallen lassen, weil ich es ihm gesagt habe, habe ich mich gewaltig getäuscht. „Nein, wirklich. Was ist passiert? Ich weiß, dass wir darüber gesprochen haben, dass du in das Stadthaus ziehst, aber Filan bringt deine Sachen rüber? Scheiße, mein Schatz. Hat er dich rausgeworfen?"

Nicht direkt.

„Nein. Ich habe ihm gesagt, dass wir morgen nach Accalia fahren, um unsere Bindung abzuschließen und dass du möchtest, dass ich im Stadthaus wohne, wenn ich zurück bin. Er hat mir angeboten, mir beim Umzug zu helfen."

„Was dann?"

Ich habe ihm genug gesagt. Als seine Gefährtin akzeptiere ich zähneknirschend, dass ich ihn nicht abwimmeln kann. Ich kann mich nicht einfach weigern, mit ihm zu kommunizieren. Aber so wie ich das sehe, habe ich ihm die Kurzfassung dessen gegeben, was zwischen mir und Aleks vorgefallen ist. Ich habe meine Pflicht als Freundin getan.

„Es ist, wie es ist." Ich fahre von der Bordsteinkante weg. „Aber ich will nicht mehr darüber reden."

„Gemma-"

„Nö, nö, nö. Nicht heute Abend." Mein Tonfall wird sang- und klanglos. Entweder das oder ich schnauze ihn an und selbst wenn er aufdringlich ist, hat er das nicht verdient. „Hör auf, hör lieber auf."

Er wirft mir einen Blick zu, sein schiefes Grinsen macht ihn so unwiderstehlich.

Er braucht nichts zu sagen. Das Grinsen übernimmt das Reden für ihn. Sicher, sein Wolf hat die Oberhand gewonnen, als er Aleks an mir gerochen hat, aber wenn eines klar ist, dann, dass ich mich zum unzähligsten Mal für ihn entschieden habe. Ich habe genug Sachen gepackt, um die nächste Woche in Accalia zu bleiben, wie wir es geplant hatten, ich verspreche mich ihm morgen Nacht bei Vollmond und ich werde mir mit ihm eine eigene Höhle in Muncie bauen, sobald unsere Flitterwochen vorbei sind.

Er hat gewonnen. Und ich habe auch gewonnen, denn ich werde den Rest meines Lebens mit Ryker Wolfson verbringen. Einem hingebungsvollen, sexy, entschlossenen Alpha, der mich verrückt macht, den ich aber über alles liebe.

Trotzdem kann ich nicht zulassen, dass er denkt, nur weil ich ihn anhimmle, könne er mit seiner verdammten Selbstgefälligkeit davonkommen. Wenn sein Grinsen seine Botschaft vermitteln kann, kann das auch mein Finger.

Ich zeige ihm den mittleren.

Ryker lacht. „Bring mich nicht in Versuchung, Süße. Es ist eine lange Fahrt bis nach Accalia. Ich weiß schon, dass wir es auf dem Rücksitz deines Jeeps schaffen können."

Ich schnaube und nehme die nächste Abzweigung, die uns aus Muncie herausführt. „Du bist so ein geiler Bock."

„Natürlich bin ich das. Wenn meine Gefährtin so sexy ist wie du? Wenn du wüsstest, wie oft ich gegen den Drang ankämpfen muss, dich zu besteigen, würdest du schreiend wegrennen."

Ich halte das Lenkrad fest und sehe ihn an. Ich habe einen Spruch auf den Lippen, der in etwa so lautet: „Du bringst mich sowieso die Hälfte der Zeit zum Schreien, was soll's?", als ich sehe, dass sich ein paar Falten auf seiner Stirn abzeichnen.

Sorgenfalten.

Hm.

Das ist neu.

13

DAZU BESTIMMT, IHM ZU GEHÖREN

Ich schlucke die Stichelei hinunter und versuche, nicht zu besorgt zu klingen, als ich frage: „Hey ... geht es dir gut?"

„Mir geht's gut. Warum?"

Rykers Hand ist um die Stange geklammert, die meinen offenen Jeep Wrangler einrahmt. Weil mein Wolf es nicht aushält, in einem geschlossenen Fahrzeug eingesperrt zu sein, gibt es kein Dach, keine Fenster, nur eine solide Stange, an die ich eine Plane hängen kann, um die Sitze zu schützen. Und er klammert sich daran fest, als wäre es eine verdammte Rettungsleine.

Wenn ich es nicht besser wüsste, würde ich denken, dass er nervös ist.

Aber warum? Ich bin ein guter Fahrer, ich halte Abstand zu den Autos um mich herum und ich fahre nur fünf Meilen über dem Tempolimit. Wir sind Wölfe. Wir leben für Geschwindigkeit. Wenn überhaupt, dann sollte er mich darauf hinweisen, dass ich zu langsam fahre.

Hmm. Vor uns ist eine Kreuzung. Der Honda vor mir überfährt sie problemlos, aber die Ampel ist von Grün auf Gelb umgeschaltet. In einem Sekundenbruchteil wird sie rot sein. Ich trete das Gaspedal durch und rase über die Kreuzung, gerade als die Farbe wechselt.

Ich blähe meine Nasenflügel auf.

Ich muss ihm zugestehen, dass er sich gut beherrscht. Die meisten Shifter würden nicht einmal den leichten Beigeschmack seines Geruchs bemerken, denn die Nerven sind gerade so weit herausgerutscht, dass er sie nicht mehr kontrollieren kann.

Hm.

Mit einem leichten Tritt auf die Bremse verlangsame ich den Jeep, sodass ich mich an die Geschwindigkeitsbegrenzung halte, und zucke mit den Schultern. „Okay. Ich wollte nur sichergehen."

Er sieht mich aus den Augenwinkeln heraus an. Die schwachen Sorgenfalten werden noch deutlicher, als er mich misstrauisch mustert. „Mm-hmm."

Ich schenke ihm ein unschuldiges Lächeln. „Was?"

„Sag nicht 'was', Gemma. Mir geht's gut. Ich habe schon mal in einem Auto gesessen, weißt du."

„Ich habe nichts gesagt", betone ich. Das muss ich auch nicht. Sein nervöser Geruch verrät ihn, und das ist noch nicht alles. Ich nehme eine Hand vom Lenkrad und tippe auf die Stange an meiner Seite. „Aber du solltest vielleicht deine Krallen einziehen. So wie du sitzt, wirst du die Metallstange, an der du dich festhältst, glatt durchschneiden."

Rykers Kopf schießt in Richtung der Stange und er bemerkt endlich seinen Todesgriff. Er drückt so fest zu, dass seine Wandlerkraft die Stange verformt, aber das ist nichts im Vergleich zu den Spitzen seiner rasiermesserscharfen Krallen, die sich in den Rahmen graben.

Er lockert seinen Griff und lässt die Hand in seinen Schoß fallen. Er wirft wieder einen Blick in meine Richtung. Ich erwarte, dass er versucht, sein Unbehagen zu verbergen, vielleicht eine Entschuldigung dafür murmelt, dass er meinen Jeep kaputt gemacht hat. Aber das tut er nicht.

Stattdessen sagt er: „Zwei Hände ans Lenkrad, wenn es dir nichts ausmacht, Gemma."

Oh, ja. Irgendetwas stimmt mit ihm nicht.

Ich beschließe, dass es nicht wirklich ein Befehl war. Eher eine Aufforderung. Und ehrlich gesagt, selbst wenn es ein Befehl war, mein Gefährte ist verängstigt. Ich nehme meine Hand von der Stange und lege sie wieder auf das Lenkrad.

„Besser?"

„Ja. Danke."

„Eine Bitte und ein Danke bist du sicher, dass es dir gut geht?"

Ryker klappt der Kiefer herunter. Seine Finger sind in seinem Schoß zu einer Faust gefaltet, als würde er gegen den Drang ankämpfen, wieder nach seiner Stange zu greifen. „Es wird schon gehen, wenn wir in Accalia ankommen."

„Ich bin ein guter Fahrer", sage ich. Nachdem wir die Innenstadt von Muncie hinter uns gelassen haben, hat sich der Verkehr ein wenig verflacht. Die Stadt ist ländlicher geworden, als wir die unbefestigten Straßen erreichen, die die Grenze zwischen Fang City und dem Rudelgebiet markieren. „Du hast den ganzen Weg von Lakeview nach Mountainside in einem Stück geschafft."

„Das ist es nicht."

„Was ist es dann?"

Ryker zuckt mit den Schultern und lehnt sich gegen seinen Sitz. Ich sehe, wie er seine rechte Hand bewegt, als wolle er wieder nach der

Stange greifen, aber er will mir nicht die Genugtuung geben, ihn darauf anzusprechen.

Ah, Luna.

Es ist eine Sache, ihn zu ärgern. Ihn zu hänseln. Ihn zu nerven. Du solltest den Mann, den du liebst, necken können, oder? Aber so hitzköpfig, rücksichtslos und impulsiv ich auch sein kann, ich möchte niemals wissentlich grausam sein. Wenn mich etwas an Ryker stört, muss ich Rücksicht nehmen. Sich über ihn lustig machen? Das ist nicht rücksichtsvoll.

Als Alpha scheint er unantastbar zu sein. Und auch unerschütterlich. Das einzige Mal, dass ihn Emotionen beherrschen, ist, wenn er geil oder wütend ist.

Unbehagen ist etwas Neues für ihn - und für mich.

Also frage ich mit sanfter Stimme, während ich so langsam wie möglich den Bergpfad hinauffahre, ohne ihn zu beleidigen: „Möchtest du lieber fahren?"

Alphas lieben die Kontrolle. Das gehört einfach zu unserem Wesen. Das ist auch der Grund, warum ich überhaupt ein Auto besitze. Wie jeder vollblütige Shifter würde ich lieber laufen, wenn ich die Wahl hätte, aber manchmal habe ich diese Wahl nicht. Zu wissen, dass ich ein anderes Transportmittel habe, einen Weg zu entkommen ... so behalte ich die Kontrolle.

Ich denke, dass ich den Nagel auf den Kopf getroffen habe, als Ryker wieder mit einem leicht wehmütigen Gesichtsausdruck auf das Lenkrad schaut - aber dann schüttelt er den Kopf. „Lieber nicht."

„Bist du sicher?"

„Ja. Ich ... ich weiß nicht wie. Normalerweise verlasse ich mich auf meinen Wolf, um mich fortzubewegen, also habe ich mir nie die Mühe gemacht, Autofahren zu lernen. Mein Vater wusste es und als ich Alpha wurde, musste ich Accalia nur noch selten verlassen."

Ein paar Sekunden lang bin ich still und lasse sein Geständnis über mich ergehen. Es spielt keine Rolle, dass er nicht fahren kann. Besonders in einer Stadt wie Muncie kenne ich eine Menge Leute, die nicht fahren können und in Lakeview war es genauso. Wie in Mountainside hatten wir Gemeinschaftsfahrzeuge, die in der Garage der Gruppe aufbewahrt wurden. Jeder Rudelmitglied konnte sich eines ausleihen, wenn er es brauchte. Ich hatte nur deshalb ein eigenes, weil mein Vater dachte, dass es für mich als verstecktes Alphatier das Leben einfacher machen würde.

Aber so bin ich nun mal. Ryker musste nie verstecken, was er war. Er wuchs als einziger Sohn des Alphas des Mountainside Rudels auf, und als Henry Wolfson vor zwei Jahren im Dezember plötzlich starb, wusste er immer, dass er ihm in diese Position folgen würde. Ryker ist in Accalia sehr beliebt. Keiner würde es wagen, ihn herauszufordern.

Nicht einmal sein ehemaliger Beta.

Denn obwohl Shane verzweifelt versucht, ein Alpha zu werden, wusste selbst er, dass er ihm nicht direkt gegenübertreten sollte. Nö. Er war ein schleimiger, hinterhältiger, doppelzüngiger Bastard, der so tat, als wäre er sein treuer Freund und seine rechte Hand, während er insgeheim ein Komplott gegen Ryker schmiedete.

Verdammt . Ich hasse diesen Kerl wirklich und abgesehen von all den anderen Gründen, warum ich mich darauf freue, die Luna-Zeremonie mit Ryker durchzuführen, ist das Wissen, dass ich ihm seine einzige Option nehme, indem ich mich morgen Abend mit seinem ehemaligen Alpha verbinde, genau das richtige Maß an poetischer Gerechtigkeit. Wenn er es herausfindet - und ich mache mir keine Illusionen, dass er das früher oder später tun wird - wird er ausrasten.

Heh.

Gut so.

„Weißt du", sage ich nach einem Moment. „Ich werde es dir beibringen. Ich meine, wenn du das willst. Wenn du mich in Muncie besuchen kommst, wäre es hilfreich, wenn du wüsstest, wie."

Ich warte ab, ob er mich abwimmeln wird. Obwohl Ryker scheinbar mit dem Plan "Gem bleibt in Muncie" einverstanden ist, wäre ich ein Idiot, wenn ich glauben würde, dass er nicht alles in seiner Macht stehende tun würde, um mich davon zu überzeugen, ganz nach Accalia umzuziehen.

Aber das tut er nicht.

Er lächelt sogar - ein echtes Lächeln, kein selbstgefälliges Grinsen -, bevor er sagt: „Das würde mir gefallen."

Ich sollte nicht so überrascht sein. Seitdem ich ja gesagt habe, ist er viel angenehmer geworden.

Das gefällt mir wirklich sehr.

Ich erwidere sein Lächeln. „Es ist ein Date."

Rykers heiseres Lachen wärmt mich bis in die Zehenspitzen. „Ich werde dich morgen Abend unter der Luna an mich binden und du planst immer noch Verabredungen, als wäre es der Anfang unserer Brautwerbung. Scheiße! Ich habe diese ganze Paarungsgeschichte falsch verstanden, nicht wahr?"

Ich ließ das Lenkrad mit meiner rechten Hand los. Ich weiß, dass ihn das vorher ein bisschen nervös gemacht hat, aber es scheint ihm nichts auszumachen, als meine Hand auf seinem Oberschenkel landet und ihn kurz drückt. „Wenn du mich fragst, hast du es genau richtig gemacht. Naja. Bis auf die Sache mit der Zurückweisung. Zweimal."

Ryker lässt ein spöttisches Knurren hören, als ich ihn aufziehe.

Ich lache und fühle mich so frei und unbeschwert wie schon lange nicht mehr. „Hey, du musst zugeben, dass du genau in diese Situation geraten bist."

„Ja, ja. Aber nur, wenn du zugibst, dass es ein kolossales Missverständnis war. Du gehörst mir, Gemma. Und zwar schon immer. So wird es immer sein."

„Gut. Ich gebe es zu, wenn du mir versprichst, dass es keine weiteren 'Missverständnisse' wie dieses geben wird."

Ryker legt seine Hand auf meine und hält sie an seinen dicken Oberschenkel gedrückt. „Abgemacht, mein Schatz."

Wir fahren den Rest des Weges den Berg hinauf, einfach so. Und obwohl Ryker sich vorhin besser gefühlt hat, als ich beide Hände am Lenkrad hatte, scheint er genauso zufrieden mit meiner Hand zu sein, wo sie jetzt ist.

Wir fahren zu seiner Hütte.

Nicht in die Alphahütte. Trotz aller Rituale, Zeremonien und Traditionen, die ich geflissentlich ignoriere, halte ich hartnäckig daran fest, keinen Fuß in die Alphahütte zu setzen, bis wir gepaart sind. Und obwohl ich an das einzige Mal, als ich in Rykers persönlichem Territorium war, weniger schöne Erinnerungen habe, freue ich mich darauf, sie zu verbessern.

Bevor er die Nachfolge seines Vaters antrat, hatte Ryker seine eigene Hütte. Es ist ein einstöckiger, rustikaler Bau mit dunklen Holzverkleidungen und einer umlaufenden Veranda. Aus Erfahrung weiß ich, dass sich die Etage auf das bezieht, was sich über dem Boden befindet. Auch wenn es von außen nicht offensichtlich ist, hat Rykers Hütte einen Keller.

Ich drücke die Daumen, dass er ihn ab morgen nie wieder benutzen muss.

Ich muss etwa fünfzig Meter von der Hütte entfernt parken. Sein Geständnis, dass er nie mit dem Auto fährt, macht mehr Sinn, wenn ich sehe, dass seine Hütte weiter hinten in den Wäldern liegt, die diesen Teil von Accalia bedecken. Ich musste einen weiten Umweg fahren, um überhaupt zu seiner Hütte zu gelangen und ich danke Luna, dass mein Baby ein Jeep ist, denn ich muss sogar abseits der Straße fahren, um die Lichtung zu erreichen, auf der ich mein Auto abstellen kann.

Sobald ich den Motor abstelle, springt Ryker heraus. Er fängt an, in den hinteren Teil des Jeeps zu greifen.

„Ich nehme es", sage ich ihm.

Die gemütliche Kameradschaft, die wir während der Autofahrt geteilt haben, scheint sich im Nu zu verflüchtigen. Seine Lippen werden schmal und ich sehe, wie sich sein Gesicht verfinstert.

„Gemma. Bitte."

Ich öffne den Mund, um zu widersprechen - und schließe ihn wieder, ohne ein einziges Wort zu sagen.

Nun gut.

Wenn ich eines weiß, dann, dass unsere Paarung ein Geben und Nehmen sein wird. Manchmal werde ich gegen meine eigenen Instinkte handeln müssen, so wie Ryker jedes Mal gegen seine handelt, wenn ich ihn daran erinnere, dass ich auch ein Alpha bin und auf mich selbst aufpassen kann.

Kann ich meine Koffer selbst in seine Hütte bringen? Natürlich kann ich das. Aber würde es mich umbringen, wenn ich es Ryker überlassen würde?

„Okay. Sicher."

Seine dunkelgoldenen Augen scheinen ein wenig zu leuchten, als ob er nicht glauben kann, dass ich so schnell nachgebe. Auf den ersten Blick ist es nur das Angebot meines zukünftigen Gefährten, mein Gepäck für mich zu tragen. Im Grunde genommen ist es aber Rykers Alphanatur, der zeigen will, dass er ein fähiger Gefährte ist.

Geben und Nehmen, Gem. Ich muss nicht immer hart sein. Ich kann Hilfe annehmen, auch wenn mein sturer Wolf weiß, dass wir es schaffen können.

Ich habe drei Taschen mitgebracht. Ich greife absichtlich nach der kleinsten und überlasse Ryker die beiden größten.

Das letzte Mal, als ich hier war, habe ich die meiste Zeit in seinem Keller eingesperrt verbracht. Als ich die Hütte betrete, sehe ich, dass die Kellertür an der hinteren Wand des vorderen Raumes, neben dem Wohnzimmer, eingebaut ist. Ich werfe ihr einen bösen Blick zu und gehe dann in den Flur.

Während der Fahrt hat er mir den Grundriss seiner Hütte erklärt. Aus offensichtlichen Gründen vermied er es, den Keller zu erwähnen, aber er erzählte mir, dass er fünf Räume in den Raum eingebaut hat: eine Küche, das Vorderzimmer, ein Schlafzimmer, ein komplettes Badezimmer und ein gemütliches Wohnzimmer mit Kamin.

Ryker nimmt mir die dritte Tasche ab. „Ich bringe sie ins Schlafzimmer."

Hmm. Da ich bei meinem letzten Besuch in Accalia nur kurz vorbeigekommen bin, bin ich erst das zweite Mal in Rykers Hütte. Wir hatten noch keinen Sex in seinem Bett, was ich gerne ändern möchte.

Ich lege meine Hand auf seinen Arm und drücke seinen Bizeps. „Willst du, dass ich mit dir komme?"

Er senkt den Kopf und küsst mich kurz. „Das würde ich gerne, aber glaub nicht, dass ich dein Magenknurren auf dem Weg hierher nicht gehört habe. Wenn wir für morgen Abend üben wollen, musst du erst mal was essen."

Ich neige meinen Kopf und lade ihn ein, wieder in meine Lippen zu beißen. Als er das tut, lächle ich ihn an und ziehe mich dann zurück. „Klingt gut für mich."

„Bin gleich wieder da", verspricht er und geht den Flur hinunter.

Ich schaue seinem strammen Hintern hinterher und unterdrücke ein Stöhnen. Fast möchte ich ihm folgen, aber er hat nicht ganz Unrecht. Shifter haben einen Bärenhunger. Auf Essen. Sex. Das spielt keine Rolle. Wenn ich mit ihm ins Bett gehe, ist die Wahrscheinlichkeit groß, dass ich es erst wieder verlasse, wenn ich dazu gezwungen werde, wenn wir uns morgen mit einigen Rudelmitgliedern treffen.

Er ist länger weg, als es dauert, meine Taschen ins Schlafzimmer zu werfen. Seltsam. Nach ein paar Minuten gehe ich in die Küche. Es ist wahrscheinlich besser, wenn ich mir etwas zu essen mache und nach einer kurzen Suche entdecke ich, dass sein Kühlschrank voller Tupperware ist. Der Qualität der darin enthaltenen Mahlzeiten nach zu urteilen, haben sich einige seiner Rudelkameraden daran gemacht, uns vor unserer Paarung mit etwas zu versorgen.

Gut.

Ich schnappe mir eine, die genug Lasagne enthält, um sogar mich und Ryker satt zu machen und wärme sie in der Mikrowelle auf. Ich verteile sie auf zwei Teller, die ich in einem der oberen Schränke finde und bringe sie mit in den Flur.

Hm. Immer noch kein Zeichen von Ryker.

Anstatt nach ihm zu rufen und ihn zu fragen, warum es so lange dauert, gehe ich zurück ins Wohnzimmer. Vom letzten Mal, als ich hier war, erinnere ich mich an den Kaminsims, die Ledercouch und den Couchtisch, der aus stabilem Holz und nicht aus Glas wie der von Aleks ist. Hier ist es viel gemütlicher als in der Küche und der perfekte Ort, um unser Essen zu essen.

Sobald ich die dampfenden Teller abstelle, schaue ich mich um. Irgendetwas ... irgendetwas scheint anders zu sein. Und okay. Ich war höchstens ein paar Minuten in diesem Raum, aber selbst meine Wölfin versucht, meine Aufmerksamkeit zu erregen, indem sie sich von ihren Hüften erhebt.

Ich folge ihrem Beispiel, stehe auf und nähere mich dem vergitterten Kamin. Offensichtlich brennt dort kein Feuer, da Ryker nicht in der Stadt ist, aber das ist nicht das, was sie von mir sehen will.

Nein. Sie wimmert in Richtung der Bilder, die die Wand über dem Kamin bedecken.

Es sind ungefähr zwölf Fotos in verschiedenen Formen und Größen, die wahllos an der Wand hängen, sodass es eher eine Collage als eine Reihe von Fotos ist. Ich sehe ein paar, auf denen Ryker als Welpe zu sehen ist, ein paar mit ihm und seinem Vater, seiner Mutter und sogar ein einzelnes Foto, auf dem Ryker und Shane zusammen lachen.

Aber das ist noch nicht alles.

„Gemma. Da bist du ja. Ich habe Essen gerochen, also habe ich ..." Er hält kurz inne, als er sieht, dass ich vor dem Kaminsims stehe und seine Fotos anstarre. „Was starrst du da an?"

Ich bringe es nicht einmal über mich, ihm mit Worten zu antworten. Ich zeige nur auf ihn.

„Oh."

Richtig. Oh.

Es ist nicht einmal das Bild von Shane und Ryker, das ich anstarre. Ich hatte immer den Eindruck, dass Shanes Verrat umso mehr schmerzte, weil er nicht nur Rykers bester Freund, sondern auch der Beta des Rudels war. Das Foto war eine Erinnerung an die Zeit, als sie noch Freunde waren und wenn er sich noch nicht dazu durchringen konnte, es abzunehmen, verstehe ich das. Dies ist sein persönlicher Bereich, in dem er Ryker Wolfson sein kann und nicht nur der Alpha von Mountainside.

Aber die anderen beiden ...

Als ich das letzte Mal hier war, war ich von Quecksilber vergiftet, spürte die Auswirkungen des Mondfiebers und folgte Shane Loup blindlings durch Rykers Haus. Trotzdem konnte ich nicht anders, als mich zu wundern, dass ich zum ersten Mal in Rykers Gebiet war. Obwohl es wahrscheinlich dumm war, blieb ich im Wohnzimmer stehen und schaute mir die Bilder an, die über Rykers Kaminsims hingen.

Beim letzten Mal steckten noch zwei leere Nägel in der Wand. Es sah so aus, als hätte jemand absichtlich zwei Bilderrahmen von ihrem Platz entfernt, aber sie wurden seitdem ersetzt.

Ich schlucke und drehe mich gerade so weit, dass ich einen Blick in sein Gesicht werfen kann. Sein Gesichtsausdruck ist neutral, als wäre er sich nicht sicher, wie ich auf die Bilder reagieren werde.

Ich habe Mühe, mich zu beherrschen, als ich einen Finger hebe und auf die Bilder zeige. „Die waren nicht hier, als ich mit dir im Keller eingesperrt war. Stimmt's?"

Ryker schüttelt langsam den Kopf. „Als Luna weg war, habe ich bemerkt, dass sie fehlen. Nachdem alles über Shane herauskam, wurde mir klar, dass er sie genommen hatte. Seitdem habe ich sie nachdrucken und ersetzen lassen."

Ich frage nicht, warum Shane sie abgenommen hat. Mir fallen mindestens drei Gründe ein, warum er das getan hat. Erstens: Er hat sie aus irgendeinem Grund zu meinem Bio-Vater zurückgebracht. Zweitens: Er hat sie für sich selbst aufbewahrt, und ich versuche, nicht daran zu denken, denn das ist definitiv die gruseligere Variante. Und drittens konnte er nicht riskieren, dass ich herausfinde, dass Ryker Bilder von mir in seiner Hütte aufgehängt hat, während er immer noch versucht, mich davon zu überzeugen, dass Ryker stattdessen Trish Danvers gewählt hat.

Außerdem spielt es keine Rolle, warum sie weg waren. Die Tatsache, dass er sie ersetzt hat, sagt mir mehr über seine Gefühle für mich, als er es mit Worten je könnte.

Trotzdem gibt es eine Sache, die ich wissen muss.

„Hast du diese Fotos gemacht?“ Als er nickt, muss ich fragen: „Wann?“

Denn eines kann ich dir sagen. Ich habe ganz sicher nicht für sie posiert. Es sind Schnappschüsse und sie sind nicht ganz neu.

Das linke Bild zeigt eine viel jüngere Gem. Ich war schlaksig, hatte eine noch flachere Brust als jetzt und meine blonden Haare zu einem Pferdeschwanz gebunden. Ich habe ein übergroßes Hemd an, das Markenzeichen nach einer Schicht.

Ich erinnere mich an diese Nacht. Mit siebzehn war ich ein Baby, nur zwei Jahre nachdem ich Ryker kennengelernt hatte. Es war bei einem der Alphatreffen, bei dem ein paar Gäste der Alphas eines Abends einen kleinen, impulsiven Ausflug machten. Es war zwar nicht so einschneidend für mich und meine Gefühle für Ryker wie der Abend, an dem wir die ganze Nacht gerannt sind, als ich zweiundzwanzig war, aber trotzdem.

Das andere Foto? Es ist vom letzten Jahr. Das blassrosa Sommerkleid, das ich trage, hatte ich an dem Tag an, als ich nach Accalia fuhr, kurz nachdem unsere geplante Paarung zwischen Lakeview und Mountainside vereinbart wurde. Meine Haare sind vom Wind zerzaust und meine Miene leuchtet, als ich über die Schulter in die Kamera schaue.

Ich hatte keine Ahnung, dass jemand ein Foto von mir gemacht hat. Ich hatte gerade Rykers Territorium betreten und er sollte mich zum ersten Mal vor seinem Rudel begrüßen, aber als ich aus meinem Jeep stieg, wurde ich nur von Shane empfangen. Er sagte mir, dass Ryker mit seinem Rat beschäftigt sei, aber er würde mich besuchen, sobald er frei sei.

Ich hatte jedoch etwas gespürt. Als Shane sich vorstellte, warf ich einen Blick hinter mich - und jetzt ist dieser Moment auf dem Bild verewigt, das an Rykers Wand hängt.

Ryker zögert einen Moment, bevor er auf mich zugeht. Er schlingt seine Arme um mich und wartet, ob ich ihn wegstoße. Als ich das nicht tue - und auch nicht kann - wird seine Umarmung enger.

„Ich hab's dir doch gesagt, Süße“, murmelt er in mein Ohr und zieht mich weiter an sich heran, während ich immer noch über die offensichtliche Bedeutung dieser Bilder staune. „Ich habe immer gewusst, dass du für mich bestimmt bist.“

14

ACCALIA

Er greift nach unten und nimmt meine Hand in seine. Er fummelt an meinen Fingern herum, aber ich bemerke es kaum. Es ist eine Sache, zu akzeptieren, dass wir füreinander bestimmt sind. Dass wir schon immer füreinander bestimmt waren. Es fällt mir sogar leichter zu glauben, dass er mich wirklich liebt.

Aber das? Er hat mir schon einmal gesagt, dass er mit siebzehn wusste, dass ich zu ihm gehöre. Ich war fünfzehn, zwei Jahre jünger und ich dachte nicht, dass er mich damals auch nur im Entferntesten kannte. Um Lunas willen trottete ich wie ein Hündchen hinter ihm her und hoffte auf jede Aufmerksamkeit, die er mir zukommen lassen konnte.

Und er hat ein Foto von mir aufbewahrt, als ich siebzehn war. Das ist neun Jahre her.

Ich weiß gar nicht, was ich sagen soll. Gut, dass er anscheinend nicht erwartet, dass ich überhaupt etwas sage.

Nach einem weiteren Druck lässt er meine Hand los und geht von mir weg, aber nicht bevor er mit den Fingerspitzen auf meine Hand tippt. „Für dich."

Ich schaue nach unten. Was zum ...

Als ich meine Hand vor mein Gesicht halte, sehe ich, dass er einen einfachen Goldring an meinen Mittelfinger gesteckt hat.

„Was ist das?"

„Dafür habe ich so lange gebraucht. Ich musste ihn aus meinem Versteck holen, um ihn dir geben zu können." Ryker streckt die Hand aus und streichelt die kleine Beule unter meinem Hemd. „Ich habe die Kette für dich anfertigen lassen. Ich gebe zu, dass ich alles getan habe, um dich zu markieren und sogar die Idee von Filan gestohlen habe."

Ich tue so, als wäre ich schockiert. „Was? Das gibt's doch nicht."

Ryker kichert. „Ich weiß. Oder? Aber ich bin kein Vampir. Ich hätte nicht versuchen sollen, ihre Traditionen gegen sie zu verwenden. Und obwohl die Luna-Zeremonie einer menschlichen Hochzeit so ähnlich ist, dass sie uns allen Kopfschmerzen bereitet, hat sie mich zum Nachdenken gebracht. Ich weiß, dass wir keine Eheringe verwenden ..."

„Richtig. Wegen unserer Zeichen."

Ryker bewegt seine Hand so, dass seine Handfläche sein eigenes Herz bedeckt. Nein, nicht sein Herz, sondern die Spuren, die ich dort vor langer Zeit hinterlassen habe.

„Richtig. Du hast mich gezeichnet. Morgen werde ich dich markieren. Danach wird niemand mehr in der Lage sein, unsere Verbindung zu leugnen. Aber ich dachte ... einige menschliche Traditionen sind nicht schlecht. Das ist kein Ehering. Es ist nur ein einfacher Ring." Er blickt auf ihn hinunter und seine Lippen verziehen sich zu einem kleinen Lächeln. „Er gehörte aber meiner Mutter. Ich weiß, dass du sie nie kennengelernt hast, aber sie wäre begeistert gewesen, wie sehr du mich dazu gebracht hast, dir nachzulaufen. Sie sagte immer, wenn es sich lohnt, ist es auch die Arbeit wert. Und, mein Schatz, das war es auf jeden Fall wert."

Ein Kloß sitzt mir im Hals. Das ... das gehörte Amanda Wolfson?

Er hat Recht. Ich habe sie nie kennengelernt. Obwohl Shifter sehr langlebig sind, sind wir nicht unsterblich. Ein Vampir kann nur durch Enthauptung getötet werden, während meine Leute viel leichter zu verletzen sind. Silber schwächt uns, ein Kampf auf Leben und Tod während einer Herausforderung, sogar eine Verletzung, die für uns zu tödlich ist, um zu heilen.

Der Tod von Henry Wolfson war ein tragischer Unfall. Aber der von Amanda? Es war ein Angriff auf ihren Gefährten, den sie nicht überlebt hat.

Es kann gefährlich sein, einem Alpha anzugehören. Ryker weiß das besser als jeder andere. Kein Wunder, dass er bereit ist, alles zu tun, um mich zu beschützen, auch wenn ich es nicht will.

Und jetzt gibt er mir auch noch den Ring seiner Mutter.

Tränen steigen mir in die Augen. Ich blinzle sie schnell zurück, bevor ich ihn ansehe.

„Ich liebe ihn. Und du hast Recht. Deine Mutter hätte mich wahrscheinlich auch geliebt, aber nur, weil du es tust."

Ryker schließt mich in seine Arme und zieht mich fest an sich. „Du hast keine Ahnung, wie sehr ich dich liebe."

Vielleicht nicht. Aber er hat den Rest unseres gemeinsamen Lebens Zeit, mich zu überzeugen.

~

Als ich vor einem Jahr in Accalia ankam, wusste ich, dass die Luna-Zeremonie kein einfacher Austausch von Gelübden zwischen mir und Ryker sein würde. Als Alpha war es für seine Rudelkameraden immer klar, dass sie dabei sein würden, dass sie ihn feiern und seine neue Gefährtin willkommen heißen würden.

Irgendwie habe ich das alles vergessen, jetzt ist es wieder da.

Letzte Nacht haben wir in Rykers persönlicher Hütte übernachtet. Das war ein Hinweis für alle in den Bergen, dass wir nicht gestört werden sollten. Nachdem er zum Alpha ernannt worden war, stand es jedem Rudelmitglied frei, sich mit ihm in der Alphahütte zu treffen, aber seine alte Hütte gewährte uns ein bisschen Privatsphäre.

Aber das war letzte Nacht.

Am frühen Morgen stupst mich Ryker wach. Ich klopfe ihm auf die Hand, weil ich noch zu müde bin, um aufzustehen.

Nach mehr als einem Jahr in Muncie fällt es mir schwer, ohne die Geräusche der vorbeirasenden Autos, die Stimmen in den unteren Wohnungen und das Brummen der Menschen, die einen großen Teil der Fang City ausmachen, einzuschlafen. In der Hütte sind nur ich und Ryker und ... das war's auch schon.

Es ist ruhig in Accalia. Zu ruhig. Abgesehen von den Insekten vor unserem Fenster und Rykers rumpelnden Schnarchgeräuschen höre ich nichts. Und obwohl ich alles getan habe, um müde zu werden, bin ich erst eingeschlafen, als der Mond mit der Sonne den Platz am Himmel getauscht hat.

Ich murmele etwas von "noch fünf Minuten", aber Ryker lässt das nicht gelten.

„Das ist in Ordnung, aber Trish und Audrey werden sich bald mit uns in der Höhle treffen. Es sei denn, es ist dir lieber, wenn wir die Planung für heute Abend alleine machen?"

Das ist alles, was ich hören muss, um aufzustehen und aus dem Bett zu kommen.

Es ist ein weiterer Kompromiss, und dieser ist ganz meinerseits. Beide Frauen wollen den Ärger, den sie mir bereitet haben, unbedingt wieder gutmachen. Trish dafür, dass sie versucht hat, sich zwischen Ryker und mich zu stellen und Audrey dafür, dass sie bei dem brillanten Plan des Rudelrats, mich während des Vollmonds zu ihrem Alpha zu werfen, eine Rolle gespielt hat. Da sie dazu bereit sind, beschließe ich, dass sie mir helfen könnten, alle Details für die Zeremonie heute Abend zu organisieren.

Obwohl ich weiß, dass manche Rudel eine große Sache daraus machen, wenn ihr Alpha eine Gefährtin nimmt, war ich noch nie bei einer öffentlichen Luna-Zeremonie. Ich war noch sehr jung, als meine Eltern sich verbanden, und sie hielten ihre Zeremonie privat.

In Lakeview haben wir es immer anders gemacht.

Soweit ich weiß, ist es ähnlich wie bei einer Menschenhochzeit, nur in kleinerem Rahmen. Wir richten sie auf der Freifläche vor der Alphahütte aus, mit Sitzen für jeden Rudelkameraden. Vor den Stuhlreihen wird ein einfaches Podium stehen, in dessen Mitte das Bild von Luna geschnitzt ist, dort werden Ryker und ich stehen und uns das Versprechen geben. Er wird etwas Formelleres als seine üblichen Jeans und T-Shirts tragen, während ich das weiße Kleid eingepackt habe, das meine Mutter für mich genäht hat, bevor ich Lakeview verlassen habe.

Meine Mutter ist einfach sehr sentimental. Als sie erfuhr, dass Luna mich zu Rykers Gefährtin gemacht hatte, wusste sie, dass ich eine Zeremonie wie diese brauchen würde. In Zusammenarbeit mit einer der Näherinnen in meinem alten Rudel habe ich ein maßgeschneidertes weißes Kleid bekommen - ein einfaches Kleid, das bis zu den Knien reicht, mit einer Reihe Perlen am Halsausschnitt - als Paarungsgeschenk.

Vielleicht habe ich einen Teil dieser Sentimentalität von meiner Mutter geerbt. Denn selbst als ich glaubte, dass Ryker mich zurückgewiesen hatte, hielt ich an dem Kleid fest.

Die längste Zeit versteckte ich es in meinem Schrank in meiner Wohnung in Muncie. Als wir beschlossen, die Bindung während des Vollmonds zu vollziehen, habe ich es eingepackt und jetzt, nach mehr als anderthalb Jahren, werde ich es endlich tragen können.

Ich habe das Kleid. Ich habe die Logistik für heute Abend im Griff.

Heißt das, dass ich mich mit den Details beschäftigen will? Dass ich herausfinden will, ob es einen Sitzplan gibt oder wo genau wir das Podium aufstellen werden oder ob wir der Meute nach der Veranstaltung etwas zu essen geben sollen?

Hier kommen Audrey und Trish ins Spiel. Als Geschenk an das Alpha-Paar haben sie mir angeboten, all das für mich zu tun. Ich habe keine Ahnung, wie sie herausgefunden haben, dass ich bei der Vorstellung, die Zeremonie zu planen, am liebsten zu Ryker in den Keller gegangen wäre, anstatt das Ganze zu einer Rudelangelegenheit zu machen, aber ich bin dankbar, dass sie es stattdessen tun.

Jetzt muss ich nur noch vor ihnen in der Alphahütte sein.

Ich habe gerade noch genug Zeit, mir die Haare zu bürsten, frische Klamotten anzuziehen und mit Ryker zur abgelegenen Alphahütte zu flitzen, bevor sie mit leuchtenden Augen und buschigen Schwänzen auftauchen.

Er verschwindet in der Küche neben dem Büro und kommt mit einer großen Tasse Kaffee zurück. Es ist zwar kein Tee, aber ich brauche das Koffein, also beschwere ich mich nicht. Er reicht sie mir, nickt den anderen beiden Frauen zu und verschwindet dann wieder in der privaten Hälfte der Alphahütte.

Ich muss mir auf die Zunge beißen, um nicht nach ihm zu rufen. Was ist aus uns geworden, hm? Er hat mich in die Hütte begleitet, aber beim ersten Anblick der Weibchen ist er abgehauen.

Mit einem Schnauben denke ich: Feigling.

Denkt er, dass es ihm um die Ohren fliegt, wenn er mich mit Trish und Audrey in ein Zimmer steckt? Dass ich auf die beiden losgehen werde?

Ich werde nicht lügen. Während der halbstündigen "Planungssitzung" geht mir der Gedanke ein- oder zweimal durch den Kopf - oder fünfzehnmal. Sie freuen sich, dass ich das Kleid, das ich tragen will, schon habe und Audrey möchte es sehen. Ich weise sie darauf hin, dass ich es mit dem Rest meines Gepäcks bei Ryker gelassen habe, also besteht sie darauf, dass ich es beschreibe.

Ausführlich.

Uff. Es tut mir leid, aber es gibt nur so viele Möglichkeiten zu sagen, dass es einfach und weiß und ein Kleid ist, ohne dass ich vor Frustration knurren möchte.

Ich erfahre, dass es nach der Zeremonie ein Essen geben wird, nur nicht in der Nähe des Ortes, an dem die Zeremonie stattfindet. Da das Alphapaar direkt in seine Hütte gehen soll, um den wichtigsten Teil des Rituals alleine zu beenden, hat Audrey angeboten, die große Party zu veranstalten, die den Rest des Mountainside Rudels auf der anderen Seite von Accalia festhalten wird.

Allein dafür ist ihr der ganze Cola-Vorfall völlig verziehen.

Und wenn Trish bei der Planung der Bindung ihrer vermeintlichen Rivalin an den Mann, den sie will, viel zu enthusiastisch rüberkommt, kann ich sagen, dass ich keine Täuschung von ihr spüre. Sie ist vielleicht nicht so glücklich, wie es den Anschein hat, aber sie ist immer noch bereit, alles zu tun, um ihren Alpha zu unterstützen und zu beweisen, dass wir keine falsche Entscheidung getroffen haben, als wir ihr erlaubten, ins Rudel zurückzukommen.

Nachdem Audrey und Trish endlich gegangen sind, hoffe ich, dass ich eine Chance bekomme, zu Atem zu kommen. Ryker taucht auf wundersame Weise wieder auf, sobald sie weg sind und selbst wenn ich kein kurzes Nickerchen machen kann, möchte ich wenigstens mit ihm allein sein.

Nö.

Die Höhle wird zur Drehtür für Rudelmitglieder, die ihren Alpha beglückwünschen - und vielleicht auch seine zukünftige Gefährtin anglotzen.

Ich kann es ihnen nicht verdenken. Obwohl die meisten von Rykers Rudelrat einen Blick auf mich werfen konnten, als ich vor zwei Monaten hierher kam, hat der Rest von Accalia immer noch die Vorstellung von Omega Gem: die großen Locken, das süße Lächeln, die Sommerkleider. Ich sehe so anders aus, dass ich die unverhüllte Überraschung schon erwarte.

Und dann ist da noch die ganze "Gem ist ein Alpha"-Sache. Ganz Accalia weiß es und ich weiß nicht, was schlimmer ist: die Überraschung oder die offene Ehrfurcht.

Das wird langweilig. Schnell.

Zum Glück gehen wir Mittags zurück zu Rykers Hütte. Während die Hütte allen Rudelmitgliedern offen steht, ist für sein persönliches Territorium eine Genehmigung erforderlich. Die mutigeren Shifter haben uns bereits in der Alphahütte besucht, also gibt es nicht allzu viele, die unangemeldet bei Ryker vorbeischauen.

Dafür können wir uns bei Luna bedanken.

Wir essen schnell zu Mittag und reden über alles Mögliche, nur nicht darüber, was heute Abend passieren wird. Für Ryker ist es so gut wie erledigt, während ich das Gefühl habe, dass etwas Schreckliches passieren wird.

Aber das sage ich ihm nicht. Ich behalte meine dunklen Vorahnungen für mich und werfe ihm stattdessen vor, wie schnell er mich Audrey und Trish überlassen hat. Das Lachen in seinen Augen sagt mir, dass ich Recht hatte. Er hat es mit Absicht getan.

Ich reiße etwas von der Kruste von meinem Sandwich ab und schnippe es ihm vor die Nase. Ryker fletscht mit den Zähnen, aber er sieht so albern aus - mein großer, starker Alpha mit einem Stück Kruste an der Nasenspitze - dass ich nicht anders kann, als ihn auszulachen.

Er wirft mir einen finsteren Blick zu, bevor er sich mit der Hand auf die Nase klopft. Sobald die Kruste weg ist, erhebt er sich von seinem Platz und räumt das Geschirr vom Couchtisch ab.

Anstatt in der Küche zu essen, haben wir unsere Sandwiches ins Wohnzimmer gebracht. Ryker sagt mir, ich solle mich entspannen, solange ich kann. Da ich die Sandwiches gemacht habe, wird er die Küche aufräumen.

Hört sich nach einem guten Plan an.

Ich überlege gerade, ob ich ihn bitten soll, mir noch eine Tasse Kaffee zu machen, als ich höre, wie die Haustür geöffnet und dann geschlossen wird. Wenn ich bedenke, dass er in die Küche gegangen ist, habe ich keine Ahnung, warum er mich allein in der Hütte gelassen hat, indem er sich durch die Vordertür hinausgeschlichen hat, ohne mir etwas zu sagen, und ich gebe zu, dass ich neugierig bin.

Vorsichtshalber werfe ich einen Blick in die Küche. Kein Ryker. Hmm. Jetzt könnte ich mir einen Kaffee kochen oder ich könnte meinen Verlobten aufspüren und herausfinden, warum er die Hütte verlassen hat.

Ich mache mich gerade auf den Weg in den vorderen Teil der Hütte und will ihm nach draußen folgen, als ich höre, wie Ryker meinen Namen ruft.

„Gemma?"

Ich halte inne. „Ja?"

„Kannst du mal rauskommen?"

Ich starre auf die geschlossene Tür. Wenn ich an Ryker vorbeischaue, sehe ich, dass eine weitere Gruppe von Männern zu seiner Hütte gekommen ist. Vier, wenn ich mich nicht irre.

Rykers Stimme klingt so seltsam, dass ich mich fast weigern möchte. Irgendetwas geht da draußen vor und nachdem ich mich den ganzen Nachmittag über so gut benehmen musste, bin ich mir nicht sicher, ob ich das noch lange vortäuschen kann - vor allem, wenn mir jemand da draußen eine Falle stellt.

Vier Wölfe. Ich schnüffle und versuche, ihre Witterung aufzunehmen. Keine Chance. Ich kann sie zwar spüren, aber selbst für einen Alpha-Wandler gibt es Grenzen. Da die Tür zwischen uns geschlossen ist, habe ich keine Ahnung, wer da draußen ist, aber ich kann mir gut vorstellen, dass es nur vier sind.

Trotzdem kann ich mir nur vorstellen, was sie hier gerade machen.

Aber er hat gefragt. Und zwar sehr freundlich. Das ist kein Befehl oder eine Anweisung. Wenn sie von einem Alphawolf kommt, ist es fast unmöglich, eine solche Bitte zu ignorieren, wenn sie von Ryker kommt, ist sie unmöglich.

Mit einem hörbaren Schnaufen durchquere ich den Raum, greife nach dem Türknauf und drücke die Tür auf.

Ryker steht auf der Veranda, die Arme vor der Brust verschränkt und starrt auf ... ein, zwei, drei, ja, vier ... vier Shiftermännchen, die sowohl Schutz als auch Hingabe ausstrahlen.

Ah, Mist. Genau das hatte ich befürchtet.

Sie sind zwar alle menschlich, aber selbst wenn sie ein Fell hätten, würde ich sie erkennen.

Jace.

Dorian.

Bobby.

Und über den anderen thront der große, kräftige Shifter, dessen Namen ich immer noch nicht weiß - und es ist mir mittlerweile zu peinlich, ihn zu fragen -, den ich aber inzwischen B.G. nenne, wenn auch nur in meinem eigenen Kopf.

Jeder von ihnen weicht Rykers Alphablick absichtlich aus und starrt auf das Gras auf ihrer Seite der Veranda, aber sobald ich die Tür öffne, schwingen ihre Köpfe in meine Richtung.

Es ist ... irgendwie unheimlich, ehrlich gesagt. Es ist so perfekt aufeinander abgestimmt, dass es scheint, als hätten sie es geplant - oder sie haben keine Kontrolle darüber.

Ich schlucke einen plötzlichen Kloß in meinem Hals hinunter. Ich habe gesehen, dass Wolfswandler ähnlich auf den Mond reagieren. Wir scheinen immer instinktiv zu wissen, wo Luna ist und wenn ihre Anziehungskraft am stärksten ist, suchen unsere Köpfe am Nachthimmel nach ihr, so wie diese vier mich jetzt beobachten.

Nicht weil wir es wollen, sondern weil es unser Instinkt ist.

Oh-oh.

Wenn es jemand anderes als diese vier wäre, würde ich vielleicht nicht denken, was ich denke. Aber es sind diese vier und die Art und Weise, wie sie auf etwas von mir zu warten scheinen, erinnert mich an die Vollmondnacht im Juni, als ich mein Alpha-Geheul einsetzte, um diese vier Shifter zu zwingen, mir zu erlauben, die Jagd auf Shane zu beenden.

Damals waren sie das Einzige, was zwischen mir und meiner Beute stand. Ich wollte nur, dass sie verstehen, dass ich auf ihrer Seite war, Shane aber nicht und dass ich ihn erreichen musste, bevor er das Territorium des Rudels verließ.

Was er natürlich auch tat. Aber erst, nachdem ich die vier angeheult hatte und sie sich der Verfolgung anschlossen. Als dann klar war, dass Shane ein Fahrzeug hatte und er es riskierte, nach Muncie zu fahren, hörten sie auf mich, als ich ihnen befahl, nach Accalia zurückzukehren.

Und jetzt sind sie hier.

Mit einem Lächeln, das ich mir nicht verkneifen kann, nicke ich jedem einzelnen zu und begrüße sie mit ihrem Namen, bis ich beim letzten ankomme und ihn tatsächlich laut B.G. nenne.

Er legt die Stirn in Falten, offensichtlich verwirrt. „Äh, B.G.?"

„Richtig." Mein Lächeln wird ein wenig breiter. „B.G. - du weißt schon, Big Guy. So nenne ich dich in meinem Kopf, weil du so verdammt groß bist. Das macht dir doch nichts aus, oder?"

„Ähm. Ich denke, das ist in Ordnung, aber mein Name ist ..."

Ich winke ihn ab. Das ist im Moment nicht wichtig. „Was macht ihr denn hier?"

Die vier tauschen einen Blick aus.

Ryker lehnt sich an das Geländer der Veranda, tippt mit dem Fuß und wartet darauf, dass sie etwas sagen.

Ich spüre eine Mischung aus Emotionen, die von ihm ausgehen. Seltsamerweise sind Eifersucht und Besessenheit die wichtigsten, aber auch ein Hauch von Humor und Neugierde schwingt in ihm mit.

Ja. Das verheißt nichts Gutes.

Ryker sieht die anderen Wölfe an und verzieht dann die Lippen zu einem Blick, der so raubtierhaft ist, dass selbst ich den Schwanz eingezogen hätte, wenn ich ihm nicht bis auf die Knochen vertraut hätte.

Er konzentriert sich auf den großen Kerl. „Warum sagst du ihr nicht, was du mir gesagt hast, Jack?"

Verdammt . Ich rümpfe die Nase, als der große Shifter nickt.

Kein Wunder, dass ich seinen Namen zu verdrängen schien. Während ich mich an fast jeden anderen Rudelkameraden, den ich kennengelernt habe, erinnern kann, habe ich bei ihm immer eine Niete gezogen.

„Verdammt. Du heißt Jack?"

Rykers Lachen ist ein Bellen. Ich bin so froh, dass er dieses ... was auch immer es ist, genießt. „Wirklich, Gemma? Behandelt die weibliche Hälfte des Alphapaares ihre Rudelkameraden so?“

„Was?“ Ich zucke mit den Schultern und unterdrücke meinen aufkeimenden Drang, Ryker daran zu erinnern, dass wir noch nicht das Alpha-Paar sind. „Du kannst mir nicht vorwerfen, dass ich mit dem Namen eine schlechte Assoziation habe.“ Ich zeige auf den großen Kerl. Frag mich nicht warum, aber irgendetwas an ihm erinnert mich an die pulsierende Ader von Ryker, die regelmäßig zum Vorschein kommt, wenn ich ihn ein bisschen zu weit getrieben habe. „Außerdem ist Jack zu nah an Jace dran“, füge ich hinzu und benutze das als Ausrede für das, was ich als nächstes sage: „Wie wäre es also, wenn ich dich statt B.G. Duke nenne? Das klingt so ähnlich wie Jack, nur mit einem 'd' am Anfang.“

Armer Kerl. Er wirft seinem Alpha einen wilden Blick zu, als ob er tatsächlich glaubt, dass er aus dieser Ecke Hilfe bekommen wird.

Ryker verschränkt die Arme und hält seine Hände hoch, um zu signalisieren, dass er sich nicht einmischen will.

Oh, ja. Sein Rudelrat ist auf sich allein gestellt, wenn es um mich geht, auch wenn diese vier mir bereits Loyalität gezeigt haben.

Aber wenn man bedenkt, was diese Shifter bei meinem letzten Besuch in Accalia abgezogen haben, ist das nicht nur fair.

Es ist Karma.

Vielleicht habe ich Audrey verziehen. Ich arbeite daran, mit meinen Problemen in Bezug auf Trish fertig zu werden. Aber diese Typen? So sehr ich es auch bereue, dass ich mein Heulen an ihnen eingesetzt habe, kann ich doch nicht vergessen, wie sie mich vergiftet, mir eine Kapuze über den Kopf gezogen und mich dann auf Ryker geworfen haben - und das alles, während sie noch dachten, ich sei ein Omega! Er hätte mich in Fetzen reißen können!

Meine Wölfin wird bei der Erinnerung wütend. Sie wühlt in meiner Brust herum, was mich dazu bringt, ein leises Knurren von mir zu geben.

Rykers Lächeln wird noch breiter. Jace schluckt hart, aber er bleibt standhaft. Bobby und Dorian, die jüngeren und weniger dominanten Deltas, machen ein paar eilige Schritte zurück, während der große Kerl - den ich jetzt definitiv Duke nennen werde - aussieht, als würde er bereuen, auf welche brillante Idee er gekommen ist, um mich zu sehen.

Er holt tief Luft und brummt dann: „Wir wollen deine Wache sein."

15

VIER WÄCHTER FÜR EINEN EDELSTEIN

„Es tut mir leid.“ Das muss ich falsch verstanden haben. *„Was?“*

„Ein persönlicher Wächter“, bestätigt Jace. „Während der Alpha für die Sicherheit und das Wohlergehen des ganzen Rudels verantwortlich ist, werden wir vier für deine Sicherheit sorgen, wenn du dich im Rudelgebiet aufhältst.“

Genau. Weil sie mir nicht nach Muncie folgen können.

Aber das haben sie schon einmal getan, nicht wahr? In der Nacht des letzten Vollmonds, als Ryker im Keller angekettet war und er Roman überzeugen konnte, Jace und Dorian die Vorder- und Rückseite meines Wohnhauses bewachen zu lassen.

Ich hatte damals nicht widersprochen, weil ich wusste, wie schwer es für Ryker war, während des Vollmonds von mir getrennt zu sein. Ich selbst hatte mit unserer erzwungenen Trennung ziemlich zu kämpfen. Ich habe mich in meinem Schlafzimmer verkrochen, Eiscreme gegessen und mir mit meinem batteriebetriebenen Freund einen Orgasmus nach dem anderen verschafft und es hat mich alles gekostet, so zu tun, als könnten die beiden Wölfe mit ihrem Shifter-Gehör nicht hören, wie ich Rykers Namen stöhne.

Aber jetzt erkenne ich, was es war. Es war nicht nur die Sorge um meine Sicherheit - auch wenn das eine große Rolle spielte -, sondern Ryker wollte sehen, wie weit er mich treiben konnte, vielleicht sogar Roman, als ob er wusste, dass diese vier ihre Loyalität hinter mich stellen würden.

Ah, Luna. Diese Nacht war eine Art Probelauf gewesen, nicht wahr? Für meine ganz persönlichen Wächter.

Nein. Auf keinen Fall.

Selbst wenn Ryker darauf besteht. Selbst wenn mein Heulen den Typen etwas angetan hat. Es ist mir egal.

Nein.

„Ich brauche keinen Wächter“, sage ich so deutlich wie möglich. „Ich bin ein Alpha. Die Menschen müssen vor mir beschützt werden.“

„Nun, ja ...“

„Und in Accalia? Willst du damit sagen, dass ich mir Sorgen machen muss, solange ich hier bin?“

„Das nicht, nein ...“

„Genau“, füge ich triumphierend hinzu. „Ich weiß nicht, wie du darauf kommst, dass ich Schutz brauche, aber ich verspreche dir, es geht mir gut.“ Und bitte, bitte, bitte lass diesen Wahnsinn nicht damit zu tun haben, dass ich ein weiblicher Alpha bin und nicht nur von Rykers Gefährtin. „Also danke, aber nein danke.“

Das hätte das Ende sein sollen. Ich habe nein gesagt, ich habe sie nicht angeknurrt und ich bin bereit, meinen Weg zu gehen.

Aber nicht Ryker.

Er richtet sich auf und kratzt sich an der Unterseite seines Kiefers. „Schätzchen."

Ach, komm schon. Schätzchen? Echt jetzt? Jetzt?

Ich würde einen meiner Gehaltsschecks von Charlie's darauf wetten, dass die vier ihm schon genau gesagt haben, was sie denken, als er sie draußen zur Rede stellte und trotzdem hat er mitgespielt.

Schlimmer noch, er ist noch nicht fertig.

Denn dann sagt mein Gefährte: „Weißt du, das ist keine schlechte Idee“, und ich werfe ihm sofort eine scharfen Blick zu.

Huch. Meine Krallen sind draußen. Sieht so aus, als wäre mein Wolf genauso begeistert von ihrer Idee wie ich.

„Fang du nicht damit an“, schnauze ich Ryker an. „Ich kann auf mich selbst aufpassen und das weißt du auch.“

Von den vieren ist Jace der mutigste. Wenn er nur ein bisschen dominanter wäre, könnte er selbst ein Alpha sein und ich erinnere mich, dass er bei unserem letzten Treffen derjenige war, der die Jagd auf Shane bis nach Fang City fortsetzen wollte. Ich war diejenige, die ihn zügelte und ihm den ganzen Weg zurück nach Accalia auf den Fersen war.

Er ist ein schlaksiger Wolf mit schulterlangem Haar, das wie Stroh aussieht. Obwohl das Alter bei Shiftern schwierig zu bestimmen ist, da wir lange Zeit jünger erscheinen, schätze ich ihn aufgrund seiner Aura auf ein paar Jahre älter als mich. Er ist nicht so stämmig und körperlich beeindruckend wie Duke, aber seine hellen Shifter-Augen haben es in sich.

Jace wäre ein großartiger Feind, aber als Verbündeter? Noch wertvoller.

Er ist auch schlau. Anstatt mein Geschlecht gegen mich zu verwenden, nutzt er die Logik. „Du bist die Gefährtin unseres Alphas. Wenn dir etwas zustößt, hat das auch Auswirkungen auf den Rest von uns. Er sorgt sich zu sehr um dich. Du bist die Einzige, die er will. Wenn unser Alpha dadurch stabil genug bleibt, um die Führung zu übernehmen, werden wir alles tun, um dich zu beschützen. Wir bitten nur um die Auszeichnung, deine persönlichen Wächter zu sein, wenn Ryker nicht kann."

„Es ist also nicht nur wegen der Art und Weise, wie ich mein Heulen gegen sie eingesetzt habe? Es scheint, als hätten sie ihre eigenen Gründe, dieses Angebot zu machen und nachdem das Rudel vor zwei Monaten alles getan hat, um mich zu fangen, scheint dieses Angebot ihre Loyalität und Hingabe noch einen Schritt weiter zu bringen.

Um ihren Alpha und ihr Rudel zu schützen, wollen sie dafür sorgen, dass ich in Sicherheit bin.

Ich muss Ryker nicht einmal fragen, ob Jace ihm Worte in den Mund legt. Vor einem Jahr wäre er vielleicht schon über meinen Tod hinweggekommen. Aber nach dreizehn zermürbenden Vollmonden in seinem Keller und all den Nächten, die wir zusammen verbracht haben, um unser Band zu stärken, weiß ich, dass Jace recht hat. Ryker würde ausrasten und eingeschläfert werden müssen, wenn mir etwas zustoßen würde.

Und wenn Ryker etwas zustößt? Ich würde die ganze verdammte Welt niederbrennen, um zu versuchen, ihn zu mir zurückzubringen.

Ist das gesund? Oh, nein. Nicht mal ein bisschen. Aber das ist mir egal. Er ist ein Alpha - der Alpha - und ich würde mich selbst vor ihn stellen, wenn er dadurch in Sicherheit wäre.

Genauso wie er das tun würde - und wenn er das nicht könnte, würde er darauf vertrauen, dass diese vier mich beschützen.

Verdammt, Luna, man hat mich ausgetrickst, nicht wahr? Wie kann ich Nein sagen, ohne wie ein wütender Idiot dazustehen, zumal wir beide wissen, dass ein beträchtliches Kopfgeld auf mich ausgesetzt ist?

Ich kann es nicht.

Ryker vertraut diesen Shiftern auch, sonst hätte er die Sache schon längst abgeblasen, anstatt sich mit der Idee zu beschäftigen. Er hat seinen Rudelrat nach Shanes Verrat bereits überprüft, ich bin mir nicht sicher, wie, aber von den sieben verbliebenen Männern hat er geschworen, dass er ihnen allen vertraut. Indem er ihnen anbietet, meine persönliche Wache zu sein, bestätigt er sein Vertrauen in sie.

Und es kann ja nicht schaden, wenn jemand anderes auf mich aufpasst.

„Gut", sagte ich und warf meine Hände in die Luft, als Dorian und Bobby sich an den Schultern stießen. In Jace' goldenen Augen leuchtet ein Ausdruck der Zufriedenheit auf. Und Duke? Der große Kerl richtet sich zu seiner vollen, unglaublichen Größe auf.

Luna. Er ist bestimmt mehr als einen Meter größer als ich.

Aber weißt du was?

Die vier scheinen so zufrieden zu sein, dass ich nicht anders kann, als hinzuzufügen: „Wenn ihr eure Zeit damit verschwenden wollt, mich zu beobachten, gut. Aber wenn ihr mich zufällig nackt erwischt, seid ihr selbst schuld, wenn Ryker euch die Augäpfel ausreißt."

Darf ich noch sagen, dass ich meinen Gefährten liebe? Anstatt seinem Rat zu versichern, dass er das niemals tun würde, nickt er nur feierlich und stimmt dem zu.

„Seid lieber vorsichtig, Leute." Er hebt seine Hand und zeigt ihnen seine eigenen Krallen. „Ich habe gehört, dass ihr schon einen Blick auf meine Gefährtin geworfen habt. Betrachtet das als euer Gratisgeschenk."

Allein wegen seiner neckischen - oder vielleicht auch nicht so neckischen - Bemerkung beschließe ich, ihn nicht dafür zu beschimpfen, dass er mir das einfach so aufgedrängt hat. Denn, mal ehrlich? Es spielt keine Rolle, dass ich eine Frau oder ein Alpha bin. Für Ryker bin ich etwas Besonderes und wenn ihn zu akzeptieren bedeutet, das zu akzeptieren?

Dann lass die Wachen kommen.

Trotzdem ... gut, dass ich kein Problem damit habe, mich auszuziehen, wenn es nichts Sexuelles ist. Ryker hat sich nicht geirrt. Ich habe mich vor zwei Monaten vor diesen vier Männern vom Fell in die Haut verwandelt und es hat mir nichts ausgemacht. Und wenn ich es wieder tun muss? Zumindest weiß ich, dass sie zu besorgt sein werden, dass Ryker es auf ihre Augäpfel abgesehen hat, als dass sie aufpassen würden.

Das ist das Beste daran, die Gefährtin des Alphas zu sein. Ob er blufft oder nicht, spielt keine Rolle. Er könnte seine Drohung sehr leicht wahr machen und wir alle wissen das.

Und von heute Abend an bin ich die Glückliche, die ihn behalten darf.

Es sind nur noch ein paar Stunden, bis Luna schwer am Himmel hängt und je länger der Tag dauert, desto mehr wünsche ich mir, dass wir es einfach hinter uns bringen.

Ich will Rykers Gefährtin sein. Ich will so sehr mit ihm verbunden sein, dass nichts mehr zwischen uns stehen kann. Und ich will, dass dieser Schatten, der über meinem Kopf zu hängen scheint, endlich verschwindet.

Ich kann ihn einfach nicht abschütteln. Vor allem nach Rykers Reaktion auf das Angebot der Vier, meine persönliche Wache zu sein, bin ich überzeugt, dass er es auch spürt. Er hat sie sofort an die Arbeit geschickt und sie an den vier Punkten seiner Hütte postiert, nur für den Fall.

Genau das hat er gesagt.

Nur für den Fall.

Aber ich kenne ihn. Ich kenne diesen Gesichtsausdruck und ich weiß, wie er sich verschließt, wenn er einen Berg von Gedanken im

Kopf hat. Er mag die Rudelmitglieder täuschen, die einen starken, aber unnahbaren Alpha erwarten, aber ich weiß es besser.

Auch er ist nervös. Genau wie ich weiß Ryker nicht, worauf wir warten, aber das hält uns nicht davon ab, auch in Alarmbereitschaft zu sein.

Ich bezweifle zwar, dass unsere Feinde von unserer heutigen Paarung erfahren haben, aber wer weiß? Es ist möglich. Und solange wir nicht gepaart sind, besteht die Gefahr, dass ich gezwungen werde, mich mit jemand anderem zu paaren - zum Beispiel mit Shane ... -(und) das ist sehr real.

Als Ryker mich einlädt, einen kurzen Spaziergang mit ihm zu machen, um die überschüssige Energie meines Wolfes abzubauen, interpretiere ich das so, dass er sein Revier erkunden will und nehme sein Angebot an. Vielleicht verschwindet diese Vorahnung, wenn ich mit eigenen Augen sehe, dass es in Accalia, genau wie in Muncie, fast unmöglich ist, sich einzuschleichen.

Doch kaum habe ich diesen Gedanken gefasst, stellen sich die Härchen in meinem Nacken auf, als ich spüre, dass sich jemand hinter mir anschleicht.

Kaum sind wir beide ein paar Meter von der Rückseite der Hütte weg, läuft mir ein Schauer über den Rücken. Ich bleibe rechtzeitig stehen, um zu bemerken, dass Ryker bereits mehr als einen Fuß hinter mir ist.

Ich blicke zu ihm zurück. Mein zukünftiger Lebensgefährte verrät nichts. Seine Lippen sind zu einer dünnen Linie zusammengezogen, die Arme wieder vor der Brust verschränkt.

Aber seine Augen? Seine Augen leuchten und strahlen eine Emotion aus, die ich nicht genau zuordnen kann. Fast so, als wäre er gespannt auf meine Reaktion.

Das sagt mir zwei Dinge. Erstens: dass derjenige, der sich an mich heranpirscht, keine Bedrohung darstellt, sonst würde Ryker nicht so cool dastehen. Und zweitens: dass er für denjenigen verantwortlich ist, der dort ist.

Ich atme tief ein und öffne meine Sinne.

Wie an dem Tag, als Ryker mir bis zu seinem Stadthaus in Muncie nachgejagt ist, denke ich: Sie sind gut. Die beiden Shifter hinter mir. Sie sind gut, das muss ich ihnen lassen.

Die Verschmelzung mit den anderen Auren des Rudels und die Tatsache, dass sie aus dem Wind kommen, macht es schwierig, genau zu bestimmen, wer es ist. Aber, Luna, ich bin ein Alpha. Ich zapfe meine Wölfin an und nutze alles, was ich von ihr habe, um herauszufinden, wer hinter mir steht, weil Ryker schon so zufrieden mit sich zu sein scheint.

Und dann lächle ich.

Er weiß es. Da er selbst ein Alpha ist, weiß er es in der Sekunde, in der ich es herausgefunden habe.

Mit einer Stimme, die über den Berg schallt, ruft er: „Hey, Kätzchen. Gibst du deinem alten Herrn eine Umarmung?"

Ich brauche weder den vertrauten Geruch von Zuhause noch die dröhnende Stimme, um zu wissen, wer da ist. Der Spitzname allein reicht schon aus.

Ich wirble herum. „Papa!"

Paul Booker ist vielleicht nicht der Mann, der meine Mutter geschwängert hat, aber er ist der einzige Vater, den ich je hatte. Ich bin so froh, ihn zu sehen - und die schöne Brünette, die an seiner Seite steht.

Da ist meine Mutter, ein strahlendes Lächeln auf ihrem hübschen Gesicht. Sie verschränkt ihre Hände vor der Brust und bewegt sich gerade noch rechtzeitig, als mein Vater seine Arme weit ausbreitet.

Das ist für mich das Stichwort. Mit einem freudigen Quieken renne ich zu ihm hin und springe in die Arme meines Vaters, als wäre ich wieder ein zweijähriger Welpe und nicht eine sechsundzwanzigjährige Frau. Er schlingt seine Arme um mich und hebt mich hoch, während er mich herumwirbelt.

Meine Mutter hat sich so sehr an uns beide gewöhnt, dass sie uns einfach zur Seite geht, damit ich sie nicht trete, während ich mich drehe.

Als mein Vater mich schließlich wieder auf den Boden setzt, vergrabe ich mein Gesicht in seiner Brust und drücke ihn fest an mich. Nachdem ich ihn umarmt habe, drehe ich mich um und werfe meine Arme um meine Mutter. Als sie mir mit ihren Handflächen über den Rücken reibt, scheinen die meisten meiner Sorgen zu verschwinden.

Ich brauchte das.

Ich musste sie sehen.

Das ist *perfekt.*

Von seinem Platz hinter mir höre ich, wie Ryker sich räuspert. Meine Mutter lässt mich los und schließt sich meinem Vater wieder an.

Sobald ich frei bin, legt Ryker seinen Arm über meine Schulter und drückt mich an seine Seite.

Ich schaffe es gerade noch, dem Drang zu widerstehen, mit den Augen zu rollen. Es spielt keine Rolle, dass das meine Eltern sind oder dass wir heute Abend vollständig miteinander verbunden sein werden. Ryker ist ein besitzergreifender Wolf, der seinen Revier abstecken muss, vor allem, weil der Vollmond so nah ist.

Und das stört mich nicht im Geringsten.

„Überraschung, Schatz."

Ich schaue zu ihm auf. Das erklärt die seltsame Vorfreude, die ich vorhin in seinem Blick zu erkennen glaubte. „Du warst das?"

„Rudelfamilie. Meine ist hier. Als ich die Nachfolge meines Vaters antrat, wurde ganz Mountainside meine Familie. Als du hierher kamst, wurdest du auch meine Familie. Aber ich weiß, dass du noch eine andere Familie in Lakeview hast. Ich dachte, es würde dich freuen, wenn sie heute Abend hier wären."

Ich weiß nicht, was ich sagen soll. Ein „Danke" kommt mir so unzureichend vor, und Ryker ist stur genug, dass er sowieso keinen Dank von mir annehmen würde. Er würde einfach sagen, dass er nur das tut, was jeder gute Gefährte tun würde.

Er ist kein guter Gefährte . Er ist der verdammt Beste.

Anstatt mich zu bedanken, küsse ich ihn auf die Wange und sage genau das: „Du bist der Beste."

Seine dunkelgoldenen Augen glitzern. „Ich weiß."

Er ist ein sturer Wolf ohne einen einzigen bescheidenen Knochen in seinem Körper und Luna, er ist wirklich der perfekte Mann für mich.

So wie meine Eltern ihn ansehen, bin ich mir sicher, dass sie genau das Gleiche denken.

Ich weiß, dass ich sie dazu gebracht habe, sich Sorgen um mich zu machen. Meine sanfte Mutter hat mein ganzes Leben lang Angst davor gehabt, dass jemand mein Geheimnis entdeckt und es gegen mich verwendet. Sie hatte solche Angst, dass ein Mann mich zur Paarung zwingen und mich in einer lieblosen Beziehung gefangen halten würde, aus der ich nie wieder herauskommen könnte.

Genau das ist ihr schließlich passiert. Mehr als drei Jahre lang saß sie mit Jack Walker fest und konnte ihm nur entkommen, weil sie nicht aneinander gebunden waren.

Als Luna mich zu Rykers Schicksalsgefährtin ernannte, war sie sehr erleichtert. Ein Alpha würde stark genug sein, mein Geheimnis zu bewahren, dachte sie. Und auch wenn sie fast einen Herzinfarkt bekam, als ich vor dem Rudelrat einen Ausrutscher machte und mich als Alpha preisgab, hat sie mich nicht belehrt oder gescholten. Sie wollte nur das Beste für mich, und ein Neuanfang in Muncie war damals das Beste für mich gewesen.

Ich glaubte, dass Ryker mich zurückgewiesen hatte. Natürlich musste ich Accalia verlassen. Ich war mir auch sicher, dass mein Geheimnis aufgedeckt worden war, also war Lakeview raus. Ich habe mich nicht einmal getraut, nach Hause zurückzukehren, um sie zu sehen, nur für den Fall.

Aber jetzt weiß ich die Wahrheit über das, was passiert ist, ich bin nur noch Stunden davon entfernt, mich an ihn zu binden und meine Eltern sind den ganzen Weg hierher gekommen, um für mich da zu sein, denn egal was passiert, sie wollen immer nur das Beste für mich.

Ich bin bereit, meinen Stolz herunterzuschlucken und zuzugeben, dass das schon immer Ryker Wolfson war ...

Ich weiß nicht, wie lange ich ihn liebevoll anschaue. Lange genug, dass es scheint, als wären wir die einzigen Menschen auf der Welt - bis meine Mutter anfängt, mit ihrem Akzent aus dem Mittleren Westen zu sprechen und ich mich daran erinnere, dass sie noch da sind.

Upsi.

„Deine Tante Corinne schickt ihren Segen zu eurer Hochzeit", sagt meine Mutter zu mir. „Sie hält zu Hause die Stellung, aber ich soll dir sagen, dass sie erwartet, dass du so bald wie möglich in Lakeview vorbeikommst. Du kannst sogar deinen Gefährten mitbringen, denn die Jungs sind daran interessiert, ihn kennenzulernen."

Das klingt schon ganz nach Tante Corinne. Sie ist die ältere Schwester meines Vaters und ein Omega, wie meine Mutter. Sie ist auch diejenige, die mir beigebracht hat, dass es wie bei den Alphas auch bei den Omegas verschiedene Formen, Größen und Verhaltensweisen gibt. Wenn ich zu Hause einen Ausrutscher hatte und meine Alphaseite zum Vorschein kam, haben die Rudelmitglieder, die mich für ein Omega hielten, nie daran gezweifelt, weil ich meistens genauso unverblümt und grob war wie meine Tante.

Sie ist großartig und ich bin ein bisschen enttäuscht, dass sie nicht mitkommen konnte.

Aber dann lehnt sich mein Vater um meine Mutter herum und zwinkert mir neckisch zu. „Sie hat nicht nur ihre Segenswünsche geschickt. Wir haben einen riesigen Kuchen zur Feier eurer Paarung auf dem Rücksitz des Autos."

Ja, denke ich mir, während mein Herz in Sekundenbruchteilen von voll bis zum Platzen schlägt. Das ist definitiv meine Tante Corinne und auch wenn sie nicht hier sein kann, kann ich es kaum erwarten, zu sehen, was sie für uns gebacken hat.

Die beruhigende Art meiner Mutter. Die ansteckend gute Laune meines Vaters. Die köstlichen Backwaren meiner Tante.

Und ein Gefährte, der wusste, dass meine Familie heute Abend hier ist, weil elf Jahre voller Hoffnungen und Träume endlich wahr geworden sind.

Heilige Scheiße! Kann ich noch mehr Glück haben?

16

HERAUSFORDERUNG

Ryker und ich nehmen uns die Zeit, mit meinen Eltern zu Abend zu essen.

Wenn ich Zweifel hatte, ob ich die Zeremonie heute Abend durchziehen soll, kann ich mich an keinen einzigen mehr erinnern, als das Essen vorbei ist. Das erste Mal seit langer Zeit in der Nähe meiner Eltern zu sein, beruhigt meinen Wolf und dass Ryker neben mir sitzt und mein Knie reibt, während er mit meinem Vater über das letzte Alphatreffen spricht, macht die Sache perfekt.

Meine Mutter ist eine berüchtigte Naschkatze und meine Tante Corinne ist eine begabte Bäckerin. Wenn man die beiden zusammen nimmt, wundert es mich nicht, dass Mom nicht nur einen, sondern gleich zwei Desserts mit nach Accalia gebracht hat. Einen dreistöckigen Gewürzkuchen, der nach dem öffentlichen Teil der Zeremonie mit der ganzen Meute geteilt wird und Moms Lieblingskuchen: einen Erdbeerkuchen, den wir vier nach dem Abendessen verschlingen.

Ich meine, warum nicht? Wenn man bedenkt, dass der Gewürzkuchen eher eine Ablenkung für den Rest des Mountainside Rudels ist, während Ryker und ich unsere Paarung unter vier Augen beenden, werde ich kein Stück davon abbekommen.

Außerdem habe ich schon genug Koffein getrunken. Ich könnte den Zucker gut gebrauchen.

So rechtfertige ich es zumindest vor mir selbst. Da wir hier alle Shifter sind - drei von uns vier Alphas - findet niemand an unserem Tisch etwas dabei, wie viel ich hinunterschlinge.

Nach dem Essen arrangiert Ryker, dass Warren, der Ersatz-Beta, meine Eltern in die Höhle bringt. Da sie nur bis zum Ende der Zeremonie bleiben wollen, brauchen sie für heute Nacht kein Bett. Bis Luna herauskommt und das Rudel sich versammelt, werden sie in der Höhle mit einigen von Rykers Ratsmitgliedern abhängen.

Mit einem innigen Kuss und dem Versprechen, mich unter dem Mond zu treffen, gehen meine Bestimmung und ich getrennte Wege, um uns für die Zeremonie fertig zu machen. Ryker will duschen und das Hemd und die Hose anziehen, die er ausgesucht hat und er geht ins Bad. Ich muss mich vergewissern, dass ich noch in mein tailliertes Kleid passe, nachdem ich fast die Hälfte des Erdbeerkuchens gegessen habe, also mache ich mich auf den Weg ins Schlafzimmer.

Glücklicherweise kann ich das und dank einer Art Schneiderkunst habe ich sogar einen Hauch von Kurven, nicht viel, aber wenigstens sehe ich nicht wie ein Stock aus. Ich lasse mein Haar locker über den Rücken fallen und nutze die wenige Zeit, die mir bleibt, um mich zu schminken.

Jahrelang habe ich mein Gesicht immer minimalistisch geschminkt, aber seit ich nach Muncie gezogen bin, experimentiere ich gerne mit Lidschatten, der meine Augen betont. Da es meine Paarungsnacht ist, wähle ich verschiedene Bronze- und Brauntöne, um die honiggoldene Farbe meiner Iris zu betonen. Eine doppelte Schicht Mascara rundet den Look ab und obwohl ich viel nervöser bin, als ich dachte, bin ich bereit.

Ryker ist zehn Minuten früher gegangen, um von seiner Hütte zum Außenbereich der Alphahütte zu gehen, wo sich der Rest des Rudels wahrscheinlich schon versammelt hat. Bei einem kurzen Blick aus dem Wohnzimmerfenster sehe ich, dass es draußen dunkel geworden ist und das einzige Licht vom Vollmond über den Bäumen herabscheint.

Ich habe ihm angeboten, mit ihm zu fahren, aber nachdem ich gesehen habe, wie er gestern auf meinen Jeep reagiert hat, war ich nicht überrascht, als er ablehnte. Als sein Alpha gehört Mountainside Ryker, und die Berge unter seinen Stiefeln singen für ihn; in gewisser Weise ist Accalia die Geliebte, um die ich ihn immer beneidet habe. Seine Loyalität gilt in erster Linie dem Rudel. Natürlich will er ein paar Minuten mit seinem Territorium allein sein, bevor wir die Luna-Zeremonie durchführen und alles für uns und das Mountainside Rudel ändern.

Ich? Ich werde nicht in diesen Schuhen dorthin gehen. Mein Jeep ist mir so lieb wie Accalia für Ryker und als ich merke, dass es Zeit ist, klettere ich hinein, atme tief durch und starte den Motor.

Ryker hat es geschafft, direkt durch die Bäume zu fahren. Accalia hat ungefähr vier Straßen auf dem ganzen Berg. Ich muss einen großen Umweg fahren, aber obwohl Rykers Wolf meinem Jeep Paroli bieten kann, läuft er auf zwei Beinen. Ich bin im Vorteil und als ich eine mir nur allzu vertraute Stelle finde, um mein Auto zu parken, sehe ich, wie Ryker etwa fünfzig Meter vor mir aus dem Wald kommt.

Es ist wieder ein Déjà-vu, aber diesmal? Ich bin nicht auf dem Weg zur Alphahütte, weil ich Ryker zur Rede stellen will oder weil ich ihn nicht finden kann. Ich weiß genau, wo er ist, und als ich mich so schnell wie möglich auf das Leuchtfeuer zubewege, das mein baldiger Gefährte ist, bin ich weder wütend noch besorgt.

Ich bin überglücklich.

Das passiert wirklich und ich kann es kaum erwarten.

Ich habe nur Augen für Ryker. Obwohl ich die Aufmerksamkeit aller in den Reihen vor der Alphakahütte sitzenden Menschen auf mich ziehe, erlaube ich mir, seinen Anblick in förmlicheren Kleidern zu genießen.

Da es sich immer noch um Ryker Wolfson handelt, trägt er ein seidiges, schwarzes Button-Down-Hemd, das sich an seine muskulöse Brust schmiegt. Ein Paar perfekt zerknitterte schwarze Hosen. Glänzende, schwarze Stiefel. Sein schokoladenfarbenes Haar ist in den letzten zwei Monaten noch mehr gewachsen, seit ich ihm gesagt habe, dass ich es lieber zottelig als kurz geschnitten hätte. Mit einem scharfen Seitenscheitel hat er die Haare so gestylt, dass sie mühelos attraktiv aussehen.

Oh, Luna. Ein tödliches Raubtier mit Stil und der Anmut eines Wolfes - dieser Rüde gehört mir.

Er steht neben dem Podium und hat bereits seinen Platz eingenommen. Sein Kopf ist geneigt, seine Zunge drückt gegen seine Unterlippe, während er mich von oben bis unten mustert. Einer anderen menschlichen Tradition folgend, hat er vorhin seine Hütte verlassen, ohne einen Blick darauf zu werfen, wie ich mich aufgetakelt habe.

Wenn er denkt, dass ich so toll aussehe, wie ich glaube, dass er es tut, dann habe ich es gut gemacht.

Als ich zu ihm ans Podium trete, schenke ich Ryker ein nervöses Lächeln und wende mich dann dem Rest der Zeremonie zu, die Trish und Audrey auf die Beine gestellt haben. Sie haben eine tolle Arbeit geleistet, wenn man bedenkt, dass wir gerade erst in Accalia angekommen sind und wissen, dass wir am nächsten Tag die Luna-Zeremonie abhalten werden.

Ich schaue mich suchend unter den gefüllten Sitzen um. Meine Mutter und mein Vater sitzen ganz vorne. Mein Vater hat gewunken, als sich unsere Blicke trafen. Ich winke zurück und schaue dann weiter.

Fehlanzeige. Keine Spur von meinem ehemaligen Mitbewohner.

Obwohl ich bereits akzeptiert hatte, dass Aleks sich nicht wohl fühlen würde, wenn er sieht, wie ich mich Ryker verspreche, hatte ich gedacht ... ich weiß nicht, was ich dachte. Ich schätze, ich habe einfach gehofft, dass er akzeptieren würde, dass ich mich dafür entschieden habe und sich für mich freuen würde.

Und, ja. Das ist eine egoistische Hoffnung, aber ich kann nichts für meine Gefühle, genauso wenig wie er.

Ein Gefühl der Enttäuschung gemischt mit Schuldgefühlen durchzuckt mich. Ich versuche, es mir nicht anmerken zu lassen, vor allem, weil ich von fast fünfzig Shiftern umgeben bin, von denen einige die empathische Fähigkeit haben, Gefühle zu spüren, aber ich hätte es besser wissen müssen, als zu glauben, dass Ryker es nicht erraten würde.

Sein Handrücken streift meine Hand, eine sanfte Liebkosung, die mich aus meinem Schwelgen herausreißt und meine Aufmerksamkeit wieder auf das lenkt, was zählt: Ryker. Sobald ich meinen Kopf drehe und zu ihm aufschaue, ist es so einfach, Aleks zu vergessen, wenn auch nur für einen Moment. Und dann nimmt er meine Hand in seine, die Finger verschränken sich und ich denke nur noch an meinen Gefährten.

Vielleicht haben wir beschlossen, dies als ein großes F-D zu Wicked Wolf Walker und seinen Plänen für mich zu tun. Ryker hat mir von Anfang an gesagt, dass ich ihm gehöre, dass ich immer ihm gehöre, aber er wollte, dass ich mich für ihn entscheide, nicht, weil ich nicht ständig nach Shane oder einem anderen Schläger meines Samenspenders Ausschau halten wollte.

Genauso wie ich wollte, dass er mich für mich wählt, nicht weil wir füreinander bestimmt sind oder weil ich auch ein Alpha bin.

Aber das ist alles nicht wichtig. Nicht mehr.

Hier und jetzt, während ich den Mond beobachte, der Ryker in sein Licht taucht, weiß ich, dass jeder Moment - von dem Moment an, als ich fünfzehn war und einen älteren Jungen ansah und für immer sah - zu diesem Zeitpunkt geführt hat.

Also lass es uns tun.

Der eigentliche "Akzeptanz"-Teil der Zeremonie ist sehr einfach und wenn ich ehrlich bin, nicht die ganze Mühe wert, die das Mountainside Rudel darauf verwendet hat; wenn sie das nicht als Vorwand für eine rudelweite Party nutzen würden, hätte ich mich vielleicht dagegen gesträubt, unsere Paarung in ein Spektakel zu verwandeln. Alles, was wir tun müssen, ist, zusammen unter dem Mond zu stehen und uns von Herzen zu versprechen, einander zu akzeptieren. Das war's.

Ich habe Ryker bereits mein Ja-Wort gegeben, aber jetzt muss ich es vor dem Rest des Rudels tun, damit sie wissen, dass ich mich für ihn entscheide und er sich für mich.

Danach gehen wir in die Alphahütte, um die Zeremonie alleine zu beenden, während unsere Rudelkameraden bei Audrey und Grant feiern, dass wir ein neues Alphapaar sind. Dazu müssen wir uns markieren und paaren und hoffen, dass Luna nach allem, was wir durchgemacht haben, unsere Paarung mit einem unzerbrechlichen Band segnet.

Krallen gekreuzt.

Ryker drückt meine Hand. Ohne Worte fragt er mich, ob ich bereit bin.

Ein klitzekleines Nicken zeigt ihm, dass ich bereit bin.

Ryker öffnet den Mund - und in diesem Moment ertönt aus dem Nichts ein unheilvolles Heulen am Nachthimmel, das die Aufmerksamkeit aller Shifter in der Umgebung auf sich zieht.

Mich eingeschlossen. Mein Kopf zuckt in Richtung des Geräuschs und meine Nackenhaare richten sich sofort auf, als mir klar wird, dass ich dieses Heulen kenne.

Die Reaktion der Menge erfolgt genauso schnell. Während einige der unterwürfigeren Wölfe wie erstarrt sind, übernehmen die dominanten Shifter die Kontrolle. Vier Männchen springen von ihren Sitzen auf und umzingeln mich und Ryker, meine persönliche Wache bekommt bereits ihre erste Chance, sich sowohl mir als auch ihrem Alpha zu beweisen.

Drei andere, darunter Audreys Gefährte Grant, rennen zum Rand des offenen Platzes, die Körper zusammengekauert, bereit, sich zu bewegen, um eine Art Grenze zwischen dem Rest des Rudels und demjenigen zu bilden, der sich von Accalias fernen Grenzen nähert.

Ich erinnere mich, dass mir schon einmal gesagt wurde, dass die Hütte eines Alphas immer abgelegen ist, um dem Rudelführer etwas Privatsphäre zu geben, aber auch, weil er die erste Verteidigungslinie gegen jede Bedrohung seines Rudels ist. Jeder, der ins Herz von Accalia gelangen will, muss zuerst an Ryker vorbei.

Und heute Abend? Das Herz von Accalia ist genau hier, wo sich alle Rudelmitglieder gleich hinter der Alphahütte versammelt haben - und genau von dort kommt die Bedrohung.

Shane Loup ist ein verdammter Luna-Bastard. Er nutzt sein Heulen, um seine Anwesenheit anzukündigen und hat dann die Frechheit, zur Zeremonie zu schlendern, als hätte er eine Einladung, aber er ist einfach ein bisschen zu spät. Andererseits, wenn man bedenkt, dass wir noch kein einziges Gelübde ausgetauscht haben, ist er vielleicht genau pünktlich ...

Ich bin nicht die Einzige, die ihn am liebsten in Stücke reißen würde, sobald ich ihn sehe. An meiner Seite spüre ich, dass Ryker im Zwiespalt ist. Ein Teil von ihm will wissen, was sein ehemaliger Beta hier macht, während seine Alphaseite die Bedrohung für sein Rudel sieht und es vernichten will.

Das Gleiche gilt für seinen Rudelrat. Shane war einer von ihnen und dann hat er sie verraten. Ich weiß, dass Jace ihm gerne an die Gurgel gehen würde und ich bezweifle, dass er der Einzige ist.

Es ist Grant, der den ersten Schritt macht. Ich verstehe es auch. Zwei Monate lang musste er eine Gefährtin trösten, die zwischen ihrem Bruder und ihrem Rudel hin- und hergerissen war. Wenn jemand außer mir und Ryker das erste Blut verdient hat, dann ist es definitiv Grant.

Doch bevor Grant sich auf den grinsenden Shane stürzen kann, ruft dieser vier Worte, die fast jeden Shifter zum Stehen bringen können:

„Ich fordere den Alpha heraus."

Oh, verdammt, nein!

Ein Beta/Rivale fordert heraus.

Sobald dieser Fehdehandschuh geworfen wird, gibt es nur einen Shifter, der darauf antworten kann: der Alpha des Rudels. Jeder, der sich einmischt, würde nur gegen Ryker arbeiten und ich traue es Shane zu, das so zu verdrehen, dass er die Herausforderung gewinnt.

Wie konnte ich das nur vergessen? Wie konnte ich nur so ein Idiot sein? Sicher, Shane hat sich eingeredet, dass er durch die Paarung mit mir zu dem Alpha wird, als den er gerne geboren worden wäre, aber es gibt ein kleines Schlupfloch im Rudelgesetz, an das ich mich hätte erinnern müssen.

Wer einen Alpha herausfordert, nimmt seinen Platz ein. So einfach ist das.

Natürlich weiß ich, warum mir das nie in den Sinn gekommen ist. Betas wenden sich selten gegen ihre Alphas. Das ist einfach nicht üblich.

Aber Shane ist kein gewöhnlicher Betawolf, habe ich gelernt. Nachdem er sich auf die Seite des Bösen Wolfes geschlagen hat, ist das Einzige, was ihn zurückhält, sein aktueller Status in der Hierarchie des Rudels.

Ryker herausfordern? Ryker töten?

Problem gelöst.

Und da fast jede Alpha-Herausforderung damit endet, dass nur noch ein Shifter übrig bleibt, kann Shane nicht nur sein Rudel übernehmen.

Sondern auch mich.

Oh, nein.

Nein, nein, nein.

Meine Wölfin fletscht die Zähne und befiehlt mir, die Sache zu beenden, bevor sie anfängt. Nicht nur, weil es für sie offensichtlich ist, dass wir in diesen Schlamassel verwickelt sind, sondern auch, weil selbst eine winzige Chance, dass Ryker verletzt werden könnte, zu viel für mich ist.

Schade, dass ich das nicht kann. Ich bin nicht diejenige, die herausgefordert wurde, und selbst wenn ich ein Alpha bin, kann ich mich nicht einmischen.

Keiner von uns kann das.

Ryker hält immer noch meine Hand. Als er anfängt, sich vor mir zu bewegen, um einen weiteren Körper zwischen mich und Shane zu bringen, will ich meinen Griff fester machen, aber er zieht mich sanft zurück, bevor ich es kann.

Ich muss ihn loslassen. So sehr ich es auch hasse, ich muss es tun.

Er verkürzt den Abstand zwischen ihm und Shane um die Hälfte. Ryker nähert sich ihm mit einer fast trägen Miene, als ob es ihm egal wäre, dass sein ehemaliger Beta und Ex-Freund ihn herausgefordert hat und setzt denselben neutralen Gesichtsausdruck auf, der mich immer in den Wahnsinn getrieben hat.

Er zupft am Saum seines Ärmels und zeigt dabei absichtlich seine stumpfen, menschlichen Fingernägel - noch sind es keine Krallen - und zieht die Augenbrauen hoch. „Du willst das nicht tun, Shane."

„Oh, und wie ich das will."

„Lass es mich anders ausdrücken", sagt Ryker und verdammt, wenn das nicht der gleiche Ton ist, den er in der Nacht anschlug, als ich glaubte, er wolle mich zurückweisen. „Du musst das nicht tun. Nimm die Herausforderung zurück und ich garantiere dir, dass du Accalia in einem Stück verlassen wirst. Heute ist meine Paarungsnacht und ich bin gut drauf. Bis jetzt. Ich werde dir nicht nachstellen, wenn ich heute Abend etwas Besseres zu tun habe. Das ist das Beste, was ich dir anbieten kann. Ich schlage vor, du nimmst es an."

Wenn du mich fragst, finde ich, dass Ryker mehr als fair ist. Wenn er die Herausforderung nicht annimmt und Shane sie zurückzieht, dann gibt es die Herausforderung nicht. Das wäre zwar ein Makel für Ryker und würde ihn für zukünftige Herausforderungen durch andere Möchtegern-Alphas angreifbar machen, aber das tut er nur, weil er den Herausforderer kennt.

Er will seinen Freund nicht töten. Ihn davon abhalten, eine Bedrohung zu sein? Ja, natürlich. Ihn daran hindern, mit mehr Informationen für Wicked Wolf Walker zurückzukehren? Das auch. Aber ihn töten?

Nicht, wenn er es verhindern kann.

Vor zwei Monaten hätte er die Herausforderung angenommen, ohne Fragen zu stellen. Da er gerade erst verwildert war und mit Mondfieber zu kämpfen hatte, war Ryker wütend über Shanes Verrat und bereit, ihn aufzuschlitzen. Er hatte das Mountainside Rudel verraten und versucht, seine Gefährtin zu stehlen. Ja, Ryker wollte Blut.

Aber das ist Shane. Selbst nach allem, was er getan hat, hat Ryker immer noch das Bild von den beiden in seinem Wohnzimmer hängen.

Zu schade, dass der Mistkerl Rykers Angebot nicht annimmt.

„Nimmst du es zurück?“ Er lacht, aber es ist kein Tropfen Humor darin. „Den Teufel werde ich tun. Ich fordere dich heraus, Ryker. Kämpfe gegen mich, verdammt!“

Das Knacken, als Ryker seine Finger beugt und seine Hände in tödliche Waffen mit Krallen verwandelt, hallt über die Lichtung. „Du weißt nicht, was du da sagst.“

„Nein, das weißt du nicht. Du hast es nie verstanden“, knurrt Shane. Der gutaussehende Mann, der mit einem spöttischen Grinsen dasteht, ist verschwunden. Als hätte er sich von Rykers cooler Einstellung anstecken lassen, wird er im Handumdrehen von eingebildet zu wütend. „Du hast immer alles bekommen, was du wolltest. Du wurdest als verdammter Alpha geboren, als Sohn des Rudelführers. Du wusstest, dass du der Nächste in der Reihe sein würdest, wenn dein alter Herr stirbt. Ich will ein Alpha sein. Entweder ich töte dich oder ich mache deine Schlampe zu meiner. Nur so kann ich bekommen, was du hast und ich verdiene es. Wenn du nicht mit mir kämpfen willst, dann gib mir Gem. Ich gehe mit ihr weg und du darfst deinen Kopf behalten. Einverstanden?“

Jace knurrt, weil Shane mich so fies eine Schlampe nennt. Bobby rückt etwas näher an mich heran, als wolle er sich vergewissern, dass es mir gut geht.

Mir geht es gut. Schließlich bin ich nicht diejenige, die herausgefordert wird. Und eine Schlampe genannt zu werden? Ich bin ein weiblicher Alpha-Wolfswandler. Ich bin eine Schlampe. Es ist einfach scheiße zu wissen, dass ich Recht hatte. Er will, dass Ryker stirbt oder dass ich ihm helfe, ein Alpha zu werden.

Ja, klar. Nicht einmal, wenn Luna es selbst gewollt hätte.

Ryker ist auf derselben Seite wie ich. „Ich werde sie dir nicht überlassen. Sie ist meine Gefährtin."

Shane scheint überrascht zu sein, dass sein Gegenangebot nicht so verlockend war, wie er offensichtlich dachte.

Mit einem Spott sagt er: „Es ist nur eine Muschi, Ryker. Eine Schlampe. Du wirfst alles weg - unsere Freundschaft, ein Bündnis mit dem Westlichen Rudel, die vollständige Kontrolle über Mountainside, sogar die Chance, die Parasiten in der Stadt unter uns auszulöschen ... Das alles wirfst du weg, nur weil du sie für dich beanspruchen willst, anstatt mir eine verdammte Sache in meinem Leben zu lassen?"

„Du liebst Gem nicht einmal."

„Und du schon?"

„Mehr als das Leben selbst", verkündet Ryker. „Siehst du? Das ist etwas, das du nicht verstehst, Shane. Es geht nicht darum, dass ich sie einfach nur liebe oder sie für mich beanspruchen will. Wie kann ich das, wenn sie mich besitzt? Ich war schon immer ihr Gefährte. Wenn es das ist, was du willst, dann lass die Herausforderung bestehen. Denn ich werde sie dir nicht überlassen."

Shane legt den Kopf leicht schief, um seine Wut von vorhin etwas zu zügeln. Er mustert Ryker, als ob er nicht verstehen würde, was er meint. „Du bist wirklich bereit, für sie zu sterben?"

„Wenn ich muss."

„Vergesst nicht, was er gesagt hat", ruft Shane dem Rest des Rudels zu. „Wenn die Herausforderung vorbei ist, denkt daran, dass er das für sie getan hat."

Ich kann nicht länger ruhig bleiben. Die Art und Weise, wie er mir vor dem Rudel seine Liebe gestanden hat, hat mir die Stimme geraubt, aber als er mir gesteht, dass er bereit ist, zu sterben, wo wir doch so nah an der Ewigkeit sind, muss ich einfach etwas sagen.

„Ryker, nein …“

17

EINFACH SO

Aber es war bereits geschehen. Als Herausforderer holt Shane zum ersten Schlag aus. Er umkreist Ryker, bevor er mit einer gewandelten Hand zuschlägt. Die Klauen harken über Rykers Gesicht und der Geruch seines Blutes erfüllt die Luft.

Danach geht es weiter: Ryker setzt die ganze Kraft seines Shifters ein, um Shane eine Rückhand zu geben und ihn drei Meter weit von sich wegzuschleudern.

Shane kommt wieder auf die Beine und hält nur inne, um seinen Handrücken an sein Gesicht zu halten. Ryker hat seine Krallen nicht benutzt - noch nicht - aber die Wucht seines Schlags hat Shanes Lippe aufgerissen.

Seine Augen funkelten bösartig. „Ist das alles, was du drauf hast?“

Knurrend hebt Ryker einen der plötzlich leeren Stühle auf, zerbricht das Holz und wirft die zerklüfteten Teile nach Shane, bevor er sich in den Kampf wirft.

Es ist nie eine gute Idee, einen Alpha zu verspotten, denke ich und weiche vom Podium zurück, als die beiden kämpfenden Männer ihre brutale Schlägerei näher an den Ort verlegen, an dem unsere Zeremonie stattgefunden hätte.

Als ob sie wüssten, dass ich nach einer Gelegenheit suche, mich in das Getümmel zu stürzen, stellt sich Jace neben Bobby. Die beiden Männer flankieren mich von beiden Seiten, wobei sie darauf achten, dass sie nur wenige Zentimeter von mir entfernt bleiben, ohne mich zu berühren. Sie werden keine einzige Kralle an mich anlegen, es sei denn, sie glauben, dass sie es müssen, und während ich Shane und Ryker dabei zuschaue, wie sie aufeinander losgehen, bereue ich ernsthaft, wie leichtfertig ich den vier Shiftern die Erlaubnis gegeben habe, mich zu bewachen.

Gut gemacht, Gem.

Verdammte Scheiße. Mein Traum von einer Paarung hat sich in einen Albtraum verwandelt.

Meine Hände sind zu Fäusten geballt, damit ich mein Kleid nicht mit meinen Krallen zerfetzen muss. Abgesehen von mir und meinen vier ach so hilfreichen Wächtern haben alle anderen Shifter ihre Plätze geräumt, damit Ryker und Shane Platz zum Kämpfen haben. Ich kann auch sehen, dass die Zahl der Zuschauer deutlich geschrumpft ist. Einige Wolfswandler sind zu sanftmütig, um sich einen Kampf auf Leben und Tod anzusehen und es gibt Deltas und Gammas, die sie außer Sichtweite beschützen würden.

Ein Teil von mir möchte auch in den Wäldern verschwinden. Aber das kann ich nicht, nicht wenn Ryker in Gefahr ist, also bleibe ich als Zeuge, wie unsere Luna-Zeremonie im Grunde zerstört wird.

Die Schlägerei hat auf einer Lichtung begonnen, aber so bösartig sie auch ist, sie hat sich näher an den Ort verlagert, an dem Trish und Audrey alles für heute Abend vorbereitet haben. Die erste Stuhlreihe ist dem Kampf zum Opfer gefallen und als Ryker die Gelegenheit hat, Shanes Halsschlagader aufzuschlitzen, spritzt das Blut sogar so weit, dass die Vorderseite meines ehemals weißen Kleides purpurrot wird.

Es ist keine tödliche Wunde. Nicht für einen Shifter. Aber während Shane an seinem Blut gurgelt, nutzt Ryker die Ablenkung, um Shane die Knie unter den Füßen wegzutreten. Der Beta geht hart zu Boden, aber Ryker holt nicht zum tödlichen Schlag aus.

Stattdessen bleibt er mit stolzgeschwellter Brust und so viel Blut, dass ich nicht sagen kann, was zu ihm und was zu Shane gehört, über seinem Herausforderer stehen, sein Blick ist geschmolzen.

„So muss es nicht sein. Unterwirf dich, Shane." Seine Stimme ist rau. Voller Befehlsgewalt eines Alphas. „Gib nach."

Das hätte eigentlich reichen müssen, aber das tut es nicht. Nachdem er das letzte Blut hinuntergewürgt hat und seine regenerativen Kräfte ihn so weit geheilt haben, dass er sich auf die Knie ziehen kann, blickt er höhnisch zu Ryker auf.

„Du bist zu schwach, um der Alpha zu sein. Accalia hat etwas Besseres verdient als dich an seiner Spitze. Jack hat mir das Rudel und die Hündin versprochen." Er stellt sich auf einen Fuß, dann auf den nächsten. Luna, ich wünschte, er würde einfach unten bleiben. „Wenn du dich ergibst, darfst du vielleicht ab und zu zusehen, wie ich sie ficke."

Ich weiß, dass er von dem Bösen Wolf vergiftet wurde. Shane wurde beigebracht zu glauben, dass Grausamkeit besser ist als Freundlichkeit und dass Mitgefühl für seine Rudelmitglieder eine Schwäche ist. Aber er hat einen entscheidenden Fehler gemacht. Bei Vollmond hat er gerade einen gebundenen Mann verspottet. Es spielt keine Rolle, dass die Bindung noch nicht gefestigt ist, all die Vollmonde, die Ryker wild und angekettet in seinem Keller verbracht hat, sind Beweis genug, dass er mich schon lange als seinen Gefährten betrachtet.

Und Shane hat gerade damit geprahlt, dass er mich ficken wird.

Wenn ich nicht das Weibchen wäre, das er zur Paarung zwingen wollte, hätte ich vielleicht ein schlechtes Gewissen, weil er das unwissentlich ausgelöst hat. Niemals würde Ryker eine solche Drohung auf sich beruhen lassen.

Doch bevor einer von uns mehr tun kann, als über seine Dreistigkeit zu staunen, nutzt Shane die scheinbar fassungslose Stille von Ryker aus und verwandelt sich komplett in einen Wolf.

Technisch gesehen verstößt das nicht gegen die Regeln einer Alpha-Herausforderung. Es ist nur ... nicht üblich. Bei den meisten Herausforderungen ist die Gestalt, in der du den Kampf beginnst, auch die, in der du ihn beendest. Haut gegen Haut, Fell gegen Fell - es ist nicht üblich, dass ein Wolf angreift, wenn sein Gegner noch seine menschliche Gestalt hat.

Aber es ist nicht verboten und wir können nur zusehen, wie Shanes Wolf seine kräftigen Hinterbeine benutzt, um sich auf Ryker zu stürzen

Bis jetzt hat sich Ryker zurückgehalten. Für jeden, der Augen hat, ist es klar, dass er Shane jede Chance gibt, ein paar Schläge zu landen, bevor er merkt, dass diese Herausforderung aussichtslos ist. Aber als Shane mit seinen Vorderpfoten auf ihn zustürmt und seine Kiefer zuschnappen lässt, während er auf Rykers Kehle zielt, scheint es so, als ob alle Wetten verloren sind.

Er verändert sich. Aber nicht die Form. Er bleibt in seiner Haut und verwandelt sich teilweise, wobei er sich auf die Kraft seines Wolfes verlässt, um Shane zu fangen, bevor dieser seine Kiefer in die Nähe von Ryker bringen kann.

Durch den Aufprall wird er herumgeschleudert und prallt gegen eine Reihe von frei gewordenen Stühlen. Das Holz zersplittert, als er hart auf dem Boden aufschlägt, aber er schafft es trotzdem, den knurrenden Wolf von sich zu werfen.

Shane trifft mit seiner Wirbelsäule eine weitere Reihe verlassener Sitze.

Ich werde nie erfahren, ob die Art und Weise, wie Ryker ihn geworfen hat, Absicht war oder ob er einfach nur verdammtes Glück hatte - und später beschließe ich, dass ich nie fragen werde - aber die Art und Weise, wie Shanes Wolf auf die Stühle auf seinem Rücken knallt, macht etwas kaputt. Er kläfft auf und geht zu Boden.

Dieses Mal zögert Ryker nicht.

Vor heute Abend habe ich ihn nur ein einziges Mal kämpfen sehen, um zu töten. Als Aleks ihm im Charlie's klarmachte, dass er mich für sich beansprucht, sprang Ryker in seiner besitzergreifenden Wut über die Theke und packte Aleks. Als ich Ryker von ihm wegziehen konnte, war die ganze Brust meines Ex-Zimmergenossen in Hackfleisch verwandelt, und nur zwei Gehaltsschecks von Charlies Blutvorrat reichten aus, damit Aleks sich von dem Angriff erholte.

Aleks hat sich nicht gewehrt. Ich dachte, dass das Ausmaß seiner Verletzungen so schlimm war, weil er sich nicht gewehrt hat.

Und dann sehe ich, wie Ryker Shanes Wolf mit Leichtigkeit in Stücke reißt und nur ein paar Meter von mir entfernt einen Haufen Blut und Fellreste zurücklässt.

Einfach so ist es vorbei.

Shane Loup, der ehemalige Beta des Mountainside Packs, hat verloren - sowohl die Herausforderung als auch sein Leben. Er ist tot und der Alpha hat gesiegt.

Zu welchem Preis? Ich weiß es nicht, aber es musste getan werden.

Ich hoffe nur, dass mein Gefährte das auch so sieht.

~

Ich will zu Ryker eilen, um nach ihm zu sehen, aber ich zwinge mich, in der Nähe des Podiums zu bleiben.

Es ist eine weitere Rudelsache. Da Shane uns unterbrochen hat, hat Ryker mich nicht offiziell vor seinen Rudelmitgliedern oder seinem Rat als seinen Gefährten akzeptiert. Ich bin für ihn bestimmt, aber das ist auch schon alles. Schlimmer noch, sie sehen mich instinktiv als einen weiteren Alpha und damit als eine Bedrohung für seine Kontrolle über das Rudel, vor allem so kurz nach einer Alpha-Herausforderung. Ich will ihn auf keinen Fall untergraben und bin sehr vorsichtig, nichts zu tun, was als zweite Herausforderung missverstanden werden könnte, während die Spannungen noch immer köcheln.

Aber ich muss trotzdem stark sein. Ich muss allen in Mountainside zeigen, dass ich die richtige Partnerin für ihren Alpha bin. Dass ich ihn genau so unterstützen kann, wie er es braucht.

Egal, wie schwer das für mich ist.

Mit einem kurzen Blick in meine Richtung, um sich zu vergewissern, dass es mir gut geht, führt Ryker Grant, Jace und Duke auf die andere Seite der Lichtung. Mit leisen Stimmen, die wir anderen Shifter nicht ganz hören können, unterhalten sie sich in aller Eile. Bobby schließt sich an und löst Grant ab, der auf ein feierliches Nicken seines Alphas hin zu seiner Gefährtin zurückeilt.

Audrey bricht in seinen Armen zusammen. Sie war blass geworden, als ihr Bruder die Zeremonie unterbrach und weinte leise, als er die Herausforderung aussprach, aber sie war durch und durch Mountainside. Genau wie ich hat sie sich nicht eingemischt und auch nicht getrauert, als Ryker ihn töten musste.

Aber jetzt, wo sie seine Erlaubnis zu haben scheint, gibt Audrey ihrem Kummer nach.

Mein Herz schmerzt für sie. Sie saß zwischen ihrer Loyalität zu ihrem Blut und zu ihrem Rudel fest, für einen Shifter gibt es nichts Schlimmeres, als zwischen einem Felsen und einem harten Ort gefangen zu sein. Auch wenn Ryker im Recht war und jeder hier zustimmen würde, musste sie trotzdem mit ansehen, wie Ryker ihren Bruder in Stücke riss.

Ich beobachte, wie sich Dahlia, eine zierliche Frau mit kurzen, stacheligen weiß-blonden Haaren, vom Rest des Rudels trennt. Das wundert mich nicht. Im Gegensatz zu mir ist sie ein echter Omega, eigentlich ist sie der Mountainside Omega. Das ist gut. Mit der Hilfe ihres Omega und ihres Gefährten wird Audrey wieder gesund. Vielleicht nicht jetzt. Und vielleicht auch nicht bald. Aber es wird ihr gut gehen und ich verspreche, ihr die manipulierte Cola nie wieder vorzuwerfen.

Mit Dahlias Hilfe scheucht Grant Audrey weg. Als sie in den Bäumen verschwunden ist, sagt Ryker noch etwas zu den Mitgliedern des Rudelrats, die er um sich versammelt hat.

Der kleine Kreis löst sich auf. Zu Duke und Jace gesellen sich drei weitere Mitglieder von Rykers Rudelrat, um sich um Shanes Überreste zu kümmern. Bobby packt Dorian am Kragen und zeigt auf die Reihe der zerschlagenen Stühle. Die beiden fangen an, die Scherben wegzuräumen, aber kaum haben sie angefangen, kommen unzählige andere Rudelmitglieder zur Hilfe, darunter auch meine Mutter und zu meiner Überraschung auch Trish Danvers.

Sobald Ryker allein ist, geht mein Vater auf ihn zu. Er ist vorsichtig; als ein weiterer Alpha weiß er, wie unbeständig sich Ryker im Moment fühlen muss. Dann beugt er sich zu ihm und flüstert ihm zu. Das ... das ist wirklich ein bisschen schockierend. Ich kenne Paul Booker, seit ich knapp ein Jahr alt bin, und ich hätte nicht gedacht, dass er flüstern kann.

Nach einem kurzen Austausch schauen die beiden Rudel-Alphas zu mir rüber.

Da ich nicht weiß, warum, aber ich nicht will, dass sie sich Sorgen um mich machen, lächle ich und winke.

Die Augen meines Vaters kräuseln sich in den Winkeln. Er zeigt mir einen Daumen nach oben und ruft: „Gut gemacht, Kätzchen."

Er klopft Ryker auf die Schulter, schüttelt leicht den Kopf und setzt sich in die erste Reihe der Überlebenden. Ich höre ihn nach meiner Mutter murmeln. Als der Kampf ausbrach, hatte er sie sofort in Sicherheit gebracht. Jetzt, wo es vorbei ist und die Leiche weg ist, ruft er nach ihr und ist nicht einmal ein bisschen überrascht, dass sie mit den Rudelleuten zusammenarbeitet, um so viele Plätze wie möglich zu retten.

Sie geht auf Papa zu und wirft mir einen Kuss zu, als sie sich neben ihn setzen will, aber mein Vater klopft sich auf den Schoß. Das Gesicht meiner Mutter färbt sich rosa. Sie schüttelt den Kopf und faltet ihr Kleid unter sich zusammen, bevor sie sich wieder auf den von ihr gewählten Stuhl neben ihm setzt. Mein Vater gibt ihr ein spöttisches Knurren, dann steht er auf und schiebt einen Arm unter ihren Hintern, den anderen hinter ihren Rücken. So einfach hebt er sie hoch und lässt sich dann mit ihr in seinen Armen fallen.

Meine Mutter - sie ist jetzt knallrot - wirft ihre Arme um die Schulter meines Vaters und drückt ihn fest an sich.

Es ist offensichtlich, was sie da tun. Mein Vater nutzt nicht nur jede Gelegenheit, um mit meiner Mutter zu kuscheln, sondern er hält sie auch auf seinem Schoß, damit jemand anderes ihren Platz einnehmen kann.

Weil meine Eltern? Sie warten darauf, dass wir mit der Zeremonie weitermachen. Alle anderen stehen herum und wissen nicht, was sie tun sollen, aber mein Alpha-Papa und meine Omega-Mama haben keinen Zweifel daran, dass wir das zu Ende bringen werden, weswegen wir alle heute Abend hierher gekommen sind.

Das macht mir zumindest klar, dass alles in Ordnung sein wird. Shane kann mir nicht wehtun, Ryker ist in Sicherheit und meine Eltern sind immer noch lächerlich verliebt. Ich nehme ihre langanhaltende Zuneigung als ein Zeichen dafür, dass ich und Ryker eines

Tages bei der Paarungszeremonie unseres eigenen Welpen in der ersten Reihe sitzen und unausstehlich kuscheln werden, während unser Kind so tut, als würde es nichts sehen.

Eines Tages werden wir diese Welpen haben. Wir werden eine Verpaarung haben, die auch in fünfundzwanzig Jahren noch Bestand haben wird. Ich weiß es.

Und alles beginnt mit heute Abend.

Als mich diese Vorahnung überkommt, kläfft mein Wolf, um meine Aufmerksamkeit zu erregen. Ich schaue gerade noch rechtzeitig rüber, um Ryker auf mich zukommen zu sehen.

Sein Gesichtsausdruck ist neutral, aber ich schaue ihm nicht ins Gesicht. Ich kenne sein Gesicht und weiß, dass er so sehr daran gewöhnt ist, eine Maske zu tragen, dass es sinnlos ist, in seinem scharfen Kiefer, seinen markanten Wangen und seinem starken Profil etwas zu erkennen.

Aber seine Augen? Ein Mädchen kann aus den Augen eines Mannes eine Menge über ihn herauslesen.

Ryker ist da keine Ausnahme. In den Tiefen seines dunkelgoldenen Blicks sehe ich Sorgen. Ich sehe Scham. Wie bei Audrey sehe ich Kummer.

Und ich sehe Angst.

Mein großer, starker Alpha hat Angst, dass ich meine Meinung ändere und er beweist, dass ich Recht habe, als er sagt: „Paul hat mich gerade gefragt, ob wir bald anfangen werden."

Ich nicke. Genau das habe ich erwartet, als ich gesehen habe, wie sie ihren Platz eingenommen haben.

„Das klingt wie mein Vater. Er sagt immer, er sei zu alt, um zu warten." Das ist ein alter Witz, denn Shifter sind langlebig und mein Vater ist gerade erst fünfzig geworden. Das hat er auch schon gesagt, als er dreißig war und ich ihn warten ließ, während ich auf der

Toilette ein Buch las. Als ob ich nicht wüsste, dass er gerade nach draußen gelaufen ist, um sein Revier zu markieren, indem er um die Alpha-Hütte in Lakeview gepisst hat. „Was hast du ihm gesagt?"

„Dass wir die Zeremonie wahrscheinlich auf nächsten Monat verschieben müssen. Er lachte und wünschte mir viel Glück dabei, dann setzte er sich." Er wirft einen Blick über seine Schulter. „Sieht so aus, als würde der Rest des Rudels dem Beispiel deiner Eltern folgen. Die Plätze füllen sich wieder."

„Das sehe ich."

„Soll ich ihnen sagen, dass die Zeremonie ausfällt, oder sollen wir das gemeinsam tun?"

Oh, Ryker. Er kann doch nicht denken, dass ich ihn so einfach davonkommen lasse.

„Gibt es einen Grund dafür, dass du mir heute Abend absagen willst?"

„Nun, ich musste gerade meinen Beta fertig machen. Alpha-Herausforderungen sind ein Dämpfer für jede Feier."

„Vielleicht in Mountainside. In Lakeview hatten wir nicht viele, weil dort alle meinen Vater lieben, aber du vergisst, dass ich aus dem Western Pack komme. Dem Wolfsbezirk. Meine Mutter hat mir Geschichten erzählt, die du nicht glauben würdest. Dort war eine Herausforderung ein Fest." Vor allem, weil der böse Wolf Walker sein Rudel so führte, aber trotzdem. „Du bist am Leben. Ich bin am Leben. Wir haben bis zu diesem Vollmond überlebt. Willst du wirklich einen weiteren Zyklus warten, um das alles noch einmal zu machen?"

„Gemma, ich ..."

Ich nehme Rykers Hand. Nun, nein. Nicht eine Hand. Nicht wirklich. Obwohl Shane am Ende ganz zum Wolf wurde, um ihn herauszufordern, tat Ryker das nicht. Er blieb bei einer teilweisen Verwandlung, sein Körper krümmte sich in einer bestialischen Form, die sich als gefährlicher erwies als die eines vollen Wolfes.

Jetzt, wo sein innerer Wolf ihn immer noch fest im Griff hat, sind einige Teile von ihm immer noch mehr Tier als Mensch, einschließlich seiner Hand.

Um die Herausforderung anzunehmen, war Ryker wirklich ein echter Alpha. Er verließ sich auf die tödlichsten Teile seiner beiden Hälften: seinen tierischen Instinkt, um zu überleben, seine Alpha-Natur, um zu dominieren, seine Klauen, seine Reißzähne und seinen menschlichen Drang, Shane in die Schranken zu weisen.

Es war nicht schön. Es war nicht nett. Aber wir sind Shifter. Wenn er denkt, dass irgendetwas, was passiert ist, mich davon abhält, ihn zu paaren, dann weiß er immer noch einen Scheißdreck über mich.

Also ist es keine Hand, sondern eine Pfote. Ich greife nach der Pfote, deren Krallen zu rasiermesserscharfen Spitzen ausgefahren sind, und bemerke, dass sie blutverschmiert ist.

Das Blut von Shane.

Ich werde es nicht probieren, auch wenn mein Wolf neugierig genug ist, um sich zu fragen, wie verdorben es ist. Stattdessen verschränke ich meine Finger mit seinen, um ihm zu zeigen, dass ich ihn immer akzeptieren werde, egal was passiert.

„Ich liebe dich", sage ich ihm. Luna, es fühlt sich so gut an, die Worte einfach auszusprechen. „Ich liebe dich, und ich will deine Gefährtin sein. Deine Gefährtin für immer. Nicht in der Zukunft. Nicht nächsten Monat. Heute noch."

Ich nehme seine Pfote und wische das Blut an meinem weißen Kleid ab. Es ist bereits vom Kampf mit Blut bespritzt, sodass ich nur weitere Streifen in die Mitte schmiere.

„Wenn du willst, können wir die Zeremonie verschieben. Wir können den öffentlichen Teil auch ganz ausfallen lassen, wenn dir das lieber ist. Aber du hast mich gebeten, deine Gefährtin zu werden. Wiederholt, möchte ich hinzufügen. Schließlich habe ich zugestimmt. Also lass es uns tun, Ryker. Ich bin bereit, wenn du es bist.“

Er schaut mir lange ins Gesicht, auf der Suche nach einem Hinweis darauf, dass ich ihn verarsche oder, was weiß ich, auf den Arm nehme.

Nö.

Ich meine es völlig ernst.

Ryker stößt einen zittrigen Atemzug aus und seine Lippen verziehen sich gerade so weit, dass die Angst in seinen Augen in pure Zuneigung umschlägt.

Schade, dass ich die Liebe, die in jeder harten Linie seines Gesichts geschrieben steht, nur eine einzige Sekunde lang sehen kann, bevor er den Blick von mir abwendet und an sich herunterschaut.

Sein seidenes Button-Down-Hemd ist an den Ärmelsäumen zerfetzt und mit Rissen von Shanes Krallen übersät. Seine Hose ist an den Nähten geplatzt, so dass sie um seine Stiefel flattert. Während einer Teilverschiebung wölbt sich der Körper und bereitet sich darauf vor, zu wechseln, von zwei Beinen zu vier zu werden. Irgendetwas an der Verteilung der Masse drückt gegen den Stoff, den wir tragen, wenn wir in unserer menschlichen Form sind. Das ist auch der Grund, warum die Kleidung bei einer vollständigen Verwandlung in Fetzen zerfällt. Er ist immer noch angezogen, aber nur in Fetzen.

Das ist in Ordnung.

Mein weißes Kleid ist blutrot gefärbt.

Die perfekte Art für zwei Alphawölfe, eine Shifter-Paarung zu veranstalten, oder?

18

DIE LUNA-ZEREMONIE

Die Luna-Zeremonie ist das, was einer Hochzeit im menschlichen Stil am nächsten kommt, aber ich erwarte, dass die Theatralik nach der Zeremonie nachlässt.

Aber das ist Ryker, und ich hätte es besser wissen müssen. Er ist der Mann, der mir eine Halskette aus seinem eigenen Eckzahn gegossen hat, um Aleksander zu übertrumpfen und er ist derselbe Mann, der bereit war, das zu tun, während wir beide mit dem Blut seines ehemaligen Betas bedeckt waren - zumindest, als ich ihm klar gemacht habe, dass ich es bin.

Die Zeremonie selbst ist ganz einfach. Unter dem Mond - und mit dem Rudel als Zeugen - verpfändet sich Ryker mir und ich verspreche, ihn zu akzeptieren. Dann, weil er der Alpha ist, gelobe ich, Mountainside als Teil des Alpha-Paares zu dienen. Und ... das war's. Unsere versammelte Familie, Freunde und Rudelkameraden jubeln uns zu, während andere ihren Alpha spielerisch über den nächsten Teil der Zeremonie aufziehen.

Das Gelübde wird vor dem Rudel abgelegt, aber die Paarung? Das Beanspruchen? Die Markierung?

Das ist nur für mich und Ryker.

Auf den heutigen Abend habe ich mich gefreut, seit ich fünfzehn war. Als ich jung und naiv war, schaute ich in die goldenen Augen des siebzehnjährigen Ryker Wolfson und sah, dass ich für immer verloren war. Und natürlich gab es auf dem Weg dorthin mehr als nur ein paar Stolpersteine. Ich habe mich zehn Jahre lang nach ihm gesehnt, nur um an seiner Zurückweisung zu zerbrechen und Ryker hat dreizehn Vollmonde in seinem Keller verbracht, weil sein Wolf seine Gefährtin wollte, aber mich nicht haben konnte.

Dann war da noch Aleks. Shane.

Wicked Wolf Walker.

Aber all das spielt jetzt keine Rolle mehr.

Sobald wir unsere Versprechen vor dem Rudel abgelegt haben, nehme ich mir ein paar Sekunden Zeit, um mich von meinen Eltern zu verabschieden - denn sie fahren nach dem öffentlichen Teil der Zeremonie zurück nach Lakeview - während Ryker seinem Rat sagt, dass uns niemand stören darf, bis der Vollmond vorbei ist, es sei denn, es geht um Leben und Tod.

Dann hebt mich Ryker unter dem Gejohle meiner Rudelkameraden hoch und trägt mich zur Eingangstür der Alphahütte.

Das ist ein weiteres Ritual. Abgesehen von der Höhle gehört der Rest der Alphahütte dem Alpha und nur dem Alpha allein. Niemand sonst darf die Hütte betreten, bis er sich gepaart hat und dann geht diese Ehre an das Weibchen, das mit ihm das Alphapaar bildet.

Nur ... ich bin nicht die erste Frau, die dort drinnen war.

Jetzt, wo ich Trish nicht mehr jedes Mal die Augen auskratzen will, wenn ich sie sehe, kann ich es irgendwie verschmerzen, dass sie Rykers Privatbereich in der Hütte vor mir betreten hat. Shane ist derjenige, der sie hereingebeten hat, sage ich mir. Ich bin die Erste und Einzige, die Ryker jemals selbst eingeladen hat.

Die Luna-Zeremonie wurde absichtlich direkt vor der Alpha-Hütte abgehalten, damit wir nicht weit gehen müssen. Dazu kommt noch Rykers offensichtliche Entschlossenheit, zum nächsten Teil der Zeremonie zu kommen und es scheint, als ob er die Strecke in Sekundenschnelle zurückgelegt hat. Das Nächste, was ich weiß, ist, dass er die Haustür aufstößt und mich im Stil einer menschlichen Braut über die Schwelle trägt, bevor er mich sanft auf die Füße stellt.

Mit einem schnellen Knall schließt er die Tür hinter uns. Und schon hat er uns vom Rest des Rudels abgeschnitten. Nur er und ich sind hier drinnen und die Bedeutung dieses Moments wiegt schwer.

Ein Mädchen hat nur eine Paarungsnacht. Ich werde jeden Moment davon genießen, solange er andauert.

So wie mein neuer Gefährte mich hungrig anschaut, bezweifle ich, dass es so lange dauern wird, aber das ist mir egal. Sex ist einfach nur Sex. Paarung ist nur Paarung. In den letzten zwei Monaten haben wir uns gegenseitig ziemlich gründlich erforscht. Es ist aufregend zu wissen, dass wir ein ganzes Leben Zeit haben, um all die perversen Dinge auszuprobieren, die ich schon immer mit ihm erleben wollte.

Aber heute Abend? Heute Abend geht es darum, unsere Bindung zu festigen - und wenn es um Shifter geht, gibt es nur einen Weg, das zu tun.

Ryker ist so aufgeregt, dass er praktisch auf der Stelle vibriert. Es ist so seltsam, meinen Alpha anders als völlig kontrolliert zu sehen, obwohl ich weiß, dass es eine Kombination aus der Anziehungskraft des Mondes auf ihn und den Nachwirkungen der Alpha-Herausforderung ist. Sein Verlangen nach mir ist so stark, dass es fast wie eine dicke Wolke um uns herumwirbelt.

Ich kann mir nur vorstellen, wie meine Erregung auf ihn wirkt. Angesichts der blutrünstigen Natur meines Wolfes habe ich mir fast in die Hose gemacht, als Ryker die Herausforderung gewonnen hat und ich habe während des gesamten ersten offiziellen Teils der Luna-Zeremonie darauf gebrannt, ihn in die Finger zu bekommen.

Aber anstatt mich direkt in unser zukünftiges Schlafzimmer zu führen, hat er die Frechheit zu fragen: „Soll ich dich herumführen? Dir alles zeigen?“

Bevor ich antworten kann, tritt Ryker dicht an mich heran. Ich erschaudere, als seine Hände meine nackten Schultern berühren und mich bis zu meinen Handgelenken streicheln. Ich lehne mich an ihn und unterdrücke ein Stöhnen, als ich seine Erektion durch seine ruinierte Hose pulsieren spüre.

Er umkreist eines meiner Handgelenke mit seiner nun menschlichen Hand, als ob er diese Verbindung aufrechterhalten müsste. Die andere Hand hebt sich langsam und streichelt die Unterseite meines Kiefers, während er meinen Kopf in die richtige Position bringt.

Er knabbert an meiner Unterlippe. Seine Eckzähne sind ausgefahren, nicht so lang wie die eines Vampirs, aber immer noch scharf und furchteinflößend. Die Spitze schnappt zu und der winzige Schmerz ist fast so berauschend wie Rykers festes Stöhnen, als er seine Zunge herausstreckt und die Blutperle aufsaugt.

„Hmm, meine Süße? Was sagst du? Eine Tour? Ja oder-„

„Später“, schnaufe ich. Wie ich es schaffe, auch nur das herauszubringen, werde ich nie erfahren.

Oh, er weiß genau, was er mit mir macht, dieser Bastard. Er lässt ein leises Kichern hören und fährt mit der flachen Zunge über meinen Kiefer. „Später“, stimmt er mir zu.

Jetzt packt er mich an der Hand und die Spitzen seiner Krallen stechen in meine Haut. Ich ignoriere es. Was ist schon ein bisschen mehr Blut, wenn ich, wenn alles nach Plan läuft, bald noch mehr gezeichnet sein werde?

Anders als Rykers persönliche Hütte hat die Alphahütte zwei Stockwerke, aber das Schlafzimmer befindet sich im Erdgeschoss. Das habe ich erwartet. Die meisten Wolfshütten sind so aufgebaut, damit es einfacher ist, unser Revier zu verteidigen. Als ich zum ersten Mal nach Muncie gezogen bin, musste ich mich erst an den Gedanken gewöhnen, dass ich mich im zwanzigsten Stockwerk befinde, während es Ryker manchmal unheimlich war, nur im zweiten Stock seines gemieteten Stadthauses zu sein.

Heute Abend gibt es keine Unruhe. Keine Nervosität. Nur zwei Menschen, die es schon viel zu lange aufgeschoben haben.

Da Ryker normalerweise in seiner alten Hütte wohnt, ist das Schlafzimmer sehr einfach eingerichtet und - zu meiner Erleichterung - riecht es nur nach ihm. Es gibt ein großes Fenster, das das Licht der Luna hereinlässt, einen einzelnen Stuhl und ein großes Bett, das mit einer dünnen, weißen Decke bedeckt ist. Das ist alles. Keine Lampen. Keine Kommoden.

Nur ein Bett.

Tja, wenn man nur eines im Sinn hat, ist ein Bett alles, was man braucht, nicht wahr?

Ryker lässt meine Hand los. Mit einem glühenden Blick auf mich, dann auf das Bett, beobachte ich, wie sein dunkelgoldener Blick hell wird. So hell, dass er wie ein Paar Fernlichter direkt auf mich gerichtet ist.

„Es gibt kein Zurück", sagt er leise warnend. „Du hast es versprochen."

„Das habe ich." Ich greife hinter mich und ziehe den Reißverschluss meines Paarungskleides auf. Ein weiterer Aspekt dieses Kleides, den ich sehr schätze, ist, dass ich leicht hinein- und herauskommen kann. Während Ryker mich genau beobachtet, öffne ich den Reißverschluss und lasse den Stoff bis zu meinen Knöcheln hinuntergleiten. „Und du hast Recht. Es gibt kein Zurück mehr."

Ryker schluckt hart. „Luna. Hast du eine Ahnung, was du mit mir anstellst, Gemma?"

Meine Lippen verziehen sich. „Ich habe eine ziemlich gute Ahnung. Aber du bist immer noch angezogen, wie soll ich es also sicher wissen?“

Es ist eine Mutprobe. Auf meine eigene Art ist es eine Herausforderung.

Natürlich muss mein Gefährte antworten.

Während ich mein Paarungskleid behalten will - selbst wenn es blutverschmiert ist, hat es für mich einen sentimentalen Wert -, gibt Ryker keinen Pfifferling auf seine ruinierte Kleidung. Mit seinem berechnenden Gesichtsausdruck, der mir schon ein bisschen ans Herz gewachsen ist, nickt er und verwandelt sich dann ganz in seinen Wolf.

Seine Kleidung scheint um ihn herum zu explodieren und die zerfetzten Überreste regnen auf uns herab.

„So“, sagt er, nachdem er sich wieder zurückverwandelt hat, der ungeduldige Angeber. „Ich bin nackt. Du bist es nicht.“

Ich schaue auf den BH und den Slip hinunter, die ich noch anhabe. „Sieht aus, als hättest du Recht. Ich sollte wohl etwas dagegen tun.“

Luna, ich bin ein verdammter Plagegeist. Als Ryker auf mich zustürmt, tanze ich weg und halte meine Hand auf, um ihn abzuwehren.

„Äh. Äh. Äh. Ich hab's schon.“

„Nein. Lass mich das machen“, sagt er, wobei seine Worte eher wie ein Knurren klingen.

Ich neige meinen Kopf zur Seite, mein Haar fällt mir über die Schulter. Ich kneife sogar die Lippen zusammen, als ich langgezogen frage: „Bist du sicher?“

„Gemma ...“

Jawohl. Das ist genug. Ich habe ihn gerade weit genug gedrängt, um die Reaktion zu bekommen, die ich wollte.

Hallo, Duke. Lange nicht mehr gesehen.

Wenn die ausgeprägte Vene ein Hinweis darauf ist, dass ich sein Blut in Wallung gebracht habe.

Das ist gut.

„Nun.“ Ich halte meine Hände hoch und präsentiere ihm meinen Körper. „Wenn du darauf bestehst.“

Ehrlich gesagt, ist das fast so wild, wie ich ihn gesehen habe, als er unter dem Mondfieber litt. Und vielleicht tue ich das mit Absicht, aber ich will ihn hier haben. Bei mir. In diesem Moment. Ich will nicht, dass Ryker auch nur eine Sekunde lang an etwas anderes denkt als an das, was als Nächstes zwischen uns passieren wird.

Also, ja. Und wenn ich dafür ein paar Dessous opfern muss? Werde ich es tun.

Zu meiner Überraschung reißt Ryker sie mir aber nicht vom Leib, wie ich es erwartet hatte. Stattdessen greift er mit einer Konzentration, die mich unter seinem wachsamen Blick erschaudern lässt, um mich herum und öffnet den BH. Vorsichtig löst er den Träger von einem Arm, dann vom nächsten. Er lässt ihn zu den Resten seiner Kleidung auf den Boden fallen und streicht mit einer schwieligen Handfläche über meine Hüfte.

"Hoch", grummelt er und klopft auf meinen Oberschenkel.

Ich bin nie gehorsam. So bin ich nicht gemacht. Aber wenn auch nur für heute Nacht, werde ich genau das tun, was er mir befiehlt, ohne mich zu beschweren.

Ich lege meine Arme auf seine Schultern und balanciere auf einem Fuß, während er mein Höschen an einer Seite meines Körpers herunterzieht. Mit einem weiteren Klopfen befiehlt er mir, das mit der anderen Seite zu wiederholen. Ich tue es. Als ich dann genauso nackt bin wie er - abgesehen von dem goldenen Reißzahn, den er für mich gemacht hat -, nimmt mich Ryker wieder in die Arme und legt mich auf das Bett, als wäre ich eine Art Opfergabe für ihn.

Er stößt einen Seufzer aus, lässt mich dann aber alleine auf dem Bett liegen. Ich mache es mir in den Kissen so gemütlich wie möglich und versuche, nicht zu bemerken, dass er nicht ein einziges Mal geblinzelt hat, seit er mich hingelegt hat.

Schließlich kann ich es nicht mehr ertragen.

„Ryker? Willst du mir nicht Gesellschaft leisten?"

„Doch, das werde ich. Lass mich dich nur ansehen, Schatz."

Ähm. Okay.

Er hat das schon einmal gemacht. In den ersten Tagen, als er mir in Muncie den Hof machte, erwischte ich ihn mehr als einmal beim Anstarren. Das war mir unangenehm, also schnauzte ich ihn an und er sagte nur, er wolle mich ansehen, bevor er mir das erste von vielen Komplimenten machte.

Es fiel mir schwer zu glauben, dass er sie ernst meinte, auch wenn ich merkte, dass er es aufrichtig meinte. Und jetzt? Es fällt mir immer noch schwer, aber wenn ich eines sicher weiß, dann, dass dieser Mann mich nur anstarrt, weil er mag, was er sieht.

Er kommt näher und stößt mit den Schenkeln an die Bettkante.

„Oh, Luna. Ich glaube nicht, dass ich dir jemals genug dafür danken kann, dass du mich dieser Frau würdig sein lässt." Seine Stimme ist heiser und sinkt ein paar Oktaven, als sein Blick meinen nackten Körper entlang wandert. „Ich werde den Rest meines Lebens damit verbringen, es zu versuchen, genauso wie ich alles tun werde, um dir zu beweisen, dass du die richtige Wahl getroffen hast, als du mich ausgewählt hast."

„Das hast du bereits", flüstere ich und winke ihn noch näher zu mir. Ich möchte ihn wieder berühren, aber irgendetwas sagt mir, dass ich den Ort nicht verlassen darf, an den er mich gebracht hat. „Alles, was du jetzt tun musst, ist mich zu lieben."

„Oh, Schätzchen." Rykers Augen färben sich auffallend bernsteinfarben, als er sich auf das Bett kniet und sich schließlich zwischen meine Beine begibt. Mit einem vorsichtigen Griff nimmt er jeweils eine meiner Waden in seine Hände und spreizt mich so weit wie nötig, bevor er meine Füße auf beide Seiten seiner muskulösen Oberschenkel stellt. Er rutscht nach vorne, zieht mich näher an sich heran und hält inne, als die Spitze seines Schwanzes meine feuchte Muschi berührt. „Das ist alles, was ich kann."

Mit einem schnellen Hüftschwung spießt er mich auf seinem harten Schwanz auf. Ich keuche auf, aber nicht wegen seines Eindringens. Ich meine, das fühlt sich verdammt gut an, vor allem, wenn Luna uns anspornt und unser Verlangen steigert, aber wenn Ryker davon spricht, wie sehr er sich um mich sorgt?

Ich schlinge meine Beine um ihn und drücke meine Fersen in seinen Hintern. In dieser Position sind wir uns so nah, wie zwei Menschen nur sein können und ich halte Ryker genau dort, wo er hingehört: bei mir.

„Ich liebe dich." Die Worte kommen sehr zittrig heraus, aber ich habe sie noch nie so ernst gemeint wie in diesem Moment. „Ich liebe dich so verdammt sehr."

Als meine Worte bei ihm ankommen, zieht sich Ryker zurück und stößt erneut in mich. Mein Rücken wölbt sich und er beugt sich über mich, streckt seine Zunge heraus und spielt mit meiner Brustwarze. Er stößt immer wieder zu und sieht mir dabei zu, wie ich mich winde, mit einem Ausdruck, den ich nur als pure Befriedigung beschreiben kann.

Dann sagt er: „Ich liebe dich auch, meine Gem. Meine Süße. Meine Gefährtin", und verdammt noch mal, wenn ich noch irgendetwas tun muss, damit ich auf seinem Schwanz komme.

Das ist das erste Mal, dass ich ihn mich Gem nennen höre, denke ich, während ich ihn vor Lust so fest an mich drücke, dass er sich - wie sein plötzliches, wildes Stöhnen verrät - darauf vorbereitet, mir mit seinem eigenen Orgasmus zu folgen.

Das hier. Das ist es, worauf ich gewartet habe. Obwohl ich mich nach diesem ersten Höhepunkt seltsam benommen und absolut köstlich fühle, hebe ich meine Hände hoch und umrahme sein Gesicht mit meinen Fingern.

„Markiere mich", stoße ich hervor.

Ryker blinzelt, als ob er nicht wüsste, wovon ich rede.

Ich trete ihm in den Hintern. Er schüttelt den Kopf und sein glasiger Blick wird ein wenig klarer. Schweiß rinnt ihm über die Stirn und sein struppiges Haar fällt nach vorne, während er mich weiter fickt. Er schafft es noch ein paar Augenblicke, nicht zu kommen, als ob er sich plötzlich daran erinnert, dass dies nicht irgendeine Paarung ist.

Dies ist die wichtigste Paarung in unserem Leben. Wenn ich ihn für mich beanspruche, beansprucht er auch mich und die Luna macht es für immer.

Ryker trägt bereits mein Zeichen auf seiner Haut. Solange ich nicht seins trage, ist die Zeremonie nicht vollendet. Obwohl es gegen alles geht, was ich als Alphaweibchen bin, schaue ich ihm direkt in die Augen und senke dann absichtlich meine. Meine Bewegungen sind präzise. Überlegt. Und als ich höre, wie sein Atem in seiner Kehle stockt, entblöße ich langsam meinen Nacken.

Nur dieses eine Mal werde ich unterwürfig sein. Es wird sich lohnen, denn dann bin ich glücklich bis ans Ende meiner Tage.

Ich trete ihn wieder. Na ja. Nur weil ich versuche, ein bisschen unterwürfig zu sein, heißt das nicht, dass ich nicht trotzdem ein oder zwei Befehle erteilen kann.

„Markiere mich, Ryker. Mach mich zu deiner."

Manche Partner tun es mit einem Biss. Andere mit einem vorsichtigen Schnitt, den nur der Partner sehen kann. Aber mein Männchen?

Ryker ist schnell. Das habe ich schon immer gewusst. Er ist so schnell, dass er seine Krallen ausfährt und nach meiner Kehle schnappt, bevor mein letztes Kommando durch das Geräusch von klatschender Haut und einem sich bewegenden Bett verhallt.

Wäre es jemand anderes, würde mein Wolf die Kontrolle übernehmen, damit ich mich verteidigen kann. Aber nicht Ryker. Nicht mein Schicksalsgefährte. Als er seine Krallen um meine Halsbeuge schlägt und an meinem Schlüsselbein vorbei reißt, wird mir klar, dass ich hier liegen bleiben und mir von ihm die Kehle aufreißen lassen würde und dass ich ihn niemals aufhalten würde, wenn er das wollte.

Genauso wie er es zuließ, dass ich meine Krallen in seine Brust steckte und nach seinem Herzen griff, ohne mit der Wimper zu zucken.

Seine Krallen verletzen meine Haut, mein Blut riecht die Luft. Ich gebe meinem Körper die bewusste Entscheidung, die Wunde so zu lassen, wie sie ist. Morgen werde ich fünf gezackte Krallenspuren haben, wo jeder sie sehen kann - und wo jeder wissen wird, dass ich als Rykers Gefährtin gezeichnet wurde.

Als ich seinen Namen schreie und in einen weiteren Orgasmus verfalle, kurz bevor Ryker sich in mir entleert, kann ich nicht anders, als eine überwältigende Erleichterung zu spüren, die sich mit dem immensen Vergnügen vermischt.

Es ist vollbracht. Auch wenn ich dir nicht erklären kann, woran ich es erkenne, unser Band hat sich verfestigt. Luna hat uns ihren Segen gegeben, und egal, wer jetzt versucht, sich zwischen uns zu stellen, er hat einfach Pech gehabt.

Ryker Wolfson gehört jetzt endlich mir.

Dankt der verdammten Luna.

19

STIMMEN

Es hat etwas damit zu tun, dass wir in unserem gepaarten Bett liegen: Ich schlafe wie eine Tote. Schlimmer als ein verdammter Vampir. Wenn ich weg bin, bin ich weg.

Ich weiß gar nicht genau, warum. Es könnte daran liegen, dass Ryker in der Nähe ist und mich mit seinem Geruch einhüllt, was sowohl für mich als auch für meinen Wolf beruhigend ist. Zum ersten Mal in meinem Leben können wir einfach ... entspannen.

Dann ist da noch Rykers zielstrebige Entschlossenheit, das verlorene Jahr wiedergutzumachen, als ich in Muncie lebte und er mich nicht finden konnte. Seit dem Vollmond vor einer Woche haben wir mehr Zeit im Bett verbracht - mit ihm bis zum Anschlag in mir vergraben - als irgendwo anders.

Soweit ich weiß, bumst er das letzte bisschen Energie aus mir heraus und lässt mich nichts anderes tun, als zufrieden zu schlafen, während ich mich an seine Seite kuschle.

Ja ... das ist wahrscheinlich der letzte Teil.

Und noch erstaunlicher ist, dass ich noch ein paar Tage Zeit habe, bis unsere Flitterwochen vorbei sind und ich zurück nach Muncie muss.

Wir haben noch nicht darüber gesprochen, zumindest nicht mehr, als dass ich mein anderes Zuhause erwähne und er mich mit einem weiteren Kuss ablenkt. Ich habe den Eindruck, dass Ryker davon ausgeht, dass ich jetzt, wo wir gepaart sind, meine dumme Idee aufgeben werde, in der Fang City zu leben, anstatt mit ihm im Rudelgebiet.

Und was ist mit mir? Ich bin seine Gefährtin und betrachte mich nicht mehr als einsame Wölfin, aber so sehr ich ihn auch liebe, ich werde nicht alles aufgeben, wofür ich gearbeitet habe, nur weil ich mich von ihm habe markieren lassen. Dadurch, dass ich die weibliche Hälfte des Alphapaares von Mountainside geworden bin, habe ich zwar keinen Anspruch mehr darauf, der Alpha von Muncie zu sein, aber im Moment gehöre ich immer noch dorthin.

Er wusste, was er tat, als er sich mit einem Alphaweibchen paarte. Wir sind Partner, aber ich brauche immer noch meine Unabhängigkeit und meine Freiheit. Ich bereue nicht, dass ich mich so plötzlich mit ihm gepaart habe, ich glaube, es war von dem Moment an, als Ryker wieder in meinem Leben auftauchte, unvermeidlich, dass wir am Ende eine Bindung eingehen würden.

Aber wenn es um Muncie geht? Ich bin einfach noch nicht bereit, mich von dort zu verabschieden. Und nein ... das hat absolut nichts mit meinem Ex-Zimmergenossen zu tun, der sich geweigert hat, an der Zeremonie in der Vollmondnacht teilzunehmen.

Natürlich verstehe ich, warum er es nicht getan hat. Es tut trotzdem weh. Ich werde nicht lügen. Er sagte, er würde meine Entscheidung respektieren, und vielleicht war das Aleks' Art, sie zu respektieren, aber ich habe die Hoffnung nicht aufgegeben, bis Luna herauskam.

Er braucht seinen Freiraum. Ich werde ihn ihm geben. Aber ich gehe zurück nach Muncie und jetzt, wo ich weiß, dass Roman Ryker erlaubt hat, das Stadthaus für uns zu kaufen, habe ich meinen Streit schon beigelegt, für den Fall, dass mein Gefährte versucht, mich deswegen zu verarschen.

Er hat mir sein Wort gegeben. Ich werde nach Accalia zurückkehren, wann immer er mich darum bittet - solange ich in der Bar einen Platz finde, wenn ich für eine Schicht eingeteilt bin - und ich werde jede Nacht an seiner Seite schlafen, ob in unserem Bett im Stadthaus oder in unserer Hütte, aber ich bin ein Alpha. Ich muss frei sein, um mein Leben zu leben.

Auch wenn ich es mit Ryker und dem Mountainside Rudel teilen muss.

Das wird ihm nicht gefallen. Nein, natürlich nicht. Seine Alphawolfnatur verlangt von ihm, dass er seine Gefährtin verhätschelt, verteidigt, füttert und, nun ja, sich mit ihr paart. Als die andere Hälfte des Alpha-Paares will er mich bei sich haben, damit er sich um mich kümmern kann; im Gegenzug sind wir für den Rest des Rudels verantwortlich. Und damit habe ich kein Problem. Es ist nur ... ich mag meinen Job. Die Freunde, die ich in Muncie gefunden habe. Die Möglichkeit, ohne die Erwartungen an ein Alphaweibchens herumzulaufen.

Wenn ich ehrlich bin, ist es das Letzte, was mir am meisten zusagt.

Jetzt, wo Trish sich entschuldigt hat und Shane weg ist, hat mich das Mountainside Rudel von ganzem Herzen aufgenommen. Sie lieben mich, weil Ryker es tut, aber ich würde lügen, wenn ich nicht zugeben würde, dass sie mich nicht nur lieben. Sie haben Angst vor mir und davor, was es bedeuten könnte, dass ich erst der zweite weibliche Alpha seit Luna bin.

Sie erwarten Dinge von mir, von denen ich nicht einmal sicher bin, ob ich sie ihnen geben kann, also verklagt mich, wenn ich noch ein bisschen länger an meiner Anonymität festhalten will. Zumal ich den leisen Verdacht habe, dass Shane nur ein Teil des Plans des Bösen Wolfs war, mich zu kontrollieren.

Ich bin verpaart. Für immer an Ryker gebunden. Selbst wenn ihm etwas zustößt - Gott bewahre - kann nichts daran etwas ändern. Ich werde nie die Gefährtin eines anderen Wolfes sein. Es sollte keinen Grund geben, warum er mich weiterhin jagen sollte.

Das sollte es auch nicht, aber bei den wenigen Gelegenheiten, bei denen Ryker mich in der letzten Woche nicht zum Stöhnen gebracht hat, habe ich ihn mit diesem allzu vertrauten, berechnenden Gesichtsausdruck erwischt, als würde er herausfinden wollen, was mein Biologischer Vater als Nächstes tun wird.

Er ist besorgt. Ich versuche, es nicht zu sein. Ich will nicht, dass irgendetwas unsere Flitterwochen ruiniert - und genau deshalb erwähne ich meine Rückkehr nach Muncie erst wieder, wenn ich meinen Jeep gepackt habe.

Ryker steht es frei, mit mir zu kommen; das weiß er, auch wenn ich weiß, dass er es nicht tun wird. Genauso wie ich unterhalb des Berges gehöre, ist sein Platz fest auf dem Berg. Das heißt aber nicht, dass wir getrennt sein müssen.

Kompromisse. Es geht nur um Kompromisse.

Ihn dazu zu bringen, sich endlich mit mir zu paaren, war der schwierige Teil. Jetzt, wo uns nichts mehr trennen kann - weder mein Bio-Vater, noch meine Feinde, noch Luna selbst - bin ich mir absolut sicher, dass Ryker und ich mit allem fertig werden, was uns in den Weg gestellt wird.

Wir werden es schaffen, dass diese Paarung funktioniert. Da bin ich mir sicher. Wir haben die Liebe und ein unzerbrechliches Band auf unserer Seite, auch wenn wir manchmal aneinandergeraten werden. Da wir beide Alphas sind, ist es unvermeidlich, dass wir aneinandergeraten, aber das bedeutet auch, dass wir uns auf eine Art und Weise verstehen, wie es manch ein Paarungspartner nie könnte. Ryker versteht, dass ich meinen Freiraum und ein gewisses Maß an Unabhängigkeit brauche, aber dass ich so loyal, beschützend und hingebungsvoll sein werde, wie er es sich nur wünschen kann - und ich erwarte das Gleiche von ihm.

Er wird in Accalia leben/wohnen. Ich in Muncie. Aber das ist nicht allzu weit weg, und solange Roman die Grenze zu mir und Ryker offen hält, sind wir nur einen Katzensprung entfernt. Wenn er will, kann ich ihm beibringen, eines der Fahrzeuge des Rudels zu fahren. Wenn nicht, kann sein Wolf mit seiner Geschwindigkeit genauso schnell den Berg hinunter nach Muncie gelangen. Ich verstehe, dass das Rudel Anspruch auf meinen Gefährten hat - und ich schätze, auch auf mich - aber entweder komme ich zu ihm, oder er kommt zu mir, und wir werden zusammen sein.

So wie wir es jetzt sein sollten.

Hm.

Aufzuwachen ohne den schweren Arm meines Gefährten, der sich besitzergreifend über meine Taille gelegt hat ... das ist es, was mich heute Morgen aufweckt.

Gestern Abend war ich an der Reihe, das Abendessen für uns zu kochen. Nachdem wir satt waren, zogen wir uns ins Wohnzimmer zurück und machten es uns auf der Couch gemütlich, während wir das Flackern der Flammen im Kamin beobachteten. Es ist bald September und in den Bergen ist es nachts kühl - nicht, dass wir eine Ausrede für das Feuer bräuchten. Selbst im tiefsten Winter würden wir gut ohne auskommen, aber Luna, wenn es nicht romantisch ist, mit seinem Partner zu kuscheln, während ein Feuer brennt.

In unserer Hütte können wir unsere Wachsamkeit ablegen. Das ist das erste Mal in meinem Leben, dass ich das wirklich kann, und ich liebe diese Zeit mit Ryker mehr, als ich ihm jemals mit Worten sagen kann. Vor allem, weil aus unserem Kuscheln ein Vorspiel wurde, das sich schnell zu einer Paarung auf dem Teppich vor dem Kamin entwickelte.

Wir zogen ins Schlafzimmer um, nachdem Rykers nackter Hintern von einer verirrten Glut versengt wurde, die aus dem Rost entwichen war; nun ja, eigentlich zog er mich hin, da ich mir fast einen Muskel gezerrt hätte, als mein starker, kräftiger Alpha aufjaulte, als sein Hintern brannte. Er knabberte an dem Zeichen, das sich um meinen Hals schlängelte, warf mich wie ein Höhlenmensch über seine Schulter und brachte mich dann zum Bett. Er verlangte eine Entschuldigung dafür, dass ich ihn ausgelacht hatte, und als ich mich hartnäckig weigerte, versprach er, dass er einen Weg finden würde, mich umzustimmen.

Spoiler-Alarm: Das hat er tatsächlich getan.

Es dauerte nicht lange, bis ich hechelnd „Es tut mir leid" rief, während er meine Zehen kreisen ließ. Natürlich revanchierte ich mich, indem ich seinen Schwanz in den Mund nahm und ihn wild reizte, bis er darum bettelte zu kommen. Er kam und dann rutschte ich herum und leckte über die raue Hautstelle an seiner Arschbacke.

Es muss schon weit in den frühen Morgenstunden gewesen sein, als wir endlich einschliefen. Es war bereits unser Plan, spät aufzuwachen, gemeinsam einen faulen Brunch zu essen und dann vielleicht den Kopf rauszustrecken, damit unsere Rudelmitglieder wissen, dass wir noch leben.

Aber das sollte erst viel, viel später passieren. Anhand meiner inneren Uhr kann ich erkennen, dass ich vielleicht … fünf Stunden Schlaf bekommen habe? Definitiv nicht genug. Wenn man bedenkt, dass mein Mann ohne mich aufgestanden ist, sollte ich mich am besten gleich umdrehen und Rykers untypisches Verschwinden aus unserem Bett nutzen, um mich auszustrecken und wieder einzuschlafen.

Wenn sein Verschwinden nicht so untypisch wäre, hätte ich es vielleicht getan. Aber so ist es nun mal. Er verlässt unser Bett nur selten, ohne dass ich es mitbekomme. Der verdammte Wolf weckt mich sogar, um mir zu sagen, wenn er pinkeln muss! Es sei denn, er hat es versucht und ich habe es verschlafen - was ja möglich ist, wenn man wie eine Tote schläft -, dann hat Ryker es mir nicht gesagt, weil er nicht wollte, dass ich es weiß.

Mein Magen verkrampft sich und einige der alten, nagenden Unsicherheiten tauchen wieder auf.

Oh, ja. Das war's dann wohl mit meinem Schlaf.

Es ist doch erst eine Woche her, sage ich mir. Es ist erst eine Woche her, dass ich Ryker für immer zu mir genommen habe. Es ist nicht verwunderlich, dass ich mich sofort an seine Zurückweisung erinnere. Und daran, wie verschlossen er war, als ich vor mehr als einem Jahr nach Accalia kam. Irgendwann wird mir klar, dass er nicht absichtlich versucht, Dinge vor mir zu verbergen. Als Alpha ist er daran gewöhnt, dass er Entscheidungen trifft und dass sie befolgt werden, ohne dass Fragen gestellt werden.

Und dann bin da noch ich. Ich kann nicht anders, als mich zu fragen, wo er jetzt ist, warum er mir nicht gesagt hat, dass er geht, und ich werde ihn auf jeden Fall danach fragen.

Gerade als ich nach meiner Decke greife, um sie zurückzuwerfen und mir ein paar Klamotten zusammenzusuchen, höre ich etwas. Nein. Nicht etwas.

Stimmen.

Ich höre Stimmen.

Eine davon ist die von Ryker. Das macht Sinn. Aber die andere? Ich kann nicht genau sagen, wessen tiefe Stimme er als Antwort auf Rykers kurzen, abgehackten Ton brummt, aber sie ist männlich. Und, ja. Ich gebe den letzten Schritten des Paarungstanzes die Schuld für die überwältigende Erleichterung, die mich überkommt, als ich merke, dass da draußen ein anderes Männchen ist.

Eine Rudelangelegenheit. Das muss es sein. Auch wenn wir die letzte Woche in unserer eigenen kleinen Welt verbracht haben - ich habe so getan, als würde Muncie nicht existieren, und Ryker hat dem Rudel gesagt, dass es ihn nur stören soll, wenn es nötig ist -, war es klar, dass der Alpha früher oder später geweckt werden würde.Wenn ich mich konzentriere, kann ich wahrscheinlich genau verstehen, was sie sagen, aber ich beschließe, mich nicht darum zu kümmern. Ich habe den Alpha von Mountainside gepaart. Ich werde mich daran gewöhnen müssen, dass unsere Rudelmitglieder seine Zeit einfordern.

Meine Finger krallen sich in der Bettdecke fest.

Warte mal kurz.

Wenn wir in der Alphahütte sind, ist die Höhle für alle Mitglieder des Mountainside Rudels offen. Jeder ist willkommen.

Aber wir sind nicht in der Alphahütte. Wir sind in Rykers persönlicher Hütte - und wenn es kein echter Notfall ist, wird uns kein einziger Wolf stören, solange wir uns noch in der Flitterwochenphase unserer Paarung befinden, schon gar nicht in Rykers persönlichem Revier.

Heißt das also, dass es ein Notfall ist?

So ein Mist.

Das Mountainside Rudel hat immer noch keinen Beta, wenn es also ein Notfall ist, haben sie keine andere Wahl, als es Ryker zu sagen. Warren hat gesagt, dass er so lange als Beta fungieren würde, wie sein Alpha ihn braucht, aber das ist eher so, als würde ein Wolf einfach die offene Rolle ausfüllen, anstatt die Pflichten tatsächlich zu übernehmen.

Obwohl wir nicht wirklich darüber geredet haben - Mord und Verrat sind nicht gerade das beste Bettgeflüster - weiß ich, dass Ryker Shanes Tod schwerer getroffen hat, als er es irgendjemandem eingestehen will. Wenn er die Wahl zwischen mir und Shane hätte, würde seine Gefährtin gewinnen, aber bis Shane ihn während der Luna-

Zeremonie herausforderte, bestand immer die Möglichkeit, dass er zum Rudel zurückkehren würde.

Trish Danvers hat es getan. Warum konnte Shane das nicht?

Ganz einfach. Weil Trish manipuliert wurde und Shane derjenige war, der sie manipulierte. Und natürlich könnte man argumentieren, dass Shane auch von Wicked Wolf Walker manipuliert wurde.

Verdammt . Da ist mein armer Magen wieder.

Ich hasse diesen Kerl. Und eher früher als später werde ich mich mit ihm auseinandersetzen müssen. Ich habe vielleicht nicht mehr den gleichen Wert wie früher, aber irgendetwas sagt mir, dass das meinen Samenspender nicht aufhalten wird. Ich bin überzeugt, dass er nur den Anfang gemacht hat, um mich nach all den Jahren dazu zu bringen, zum Western Rudel zurückzukehren.

Drück mir die Daumen, dass ich falsch liege. Zum ersten Mal in meinem Leben wünsche ich mir wirklich, dass ich mich irre.

Ich glaube nur nicht, dass ich das tue.

Obwohl das Mountainside Rudel vor unserer Paarung die Reihen geschlossen hat, ist es trotzdem rausgekommen. Das lässt sich nicht leugnen. Shane tauchte auf und war bereit, den öffentlichen Teil der Zeremonie zu unterbrechen, was bedeutet, dass er irgendwie wusste, dass wir eine große Paarung planten . Die meisten Paare, die sich paaren, tun das nicht, und das große Spektakel ist bei einigen modernen Alphas aus der Mode gekommen. Obwohl die Chancen gut standen, dass wir uns beim letzten Vollmond endlich verpaaren würden, hätte er nicht gewusst, dass wir eine Zeremonie abhalten würden, wenn es ihm nicht jemand gesagt hätte.

Und wenn das herauskäme, wie groß wären die Chancen, dass wir Shanes Tod geheim halten konnten?

Es ist jetzt eine Woche her. War das lange genug, um die Nachricht von seiner Herausforderung - und dem Scheitern dieser Herausforderung - zu verbreiten? Zum Beispiel an der Westküste?

Ah, Luna.

Weißt du was? Ich bin die weibliche Hälfte dieses Alpha-Paares. Nicht nur das, ich bin auch ein Alpha und jeder im Rudel weiß das. Wenn Ryker dieses Gespräch so führen wollte, dass ich es nicht mitbekomme, hätte er es weiter entferntals im nächsten Zimmer geführt.

Obwohl es sich komisch anfühlt, meinen Gefährten zu belauschen, spitze ich meine Ohren und lausche.

Etwas knallt. Hart.

Bumm.

Ich zucke zusammen. Dafür hätte ich definitiv nicht so genau hinhören müssen. Selbst wenn ich nicht wach gewesen wäre, hätte das gereicht.

Und dann, so leise, dass ich es fast überhöre, höre ich ein Wort: „Wie?"

Das ist mein Gefährte. Abgesehen von dem zufriedenen Schnurren meiner Wölfin, wenn sie ihren Gefährten im Zimmer nebenan spürt, ist diese fast stille Aufforderung genau das entscheidende für Ryker.

„Wir ... wir sind nicht sicher. Aber Trish-„

Trish.

Das war's. Ich schätze, ich habe immer noch mehr Probleme mit dieser Frau, als ich zugeben möchte, denn allein als ich ihren Namen höre, klettere ich aus dem Bett. Ich gehe zur nächsten Kommode und suche nach einer Jeans, einem meiner T-Shirts und - fast nebenbei - nach einem Slip. Ryker hat einmal gemurmelt, dass er an meinem Geruch erkennen kann, ob ich ohne Unterwäsche unterwegs bin oder nicht und nur für den Fall, will ich seine Theorie nicht in gemischter Gesellschaft testen will.

Sobald ich präsentabel bin, verlasse ich das Schlafzimmer und folge meiner Bindung zu Ryker. Wie ich vermutet habe, finde ich ihn im Wohnzimmer mit einem anderen Mann. Auch ihn kenne ich. Es ist der große, kräftige Shifter, der mich einst davon abhalten wollte, Ryker zu verlassen, mich dann wie einen Sack Kartoffeln herumgeschleppt hat und der sich bei unserem letzten Treffen mit drei anderen Wölfen an mich gebunden hat.

Gute Entscheidung mit dem Höschen, Gem, sage ich mir, als ich ins Zimmer stolpere.

20

WALKER'S NEXT MOVE

Die beiden Männer sind ähnlich groß, obwohl der große Kerl, der die meisten Shifter, mich eingeschlossen, überragt, tatsächlich kleiner wirkt, wenn er vor meinem Gefährtenl steht. Er unterwirft sich Rykers überwältigender Dominanz, lässt die Schultern hängen und wendet seinen Blick absichtlich von der Hitze ab, die von dem merklich wütenden Alpha ausgeht.

Rykers Alpha-Aura ist pure Wut und Feuer, er ist definitiv die Quelle der unangenehmen Wärme, denn der Kamin ist nichts weiter als ein paar verkohlte Holzscheite und ein Haufen kühler Asche. Ich bin mir nicht sicher, was ihn so wütend gemacht hat - wahrscheinlich hätte er Trish ein bisschen mehr zuhören sollen -, aber er ist zweifellos sauer.

Luna, er ist verdammt sexy, wenn er wütend ist.

Im Gegensatz zu mir hat Ryker wohl nicht genug Zeit gehabt, sich anzuziehen. Er hat sich eine Jeans angezogen und das war's auch schon. Mein Blick fällt auf meine Markierung auf seiner Brust und obwohl ich die Spannung in der Luft spüre, kann ich nicht anders, als erregt zu sein.

Als hätte ich seinen Namen gerufen, lässt meine Erregung Rykers Kopf in meine Richtung zucken. Sein Wolf hätte ihn alarmiert, sobald sich meiner in Bewegung gesetzt hätte, also weiß ich, dass er mich erwartet hat. Wahrscheinlich hat er aber nicht damit gerechnet, dass ich sofort feucht werde, vor allem, nachdem wir letzte Nacht so beschäftigt waren.

Natürlich denke ich dann an alles, was wir getan haben und, ups, mein Höschen ist ganz feucht.

Angemessen? Nicht mal ein bisschen. Kann ich mir helfen? Das ist ein großes, hupendes Nein.

Gut, dass es meinen Gefährten das nicht zu stören scheint. Als er tief einatmet und den Duft meiner Erregung in seine Lungen aufnimmt, umspielt ein kleines Lächeln seine üppigen Lippen. Doch der Rest seiner Gesichtszüge ist angespannt. Angespannt.

Sein dunkelgoldener Blick schweift über mich. Sein Gesichtsausdruck entspannt sich ein wenig, als er sieht, dass ich, obwohl ich wieder bereit für ihn bin, vollständig bekleidet aus dem Schlafzimmer gekommen bin.

Was ist los, Ryker? Er sieht so erleichtert aus, dass ich ihn fast beschimpfen möchte, weil er dankbar zu sein scheint, dass ich angezogen bin. Luna ... hat er wirklich geglaubt, dass ich splitternackt hier auftauchen würde?

Um ehrlich zu sein, habe ich das gestern Morgen auch getan, aber nur, weil er mir zugerufen hat, dass der Speck fertig ist und ich zu hungrig war, um mir Klamotten überzuwerfen.

Aber das war gestern.

Heute habe ich ein größeres Problem, als mich darum zu kümmern, ob Ryker den Speck knusprig genug gemacht hat oder nicht.

Ein Shifter-Rudel funktioniert nicht so wie ein echtes Wolfsrudel in der Wildnis. Die Hierarchie, die den wilden Wölfen zugeschrieben wird, ist ein Mythos, aber für uns Shifter hat sie einen gewissen Wahrheitsgehalt. Ich glaube, das hat etwas mit unseren menschlichen Hälften zu tun, obwohl ich das nie wirklich in Frage gestellt habe. Ich weiß nur, dass in einem Shifter-Wolfsrudel die Alphas die Stärksten sind, danach kommen die Betas, gefolgt von den Gammas und Deltas. Gammas sind natürlich Deltas, die überlebt haben, um unsere Ältesten zu werden, der Respekt, den sie sich verdienen, verändert ihren Rang, während ein Beta immer ein Beta und ein Alpha für immer ein Alpha ist.

Dann gibt es noch die Omegas, eine besondere Art von Wölfen, die größtenteils außerhalb der Hierarchie stehen. Ein Omega-Wolf ist freundlich, fürsorglich und sanftmütig - alles, was ein Wolfswandler in seinem Kern selten ist. Deshalb sind sie so begehrt. In der Nähe eines Omegas geht es uns anderen besser.

Meine Mutter ist eine. Genau wie meine Tante Corinne. Im Mountainside Rudel haben wir Dahlia, eine süße Wölfin, die auch als Lehrerin für die jungen Wölfe des Rudels fungiert.

Ich bin kein Omega, obwohl ich die Rolle fast fünfundzwanzig Jahre lang gespielt habe. Aber das muss ich auch gar nicht sein. Ich weiß nicht, ob es am weiblichen Alpha liegt oder daran, dass ich seine Gefährtin bin, aber ich kann etwas Ähnliches für Ryker tun. Ich kann ihn so beruhigen, wie meine Mutter den wildesten Rudelkameraden beruhigen kann.

Schon wenn wir zusammen in einem Raum sind, kann ich spüren, wie Rykers Wut nachlässt.

Versteh mich nicht falsch. Er ist immer noch mächtig sauer. Was auch immer der andere Shifter ihm sagen wollte, es sind keine guten Nachrichten. Aber mich in seiner Nähe zu haben? An seiner Seite zu sein, ihn zu unterstützen, weil ich seine Gefährtin bin und das jetzt meine Aufgabe ist? Er entspannt sich noch ein bisschen mehr.

Seine Hand landet auf meiner Schulter. Ich schicke einen Impuls der Liebe durch unser Band, bevor ich zu dem anderen Shifter aufblicke.

Kein Wunder, dass er sich weigert, meinen Blick zu erwidern.

Das, so beschließe ich, ist definitiv eine Ryker's Gefährten-Sache.

„Hey, Duke", sage ich zur Begrüßung und benutze den Spitznamen, den ich ihm gegeben habe. Und vielleicht bin ich wirklich schrecklich, denn ich achte darauf, so viel Honig in meine Stimme zu legen, wie ich kann, als ich frage: „Wie geht es dir an diesem schönen, frühen Morgen?"

„Ähm. Könnte besser gehen, denke ich." Er runzelt die Stirn, offensichtlich verwirrt darüber, wie süß ich mich verhalte. Er war dabei, als ich ihn mit einem Alpha-Heulen unter Kontrolle gebracht habe, und er hat sich zusammen mit Jace, Dorian und Bobby erst neulich als mein persönlicher Wächter verpflichtet. Dass ich wieder in die alte Omega-Gem-Routine zurückfalle, wirft ihn aus der Bahn. „Tut mir leid, dass ich euch gestört habe."

„Keine Entschuldigung nötig. Also, sag mir: Was ist los? Ist alles in Ordnung?"

Sein großer Kopf schwenkt in Rykers Richtung.

Ryker unterdrückt sein Grinsen rechtzeitig. Der große Wandler hat keine Ahnung, dass ich ihn verarscht habe, aber Ryker weiß es - und ich habe ihn zum Grinsen gebracht. Genau das, was ich mir erhofft hatte.

„Sie ist meine Gefährtin", sagt er zu Duke. „Alles, was du deinem Alpha erzählst, erzählst du auch ihr."

Duke hebt eine seiner fanghandschuhgroßen Hände und kratzt sich ängstlich an seinem dicken Nacken. „Ich habe dem Alpha gerade berichtet, dass der Rudelrat Accalia für den Notfall gesperrt hat, Miss ... äh ..."

Armer Kerl. Ich mag Probleme mit seinem richtigen Namen haben und darauf bestehen, einen Spitznamen für ihn zu verwenden, aber er muss meinen kennen. Ich glaube, das Problem ist, wie er mich ansprechen soll. Als ich das erste Mal im Rudel lebte, sprachen mich meine neuen Rudelmitglieder entweder mit Omega an oder mit dem Namen ihres Alphas. Jetzt, wo sie meinen wahren Rang kennen, fällt es ihm wahrscheinlich schwer, weil ich nicht der Alpha sein kann - Ryker ist es - und mich als seine Gefährtin zu bezeichnen, kommt mir einfach... seltsam vor.

Ich habe Mitleid mit ihm. „Gem. Nur Gem ist in Ordnung. Und was soll das mit der Abriegelung?“

„Nun, wir wären zuerst zu Ryker gekommen, aber wir wollten ihn nicht stören ... euch beide stören ... es sei denn, wir sind uns sicher.“

Sicher in Bezug auf was? Keine Ahnung, aber sie mussten es sein, da Duke jetzt hier ist. Hm. Ich frage mich, ob sie kurze Strohhalme gezogen haben, um herauszufinden, wer der unglückliche Wolf sein würde, der uns stört. Duke sieht auf jeden Fall so aus, als wäre er lieber irgendwo anders als hier.

Und dann schnaubt Ryker wütend, Duke wird unter seiner gebräunten Haut blass und ich beschließe, mir darüber keine Gedanken mehr zu machen.

Oh, Mann. Ich erinnere mich an die Schläge von vorhin und fühle mich noch schlechter für Duke. Es braucht schon einiges, damit Ryker die Beherrschung verliert - glaub mir, ich weiß es - aber was auch immer der große Wandler Ryker erzählen wollte, er hat es getan.

Plötzlich fange ich an zu denken, dass ich im Bett hätte bleiben sollen.

Aber das bin ich nicht und das hält mich nicht davon ab, zu fragen: „Sicher in Bezug auf was?“

Ryker strahlt Hitze aus, aber seine Stimme ist eiskalt, als er sagt: „Mein Rudelrat glaubt zu wissen, wer mit meinem ehemaligen Beta zusammengearbeitet hat. Es war einer von uns, Gemma.“

Natürlich war es das.

Vergiss es, Ryker zu beruhigen. Meine Wölfin springt in meiner Brust auf und läuft hin und her, um sich an seiner Wut zu laben.

Ich weiß nicht, warum ich mich so überrumpelt fühle. Shane hat deutlich gemacht, dass er zwar zum Westlichen Rudel geflohen ist, dass es aber im Osten mindestens einen anderen Shifter gibt, der ihm treu ergeben ist, auch wenn es keiner von uns glauben wollte, deutete alles darauf hin, dass es ein Wolf in Accalia ist. Zuerst sah es so aus, als wäre Trish in seine Intrigen eingeweiht gewesen, bis sie mit einer Erklärung zurückkam und um eine weitere Chance bettelte. Und so sehr es mich auch schmerzte, es zuzugeben, sie sagte die Wahrheit, sowohl als es darum ging, betrogen worden zu sein, als auch als sie sagte, es täte ihr leid.

Konnte sie sowohl mich als auch Ryker täuschen?

„Du hast den zweiten Verräter gefunden?“ Als er nickt, verkrampfen sich meine Hände mit einem kalten Knacken und meine Krallen schießen über meine Fingerspitzen hinaus. „Sag mir nicht, dass es Trish ist.“

Ryker knurrt leise, während Duke kurz verwirrt dreinschaut. „Was? Nein. Es ist nicht Trish.“

„Wer ist es dann?“

Duke schluckt, sagt aber vorerst nichts. Es ist fast so, als ob er es nicht könnte.

Ups. Vielleicht hätte ich meine Frage nicht so herausposaunen sollen.

Ich hab's verstanden. Ja, ich verstehe. Dass ich ein weibliches Alphatier bin, macht ihn nervös. Weil ich viel dominanter bin als er und weil er mir versprochen hat, mich zu bewachen, obwohl ich das gar nicht nötig habe, ist der große Shifter immer noch ziemlich unruhig in meiner Nähe. Ich hoffe nur, dass er das bald überwinden wird. Seine Stärke ist ein Pluspunkt und Ryker hat mir versichert, dass er bis auf die Knochen loyal ist.

Für mich ist Loyalität das, was zählt. Also warte ich, anstatt weiter auf ihn einzureden .

Ryker ist nicht so geduldig wie ich. Ich spüre, wie er sich neben mir aufbäumt und als er Duke die Zähne zeigt, habe ich es irgendwie erwartet.

Duke hatte es offensichtlich nicht. Auf jeden Fall bewirkt das scharfe Geräusch das, was Ryker beabsichtigt hat: Es zwingt den rangniedrigeren Wolf, es auszuspucken.

„Er heißt Aidan. Aidan Barrow."

Sollte ich wissen, wer das ist? Ich dachte, ich hätte vor der Luna-Zeremonie jeden Rudelkameraden kennengelernt, aber offensichtlich habe ich einen übersehen.

„Wer?" frage ich erneut.

„Ein junger Welpe", erklärt Ryker. „Neunzehn. Vielleicht zwanzig. Delta. Er arbeitete mit Shane zusammen und kümmerte sich um die Fahrzeuge des Rudels."

Duke runzelt die Stirn. „Er hat auch eins gestohlen. Aber erst, nachdem er eine von uns angegriffen und sich aus dem Staub gemacht hat. Und glaub mir, sie wollte nicht mit ihm gehen." Seine haselnussbraunen Augen blitzen auf, als er einen Blick direkt auf uns wagt. Er hat vielleicht nicht den gleichen Status wie ich und Ryker, aber er ist immer noch ein Shifter und als er seine Nerven überwindet, nimmt die Wut überhand. „Wir haben das dort gefunden, wo der Truck, den er mitgenommen hat, hätte parken sollen."

Meine Nasenflügel blähen sich auf. Ich kann nicht anders. „Ich rieche Blut."

Ryker nickt und nimmt Duke das Papier ab. „Trishs Blut."

„Das ist es, was Bobby vor ein paar Stunden auf seiner Patrouille aufgefallen ist. Er witterte, dass seine Cousine in Schwierigkeiten steckt und verfolgte sie bis zur offenen Garage. Der ganze Ort stinkt nach Öl und Blut. Hauptsächlich nach ihrem, aber sie hat ihm auch ein paar Schläge verpasst, bevor Barrow sie überwältigt hat, denn auch sein Blut ist hier zu finden. Jace hat die beste Nase von uns allen und er ist sich sicher, dass Barrow nur etwa sechs Stunden Vorsprung hat. Der Rest des Rates überprüft, ob die beiden wirklich weg sind und ob sie die Einzigen sind. Ich bin gleich hierher gekommen, um zu sehen, was wir als Nächstes tun sollen."

Ryker klappt den Zettel auf und überfliegt ihn schnell, bevor er ihn mir überreicht.

Ohne zu zögern, schaltet er sofort in den Alpha-Modus und gibt Duke Befehle.

„Schicke ein Verfolgungsteam in drei Richtungen. Mach dir keine Sorgen um die Stadt Fang. Ich werde selbst mit Zakharov sprechen. Warren soll sich mit dem Alpha des River Run Rudels in Verbindung setzen. Er soll herausfinden, ob Barrow durch ihr Gebiet gezogen ist. Wenn nicht, soll er es weitersagen. Wir wollen ihn, bevor er das Land durchquert. Das Western Rudel ist Tage mit dem Auto entfernt, aber wenn Jack Walker sich in der Nähe niedergelassen hat" - und das muss er, denn ich bin mir fast sicher, dass ich ihn vor kurzem in Muncie gesehen habe - „dann weiß jemand davon. Wenn ja, will ich es wissen. Verstehst du?"

„Ja, Alpha."

„Gut. Ich möchte auch, dass du ..."

Während Ryker Duke weiter Anweisungen gibt, fahre ich mit meinen Augen über das Blatt. Ich bemerke ein paar rostfarbene Punkte auf der Rückseite. Offensichtlich Blut und ja, das meiste davon gehört zu

Trish. Nicht genug, um mir Sorgen zu machen, dass sie eine tödliche Verletzung hat, aber gerade genug, um trotzdem ein wenig besorgt zu sein.

Denn Duke hat Recht. Trish hat viel riskiert, um dem Rudel wieder beitreten zu dürfen, und sie wird uns niemals freiwillig verlassen. Der Zettel, den die Mitglieder des Rudelrats gefunden haben, beweist, dass sie es nicht getan hat.

In der Mitte der Seite steht eine einzige Zeile in schwerer Handschrift:

Du hast mein Mädchen, jetzt habe ich deins.

Ich beiße die Zähne zusammen und spanne meinen Kiefer an, als ich sie erneut lese. Nein. Die Worte ändern sich nicht und ihre Bedeutung auch nicht.

Es spielt keine Rolle, dass ich Rykers Gefährtin bin. Es gab eine Zeit, in der Trish zu vielen Menschen sagte, dass sie eines Tages ihm gehören würde. Selbst als sie wusste, dass sie es nie sein würde, verkündete sie dem Kader, dass sie für ihn bestimmt war und dass sie den Beweis dafür hatte. Natürlich nur, um sicher nach Muncie zu kommen, aber trotzdem. Es war offensichtlich genug, um sie ins Visier von jemand anderem als Roman und seinen Vampiren zu bringen .

Unten auf der Seite befinden sich zwölf sich kreuzende Linien. Wenn ich sie mir genau ansehe, erkenne ich, dass dort ein dreifaches W hingekritzelt ist. Eine Unterschrift? Das muss es sein. Und angesichts der drei W's, auf die ich starre, muss man kein Genie sein, um herauszufinden, wofür sie stehen - oder wer die Entführung eines unserer Rudelkameraden inszeniert hat.

Vor allem das da.

„Der böse Wolfswanderer", sage ich düster. „Er steckt dahinter."

Rykers dunkelgoldene Augen schmelzen vor kaum unterdrückter Wut. „Ich schätze, wir wissen endlich, was er als Nächstes vorhat, Süße.“

Verdammt noch mal, Luna, ich glaube, wir wissen es.

2 HERZEN VERLAG DANKT EUCH

Zwei Herzen

Wenn du dieses Buch genossen hast, lass uns bitte mit einer Rezension wissen.

Klicke einfach hier: http://www.amazon.de/review/create-review?&asin=B0CZ1FQ7DB

Und wenn dir dieses Buch gefallen hat, kannst du das nächste Buch bereits hier bekommen: Gefährten für die Ewigkeit

Abonnieren Sie den Newsletter, um über neue Veröffentlichungen von Liebesromanen des 2 Herzen Verlag informiert zu werden:

https://landing.mailerlite.com/webforms/landing/g3v1l4

Wenn du auf Facebook bist, besuche unsere Gruppe : Liebesroman Liebhaberinnen

LIEBESROMANE

HIER SIND EINIGE UNSERER LIEBLINGS-LIEBESROMANE-SERIEN:

'Der Teufel von Harrowgate' Serie

~

===>

'Klauen und Zähne' Serie

'Die Spearman Familie' Serie

'Männer des Nordens' Serie

'Entgegen aller Erwartung' Serie

'Die Shifter von Grey Ridge' Serie

'Die Teufelsklaue' Serie

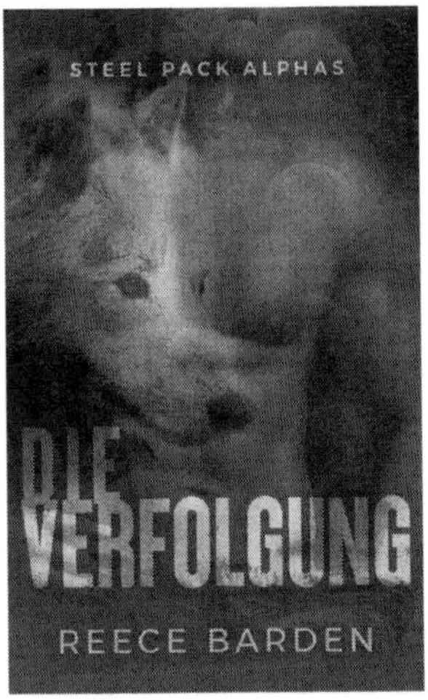

'Steel Pack Alphas' Serie

'Das Aspen Rudel' Serie

'Ursa Shifter' Serie

'IOU' Serie

'Paranormal Mating' Serie

'Apex Akademie' Serie

'Schattenstudien' Serie

'Die Krieg und Trug' Serie

'Gestohlene Gefährten' Serie

'Shifter Königin' Serie

'Ein Opfer des Fae-Königs' Serie

'Neumond' Serie

~

Vollmond' Serie

~

'Der Milliardärsclub' Serie

'Gray Wolf Security' Serie

'Alles für Liebe' Serie

'Die Shifter von Estes Park' Serie

'Blutsbrüderschaft' Serie

'Die Fünf Rudel' Serie

'Allstars' Serie

~

'Himmelswächter Motorradclub' Serie

~

'Whiskey Dolls Reihe' Serie

'Angelview Akademie' Serie

'Bratva Blut' Serie

'Boulder Cove Akademie' Serie

'Soldaten der Anarchie' Serie

'Featherstone Akademie' Serie

'Briefe an Dominik' Serie

'Liebe und Karma' Roman

'Ein Streuner in Sunshine' Roman

'Devils'' Serie

IHR KÖNNT BETA-LESER WERDEN

Wollt ihr alle brandneue Liebesromane lesen, bevor sie veröffentlicht werden? Dann schickt uns eine E-Mail an dimitrios@zweihander-books.com und teilt uns mit, dass ihr Beta-Leser werden wollt.

Beta-Leser können uns helfen, kleine Fehler in den Übersetzungen zu finden, bevor die Bücher veröffentlicht werden, und wir versuchen, sie mit kostenlosen Ebooks zu versorgen.

IMPRESSUM

Immer Ihr Gefährte: Eine Romanze abgelehnter Gefährten

Autor : Sarah Spade

Verlag : 2 Herzen Verlag (ein Teil von *Zweihänder Publishing)*

dimitrios@zweihanderbooks.com

Hedwig-Poschütz Str. 28

10557, Berlin

ASIN : B0CZ1FQ7DB

ISBN : 979-8346655350

Druck : Amazon

Printed in Poland
by Amazon Fulfillment
Poland Sp. z o.o., Wrocław

60099594R00160